हलक़ का दारोग़ा

हलक़ का दारोग़ा

मलय जैन

राधाकृष्ण प्रकाशन

इस कृति में समस्त पात्र एवं घटनाएँ काल्पनिक हैं तथा
किसी भी प्रकार की समानता संयोग मात्र है।

ISBN : 978-81-19989-34-8

हलक़ का दरोग़ा

पहला संस्करण : 2023

मूल्य : ₹695

प्रकाशक

राधाकृष्ण प्रकाशन प्राइवेट लिमिटेड
जी-17, जगतपुरी, दिल्ली-110 051

शाखाएँ : अशोक राजपथ, साइंस कॉलेज के सामने, पटना-800 006
पहली मंज़िल, दरबारी बिल्डिंग, महात्मा गांधी मार्ग, प्रयागराज-211 0011,
अनमोल सोराबजी सन्तुक लेन, धोबी तलाव, मरीन लाइंस, मुम्बई-400 002
वेबसाइट : www.radhakrishnaprakashan.com
ई-मेल : info@radhakrishnaprakashan.com

मुद्रक

बी.के. ऑफ़सेट
नवीन शाहदरा, दिल्ली-110 032

HALAK KA DAROGA
Satire by Maloy Jain

हलक़ का दारोग़ा

क्रम

प्रस्तावना

उच्च प्रशासनिक पद पर रहते हुए व्यंग्य लिखना तलवार की धार पर चलने जैसा है और इसका साहस विरले ही कर पाते हैं। एक कठिन चुनौती है यह। प्रशासनिक रूल बुक में दर्ज डिसीप्लिन की पतली डोर पर नट की भाँति यहाँ से वहाँ जाने का चमत्कार दिखाना है, ऐसा मानिए। फिर, व्यंग्य तो व्यवस्था के ख़िलाफ़ लेखन है तो अफ़सर रहकर व्यंग्य रचना ख़ुद को कोड़े मारने से ज़्यादा इस बात की परीक्षा भी हो जाता है कि कैसे आप उस प्रशासनिक तंत्र पर मुँदी मार कर पाते हो जिसका एक कलपुर्जा आप स्वयं हो। खुली मार तो खैर दुस्साहस हो जाएगी जो समझदारी नहीं कहाएगी, हाँ व्यंग्य की मुँदी मार में बड़ी कला लगती है और एक तरह की 'धरती पकड़', 'दुनियादारी की समझ' भी। वह हो, तभी एक अफ़सर व्यंग्य लिख सकता है। मलय जैन पुलिस के आला अफ़सर हैं। वे बुन्देलखंड से हैं जहाँ व्यंग्य प्राय: आदमी के बुन्देलखंडी होने की पहली शर्त होती है। इसी के चलते मलय जैन में व्यंग्य नैसर्गिक रूप से है जो उस मिट्टी की देन है। बुन्देलखंडी शख़्स बेहद दुनियादार प्रवीण भी होता है, जिसे 'मिट्टी पकड़' कहते हैं न—सन ऑफ सॉइल—वह। मलय ने मिट्टी की पकड़ नहीं छोड़ी है जो अक्सर बड़ा पद पाकर लोग छोड़ देते हैं और फिर कहीं के नहीं रह जाते। उनके लेखन में अपनी मिट्टी की वह महक और गमक अभी तक बरकरार है।

मलय जैन शौकिया व्यंग्य नहीं लिखते जो कई आला अफ़सर लिखते रहे हैं। शौकिया व्यंग्य बेहद लचीला, लिजलिजा, अहिंसात्मक,

निरापद और हें हें नुमा होता है। ऐसे व्यंग्य में आदमी तीर तो चलाता है पर लक्ष्य से इतनी दूर सन्धान करता है कि जहाँ बस हवा है। हवा में तीर की कुछ कलाबाजियाँ और बात ख़त्म। शौक पूरा हुआ। थोड़ी वाहवाही, थोड़ी कलाबाजी, एकाध लोकार्पण समारोह, अपने से बड़े अफसर को अपनी किताब भेंट करके कुछ अतिरिक्त अनुकम्पा के चोर-रास्ते, ऑफ़िसर्स क्लब के सँकरे से दायरे में 'लेखक' के तौर पर पहचान—इतने में सन्तुष्ट हो जाता है अफ़सर लेखक। मलय जैन वैसे वाले लेखक नहीं है कि वे निरापद रास्तों की खोज नहीं करते, यह उनकी पहली कृति *ढाक के तीन पात* से ही तय हो गया था। *ढाक के तीन पात* लिखना उनके लिए लगभग दुस्साहस-सा ही था। गाँव से चलकर जिला मुख्यालय तक व्यापक प्रशासनिक अराजकता का जैसा चित्रण उन्होंने किया, वह उनका 'फर्स्ट हैंड एक्सपीरियंस' होने के कारण खासा विश्वसनीय बन पड़ा था और डर था कि शासन में बैठी व्यवस्था इसका बुरा न मान बैठे। पर मलय ने वो रिस्क लिया। अकसर लोग यह खतरा नहीं उठाते हैं। मेरे कई अफसर मित्र लेखक भी हैं। वे प्रायः कविताएँ लिखकर लेखक होने की तृप्ति कर लेते हैं। चिड़िया, पेड़, बादल, स्त्री या बहुत हुआ तो गरीब के दुख पर कविताएँ लिख लीं। होम्योपैथी की गोली टाइप कि कहने को दवा खा ली और कोई साइड इफेक्ट का डर भी नहीं। इस परिदृश्य में मुझे मलय जैन का व्यंग्य लेखन एक अलग ही तरह आकर्षित करता है।

और अब वे अपना पहला व्यंग्य-संग्रह *हलक़ का दारोग़ा* लेकर हमारे समक्ष प्रस्तुत हैं। इन व्यंग्य रचनाओं को यदि आप मेरे उपरोक्त लिखे के आलोक में देखेंगे तो मलय जैन को साधुवाद देने का मन करेगा आपका। विषय वैविध्य और मौलिक विट से सम्पन्न भाषा आपको तुरन्त पकड़ती है। आत्मा द्वारा कचोटने की जो पीड़ा उनके कुछ व्यंग्य लेखों—'मक्कारखाने में आत्मा की आवाज़', 'खमीर-सा उठता ज़मीर'—में है वह वास्तव में व्यवस्था का अंग बने एक संवेदनशील व्यक्ति की आत्मा की कचोट है। संग्रह का नाम—*हलक़ का दारोग़ा*—जिस रचना पर रखा गया है, वह आला अफ़सर की

निर्मम हृदयहीन अफसरी पर एक गहरा तंज है। मलय को अवसर मिले ही होंगे इस तरह की अफसरी से ग्रस्त उच्च अधिकारी को देखने-परखने और उनका अध्ययन करने के। इसी रचना में बड़ी खूबसूरती से विक्रमादित्य के सिंहासन और पुतलियों की कथा को बुनकर बेहतरीन शैलीगत प्रयोग किया है मलय ने। बाज़ार किस चालाकी से हमारी धार्मिक आस्थाओं को अपने लिए इस्तेमाल करता है—'लकी नक्षत्र : पुष्य नक्षत्र' और 'मॉल महूरत और मुसीबत' का विषय है। 'शहरी पुत्री के नाम प्रहरी पिता के मेल' में गाँव के 'विज़िट' पर भेजी गई स्कूली शहरी पुत्री को लिखे तीन पत्रों में एक नया शैलीगत प्रयोग है। ऐसे ही अन्य रचनाओं पर बात हो सकती है।

इस व्यंग्य-संग्रह की रचनाएँ हिन्दी व्यंग्य के 'युवा रचनाकारों की अपनी ही दुनिया' को उसकी ताकत (और कमजोरियों) के साथ पाठकों के सामने लाती हैं। मलय जैन व्यंग्य लेखन को जिस गम्भीरता से बरत रहे हैं, यह संग्रह उसका भी परिचायक है। इस संग्रह की रचनाएँ मलय जैन के भविष्य के लेखन के प्रति भी एक प्रीतिकर आश्वस्ति देती हैं। तो पढ़ डालिए।

—ज्ञान चतुर्वेदी

न होना किसी खेत की मूली का

लेखन को लेकर हिन्दी साहित्य में इतनी विकट सलाहें दी गई हैं कि चाहे तो सम्पादक के नाम पत्र लिखने वाले से उपन्यास लिखवा दें और चाहे तो रात-दिन कागजों के पहाड़ खड़े करने वाले की कलम को नाथ दें। लेखन की अलिफ़-बे-ते बिला दें दिमाग से। ये मेरी ख़ुशकिस्मती है कि मुझे पहली वाली सलाहें ज़्यादा मिलीं। यही कारण है कि शृंगार, मनुहार, जुहार, गुहार, आभार और अंगार आदि विधाओं की चिट्ठियाँ भी क़ायदे से न लिख पाने वाला मेरे जैसा आदमी *ढाक के तीन पात* नाम से उपन्यास लिख गया। जब पहली क़िताब आई तो मुझे बताया गया कि पहली क़िताब पहली सन्तान की तरह होती है, हालाँकि दूसरी क़िताब किसकी तरह होती है, इस बारे में कुछ नहीं बताया गया। बहरहाल, मैं आज उन सभी मित्रों, पाठकों, आलोचकों और वरिष्ठों का ऋणी हूँ जिन्होंने मेरी पहली क़िताब को वाकई पहली सन्तान की तरह ही दुलारा, पुचकारा और बड़ा किया, जिन्होंने एक बार नहीं, तीन-तीन बार क़िताब को पढ़ा, जो उत्साह से इतना भर गए कि लेखक से कोई राब्ता न होने पर भी क़िताब की कई-कई प्रतियाँ ख़रीद कर अपने मित्रों में बाँट डालीं, जो क़िताब को ख़त्म कर ख़ुद को रोक न सके और बग़ैर इस बात की परवाह किए कि रात दूसरे पहर में जाने को है, मुझे जगाकर रात रोशन और दिन सुहाने कर दिए, साथ ही, कहा कि अगली क़िताब कब आ रही है। इससे अधिक आभार उनका जिन्होंने पहली क़िताब को भले नहीं पढ़ा

मगर यह अवश्य कहा कि अगली क़िताब कब आ रही है। इससे भी बढ़कर आभार उन मित्रों और वरिष्ठों का जिन्होंने बराबर अपने प्यार का हवाला दे देकर महीनों इस बात की प्रतीक्षा की कि मैं कब वह पहली क़िताब उन्हें भेंट करूँ और तब वे उसे पढ़ें। यह और बात है कि मैंने भी प्यार के उसी हवाले पर उतनी ही प्रतीक्षा की कि कब वे अर्थव्यवस्था में योगदान करते हुए स्वयं क़िताब ख़रीदें। मुझे ख़ुशी है कि छुप्पन-छुपाई के इस खेल में मेरे मित्र और वरिष्ठ ही विजयी हुए और जैसा कि उन्होंने प्रण किया था, क़िताब उन्होंने मुझसे ही भेंट में प्राप्त की और यह भी कि अर्थव्यवस्था में योगदान करने का अवसर भी उन्होंने मुझे ही दिया। यों यह बात दीगर है कि कई ने क़िताब पढ़कर उसके पन्नों को बेकार ही चोट पहुँचाने के बजाय ऐसी ही अन्य भेंटों से भरी-पूरी अपनी आलमारी में सजाना ज़्यादा अच्छा समझा, तथापि अच्छे मित्र और वरिष्ठ के नाते यह अवश्य कहा कि यार, अगली क़िताब कब आ रही है। आप ही बताइए, इतने विकट प्यार के बाद कौन होगा जो बावला होकर लिखने न बैठ जाएगा सो मैं भी कल ही नई क़िताब लाने की कौल भरकर लिखने बैठ गया। गो कि, इधर बैठा और सलाह बतौर किसी ने चेताया, पहली क़िताब जो थी सो ठीक थी मगर दूसरी किताब बड़ी चुनौती होती है सो हड़बड़ी बिल्कुल न करना। यह भी बताया कि टॉलस्टॉय ने *वार एंड पीस* लिखने में पूरे पन्द्रह साल लगाए। पन्द्रह साल! हम ढीले पड़ गए कि टॉलस्टॉय के आगे अपन किस खेत की मूली हैं! भले दसों साल लग जाएँ, मगर हड़बड़ी नहीं करेंगे कि तभी एक सलाह और आई, बाबा नागार्जुन पैंतीस दिन में एक उपन्यास लिख डालते थे। किसी ने बताया, फ्योदोर दोस्तोएवस्की तो हर दो साल में एक नई क़िताब उतार देते थे। जोश में भरकर हमने फिर धनुष की तरह कलम को उठा लिया और तोड़ने की तैयारी में थे कि एक सलाहशिरोमणि मित्र ने ताड़ लिया, ज़रूर कुछ बड़ा होने वाला है। उन्होंने एकदम सही मौक़े पर हेनरी चार्ल्स बुकोवस्की की कविता मुझे भेजी जिसमें बुकोवस्की जी लेखकों की कलमें पकड़कर करुण आवाह्न करते हैं, 'दुनिया

भर की लायब्रेरियाँ...त्रस्त हो चुकी हैं तुम्हारी कौम से...मत बढ़ाओ इसे...मत बढ़ाओ...दुहाई है मत बढ़ाओ इसे।' जनाब बुकोवस्की जी ने एक बड़े क़ायदे की बात यह भी फ़रमाई कि 'जब तक कि तुम्हारी नाभि का सूरज तुम्हारे कमरे में आग नहीं लगा देता, मत... मत...मत लिखो।' नतीज़ा यह कि मौक़ा-ए-वारदात पर रस्साकशी का विकट सीन खिंच गया। इधर से टॉलस्टॉय और बुकोवस्की जी खींचें, उधर से दोस्तोएवस्की और बाबा नागार्जुन! अब क्या करूँ! कि बीच चकरघिन्नी में धप्प से अपनी आत्मा कूदी और फिर भीतर से एक मोटिवेशनल आवाज़ आई, 'लिखो मलय बाबू, लिखो। बड़े बड़ों की नाभि का सूरज वैसी वाली आग नहीं लगा पाया फिर तुम किस खेत की मूली हो! यों तुम अपने कमरे में आग लगा भी लोगे इससे कोई ख़ास फ़र्क पड़ेगा नहीं। फिर यह बताओ, तुम रोज़ साहित्य के आकाश में आग नहीं लगाओगे तो तुम्हारी नाभि के तनिक और भीतर लिखने की जो मुसल्सल मरोड़ अबूझ आग-सी उठती है, उसे कैसे बुझाओगे।'

ऐसी घनघोर रस्साकशी में जीत आत्मा और उन मित्रों पाठकों की ही हुई जिन्होंने जी से चाहा कि मेरी अगली किताब आए सो *हलक़ का दारोग़ा* के रूप में यह क़िताब आपके सामने है। हाँ पहली किताब को जब पहले बच्चे की तरह बताया गया था तो 'दूसरा बच्चा कब?' की तरह दूसरी किताब कब? यह धर्मसंकट भी सामने खड़ा हुआ, लेकिन इसे सरकार के इस नारे ने दूर किया 'दूसरा बच्चा कब? पहला स्कूल जाए तब' सो हमारी पहली और दूसरी किताब के बीच अन्तर भी लगभग वैसा ही है और यक़ीन मानिए, पहली क़िताब जब आठवें साल में क़दम रखने को आई, तब यह किताब आपके हाथों में आ रही है। इन छह-आठ वर्षों में व्यंग्य को जितना बना, पढ़ा और समझा तब यह सवाल हमेशा खड़ा हुआ कि व्यंग्य में क्या हो और क्या नहीं! कितना हास्य हो और कितना व्यंग्य! इस सवाल का उत्तर भी वरिष्ठजनों से ही इस सलाह के रूप में मिला कि मियाँ, व्यंग्य के नाम पर जो भी आँय-बाँय लिख रहे हो, उसमें इतना ध्यान

रखना कि व्यंग्य में और कुछ हो न हो, व्यंग्य अवश्य हो। इसी बात को गाँठ में बाँधते हुए और व्यंग्य के क्षेत्र में 'तीस मार खाँ' बनने की कोई इच्छा न पालते हुए ये तीस व्यंग्य लिखे हैं। यों अन्दर की बात यह भी है कि एक सम्पादक, जो ख़ुद हलक़ के दारोग़ा से कहीं कम नहीं बैठता, मेरे भीतर कुर्सी जमाए बड़ी बेमुरव्वती से मेरे हर लिखे पर कैंची चलाता रहा है। ये तीस व्यंग्य उसी की निष्ठुर कैंची से निपट सुलझकर निकले हैं। इनमें कुछ व्यंग्य बित्ते भर के तो कुछ ऐसे भी मिलेंगे जो जी भर लम्बे लिखे गए हैं। इन्हीं में किस्सागोई की भी मन भर कोशिश की गई है। आप उन किस्सों को मन की आँखों से अपने सामने घटता देख पाएँ यही मेरी छाती को गज भर कर देने के लिए काफी रहेगा। एक बात और, चेहरे मोहरे से भले मलय बाबू भर-भर गम्भीरता धारे दिखें, हास्य को व्यंग्य से नाम भर अलग रख पाना उनके लिए मुश्किल ही नहीं, नामुमकिन भी होता है। सो ले देकर इधर-उधर की पतली गली से इतना हास्य तो आ ही गया है कि पढ़ते वक़्त डोपामाइन, सेरोटोनिन और ऑक्सीटोसिन जैसे हैप्पी हार्मोन से आप भर भर जाएँ।

क़िताब अब आपके हाथों में है। कैसी लगी, इसे जानने की आकुलता हर पल रहेगी। रवीन्द्र नाथ त्यागी जी जैसे महान व्यंग्यकार जब *एक आवारा रचना* लिखने बैठते समय अपनी नई क़िताब को लेकर व्याकुलता का ज़िक्र ऐसे करते हैं मानो रीतिकालीन विरहणी पिया के इंतज़ार में तो बताइए भला, मैं उनके आगे कहाँ ठहरता हूँ! निराला जी जैसे महाकवि से लेकर बड़े-बड़े लेखक जब अपनी आगामी पुस्तक और पाठकों की प्रतिक्रियाओं के लिए व्याकुल रहे तो बताइए, मैं किस खेत की मूली हूँ भला! सो आकुलता से भरा मैं, आपकी प्रतिक्रियाओं की प्रतीक्षा तो करूँगा ही क्योंकि कमियाँ कहाँ रह गईं, यह आप ही मुझे बता पाएँगे और तभी अगली क़िताब की भी नींव पड़ सकेगी। फ़िलहाल व्यंग्य के नाम पर इस संग्रह में जो भी आँय-बाँय है, उसमें व्यंग्य टाइप का वाकई कुछ आपने पाया हो, पढ़ने के दौरान कुछ बेकरारी और बेचैनी-सी महसूस हुई हो और

अन्तिम व्यंग्य 'बस कर बकासुर' को पढ़ने के बाद आपके मुँह से निकला हो, 'बस्स? ख़त्म?' तो अगली जो साँस मुझे आएगी, वह बड़े चैन की ही होगी, यह तय है।

—मलय जैन

झींकती लाइफ़ हो झिंगालाला

यूँ तो आकाशवाणी आजकल नहीं होती। कलयुग है न! मगर उस दिन हुई।

"जागो ग्राहक जागो...लूट मची है...भागो।"

हम जागे। जागे क्या, हड़बड़ाकर बिस्तर से गिरते-गिरते बचे। चौंधियाई आँखों को मला तो पाया, सामने विशालकाय जिन्न खड़ा है। जिन्न के हाथों में बड़ा सा झुनझुना है। रोशनियों की लकदक ऐसी कि नजर क्या, बुद्धि बँध जाए।

हम लटपटाए, "आप कौन?"

जिन्न सीना तान कर बोला, "मैं कौन? मैं बाज़ार!"

"मगर यह झुनझुना!"

"यह वशीकरण यंत्र हैं," जिन्न हँसा।

"वशीकरण यंत्र?"

"अरे, तू भी न यार! आजकल इसे विज्ञापन कहते हैं। ले सुन इसकी आवाज़ और खो जा मेरे जादू में।"

कहते हुए जिन्न ने अपनी एस्केलेटरनुमा लम्बी जीभ हमारी ओर लपलपाई और झुनझुना बजाना प्रारम्भ कर दिया।

आह! क्या आवाज़ें...नाना प्रकार के लुभावने विज्ञापन! बच्चे, बूढ़े, जवान, औरतें, मर्द, खाना, बिछाना, पहनना, ओढ़ना, खेलना, कूदना सब चकाचक। एकदम नशा-सा छाने लगा।

हम मदहोश हों, इससे पूर्व बुद्धि ने चेताया, 'सोच ले।'

हम सोच में डूबे।

जिन्न ने कहा, "क्या हुआ डियर?"

"कुछ नहीं, ज़रा सोच रहा था।"

जिन्न बोला, "सोच मत पगले, ज़िन्दगी का स्वाद ले क्योंकि स्वाद में सोच है।"

अड़ियल बुद्धि ने भीतर से आवाज़ दी, "मगर विद्या बालन तो कहती है, जहाँ सोच है, वहाँ शौचालय है? तुम कहते हो, स्वाद में सोच है? स्वाद में सोच और सोच में शौचालय? ऐसा कैसे?"

"यार तू सोचता बहुत है। वो सरकारी विज्ञापन है। तू सरकार की छोड़, बाज़ार की सुन। यों भी शौचालय से मेरा क्या लेना-देना! मेरा सरोकार तेरे भोग और उपभोग से है। एक बार स्वाद ले ले, फिर लोटा उठाकर तू खेत में जाए या पटरी पर, मुझे क्या। मैं तो स्वाद के लिए रसोई की बात कर रहा हूँ क्योंकि रसोई में सिर्फ़ खाना नहीं बनता।"

हमारा दिमाग घूमा, "हें? रसोई में खाना नहीं बनता तो और क्या बनता है?"

जिन्न मुस्कुराकर बोला, "तू बहुत भोला है रे, तुझे पता नहीं रसोई में सपने बनते हैं सपने।"

'रसोई में सपने?' हम सोच में पड़े फिर पिछवाड़े की झुग्गी में बारामासी रोते चूल्हे और हर पल उदास चक्की वाली कल्लू की अम्मा से कन्फ़र्म करना चाहा, "अम्मा, सच-सच बताना, तुम्हारी रसोई में सपने बनते हैं?"

कल्लू की अम्मा ने पिचकी अँतड़ियों पर हाथ मारकर कहा, "हा ऽऽऽ...मैं हतभागिनी, यहाँ तो दो जून की रोटी ही सपना है।"

हम बुदबुदाए, 'अन्तर क्या है? सौभाग्य तो कमबख़्त अपना भी सपना है।'

भाग्य की बात पर जिन्न एकाएक चहक उठा। उसने जोर से झुनझुना हिलाया। झुनझुने से आवाज़ आई, "भाग्य की चिन्ता छोड़...मैं हूँ न। बस, तू हमारी कम्पनी का बनाया कच्छा-बनियान पहनकर चल, भाग्य तेरे साथ चलेगा।"

झुनझुने से एक आवाज़ और आई, "भाग्य के अलावा आगे रहना भी ज़रूरी

है। तुझे सबसे आगे रहना है तो हमारी कम्पनी का कच्छा-बनियान पहन।"

हम भ्रम में पड़ गए। इसकी सुनूँ या उसकी!

जिन्न मुस्कुराकर बोला, "कन्फ्यूज़ मत हो दोस्त। तू तो बस बाज़ार की सलाह मान। ये एक्स्ट्रा फ़ीचर प्लान है। तू एक के ऊपर एक दोनों कम्पनी के कच्छे-बनियान पहन। इससे तू हमेशा सबसे आगे रहेगा और तेरा भाग्य भी लिखा रहेगा। यानी भाग्य के साथ सबसे आगे की लाइन भी फ्री। है न फ़ायदे का सौदा?"

"मगर, कच्छा पहने से भाग्य कैसे लिख जाएगा?"

जिन्न ने प्रश्न एक कान से सुन दूसरे कान से निकाला फिर लिखने की बात पर मुस्कुराकर झुनझुना हिलाया।

झुनझुने से सुपारी लेने वाली अदा में एक और मोहक आवाज़ आई, "लिखना है तो हमारे पेन से लिख। लिखते लिखते ही प्यार होने की गारंटी पक्की।"

'ओह, प्यार का ऐसा गजब प्लान!' हमारी लार टपकी, "क्या बात कर रहे हो जिन्न भाई, लिखते-लिखते प्यार? यानी इधर लिखना शुरू किया, उधर प्यार हुआ?"

"येस्स," जिन्न ठठाकर हँस पड़ा।

"मगर जिन्न भाई, मन में तमाम सवाल आ रहे हैं। यह तो बताओ कि प्यार होगा तो किससे होगा? हो गया तो कब तक चलेगा, आई मीन, प्लान की वैलिडिटी एक्सपायर तो नहीं होगी? शादीशुदा लोगों को यह फैसिलिटी मिलेगी कि नहीं? प्यार एकतरफ़ा तो नहीं होगा और सुनो," हमने जिन्न को पास आने का इशारा किया। जिन्न पास आया तो हमने उसके कान में अपनी चोंच घुसेड़कर धीरे से जानना चाहा, "सबसे जरूरी बात ये कि प्यार में पिटने-कुटने की नौबत तो नहीं आएगी?"

जिन्न एकदम से भड़क गया। चिढ़कर बोला, "बाज़ार से सवाल नहीं किए जाते बावले। हमने अरमानों को जगाने के लिए कहा था, तू तो बुद्धि जगाने बैठ गया।"

हम मायूस होने लगे तो जिन्न पुचकार कर बोला, "दिल पर मत ले भाई, तू सिर्फ़ बाज़ार लीला का चमत्कार देख। बाज़ार ने किस-किस ऐरे-ग़ैरे को कहाँ से कहाँ पहुँचा दिया। गली-कूचे के गँवार पाठे को एलोवेरा के अवतार में हमने घर-घर

बिठा दिया। पत्थर पर एड़ियाँ घिसती देहाती सुंदरियों को स्वैग का मंत्र दे प्यूमिक स्टोन और नाना प्रकार के स्क्रब पकड़ा दिए और देख, एड़ी से चोटी के सौन्दर्य के लिए वे अब बाज़ार की शरण में हैं। ये बाज़ार ही तो है जो बताता है कि तेरी औक़ात हो या न हो, फलाँ कम्पनी का आटा और ढिमका कम्पनी का बासमती राइस कैसे तेरी लाइफ़ बदलने की क़ुव्वत रखते हैं। बाज़ार ही बताता है कि रोती झींकती लाइफ़ को कैसे झिंगालाला बनाना है। इसलिए तू दिमाग को बन्द कर। दिल को खोल। एक बार बस दिल खुल जाने दे, जेबें अपने आप खुल जाएँगी।"

हमें कुछ समझ नहीं आया। दिल तो खोल दें मगर ख़ाली जेबें खुलेंगी कैसे!

जिन्न जेब प्रबन्धन का धनी था। सब समझ गया। हमारी ओर देखकर पूछा, "क्या हुआ?"

हमने अपनी खाली जेबें टटोलीं और कानी कौड़ी टांट में न होने का इशारा किया।

जिन्न मुस्कुराकर बोला, "दुखी क्यों हो रहे हो भाई? हमारा सूत्र वाक्य ही है, सर्वे भवन्तु सुखिन:"

हम हैरान होकर बोले, "कमाल है, बाज़ार का कहना है कि सब सुखी रहें। मगर कैसे?"

जवाब में जिन्न ने दूसरा झुनझुना निकाला। हम चकराए।

पूछा, "अब यह क्या है देव?"

जिन्न के चेहरे पर ज़हरीली मुस्कुराहट आई। हँसकर बोला, "अभी तूने वशीकरण यंत्र देखा था न, यह फँसीकरण यंत्र है।"

"फँसीकरण यंत्र?"

"ओ चिल यार, जस्ट किडिंग। ये तो हमारी फ़ाइनेंस स्कीम है। आसान किस्तों के ऑफ़र वाली। तुमने पूछा न, बाज़ार कैसे सुखी रखना चाहता है? तो सुन इसकी आवाज़ और हो जा सुखी।"

कहकर जिन्न ने झुनझुना हिलाना प्रारम्भ किया। झुनझुने के भीतर से अमेरिकन एक्सेंट में आवाज़ आई, "यावट जीवेट सूखेम जीवेट, रिनेम कृटवा घृटेम् पीवेट।"

हमारा दिमाग चमत्कृत हो गया। 'अहा! सब कुछ हरा-हरा।'

जिन्न ने हमें बड़ी प्यार भरी नजर से देखा। एक बार फिर अपनी एस्केलेटर जैसी जीभ लपलपाई। जीभ में हौले से हमें लपेटा और लीलना प्रारम्भ कर दिया।

लीलने की प्रक्रिया कुछ ऐसी थी कि जैसे-जैसे हम जिन्न के मुँह में समाते गए, हमें परम आनन्द की प्राप्ति होती गई। मानो क्लाउड नाइन पर आ गए हों।

अति आनन्द की स्थिति में हमने यह भी महसूस किया कि हमारी चेतना धीरे-धीरे लुप्त हो रही है। हम सचमुच होश खो बैठे।

बहुत देर बाद होश आया। होश आते ही हम अवाक रह गए। हमने पाया कि हम अस्पताल के एक चमचमाते कक्ष में हैं। सूट और टाई वाले कई चॉकलेटी डॉक्टर डॉक्टरनियाँ, काफी कम कपड़ों में और उनसे भी ज्यादा चॉकलेटी प्रतीत होने वाली तमाम नर्सें हमें घेर ऑपरेशन की तैयारी में हैं। उनके कोमल हाथों में हमारी खोपड़ी से लेकर घुटनों और अंगूठे से लेकर एड़ी तक की एक्स-रे की फ़िल्में थीं। आँख के पानी को छोड़ दें तो रीढ़, पेट और पसली तक के पानी की भारी-भरकम रिपोर्टें थीं।

हमने हैरानी से पूछा, "हम यहाँ कैसे?"

डॉक्टरनी पुचकार कर बोली,

"आपको हल्का सा कार्डियक अरेस्ट था बेबी।"

"कार्डियक अरेस्ट? अब क्या होगा?"

"कुछ नहीं बस आपकी कोरोनरी एंजियो होगी। आपको छोटा सा स्टेंट डलेगा," डॉक्टरनी लड़ियाकर बोली। इसके साथ ही ब्लॉकेज, आर्टरी, पल्मनरी, कोरोनरी, अलानीअरी, फलानीअरी की आवाज़ें हमारे चारों ओर घूमने लगीं।

हमारी चेतना पुनः लुप्त होने को थी कि एकाएक तेज़ रौशनी-सी कौंधी। हमने चौंधियाई आँखों से देखने का प्रयास किया तो भौंचक्के रह गए।

देखा कि डॉक्टर, डॉक्टरनियाँ, नर्सें, वार्ड ब्वॉयज़ सब एकाएक बौने हो गए हैं और इनके ठीक पीछे वही जिन्न खड़ा है। एकदम विराट रूप में।

हमने हैरानी से पूछा, "तुम यहाँ भी?"

जिन्न ने ठहाका मारा और बोला, "यार, तू तो बड़ा कमज़ोर निकला, हमारा

पूरा सूत्र वाक्य सुना भी नहीं और पहले ही दिल पर ले बैठा। मैं सर्वे भवन्तु सुखिनः के आगे यह भी तो कह रहा था 'सर्वे सन्तु निरामयः' अर्थात बाज़ार चाहता है, लोक कल्याणकारी व्यवस्था में सभी लोग सुखी होने के साथ-साथ स्वस्थ भी रहें। इसीलिए हमने अस्पतालों में भी बाज़ार को बिठा दिया और देख बाज़ार का जलवा, अस्पतालों को कहाँ से कहाँ पहुँचा दिया।

इतना कहकर जिन्न ने एकसाथ कई झुनझुने बजाने प्रारम्भ कर दिए। नाना प्रकार की आवाज़ों के साथ जीने-मरने के आसान किश्तों वाले ऑफ़रों, हर अंग को भंग कर बदल देने के ऑसम वाले ऑफ़रों की मारकाट-सी मच गई।

जिन्न हमारी ओर जीभ लपलपाकर बोला, "अब तू जल्दी बता, स्वस्थ होने के लिए कौन सा स्टेंट लगवाना पसन्द करेगा? चायना वाला या अमेरिका वाला?"

हम मरियल स्वर में बोले, "जिन्न भाई, इस बार तू मेरी सलाह मान और एक के ऊपर एक दोनों ही स्टेंट लगवा दे, क्योंकि तू ये बताना तो भूल ही गया—"भस्मीभूतस्य देहस्य, पुनरागमनं कुतः।"

जिन्न ने खुश होकर हमारा मुँह चूमा और इसके साथ ही बौने हुए सारे डॉक्टर, नर्स, वार्ड ब्वॉय अपने असल रूप में आ गए। उनके हाथों में वशीकरण, फँसीकरण के अलावा और भी बहुत से यंत्र थे, एग्रीमेंट के कागज़ात थे। बस देर अब दिल खोल देने की थी।

ब्रेक लेने की परम्परा और ईश्वर की अनुकम्पा

जो गुणीजन टीवी पर हर पल आने वाले कमर्शियल ब्रेक को ही ब्रेक समझते हैं, उन्हें मैं बताना चाहूँगा कि ब्रेक लेना हमारी प्राचीन परम्परा रही है। हमारा इतिहास गवाह है कि हम सिन्धु सभ्यता के काल से ब्रेक लेते आए हैं। जूनागढ़ का प्रतापी सुल्तान महमूद बेगड़ा अपने पलंग के पास समोसों के थाल रखकर सोता था। जब-जब नींद टूटती थी, ब्रेक लेने के लिए वह समोसे खाता था और पुनः सो जाता था। हमारे दफ्तरों के परम प्रतापी बाबू आज भी इस परम्परा को जीवित रखे हैं। तमाम बाबू दफ़्तर में ब्रेक लेने के लिए नींद लेते हैं। नींद खुलते ही ब्रेक लेने कैंटीन की ओर भागते हैं। समोसे हितग्राही की ओर से पेश हों तो उन्हें ग्राह्य करने में महमूद बेगड़ा को मात देते हैं। कुछ तो नींद और समोसों के इस महत्त्वपूर्ण कार्य से अचानक मॉरल ब्रेक लेते हैं और ब्रेक के लिए ही कुछ फाइलों को आगे बढ़ाते हैं, फिर सो जाते हैं। फिर नींद टूटती है, फिर समोसों की ओर भागते हैं। हमारी युवा पीढ़ी भी दम निकलने की सीमा तक तकिये के नीचे केशर का दम रखकर सोती है। ताम्बूलपत्र निर्मित तमाम आरोग्यवर्धक औषधियाँ पतलून की पॉकेट में रखती है जिन्हें सभ्य लोग गुटखे के नाम से पहचानते हैं। हमारा युवा मध्य रात्रि नींद टूटते ब्रेक लेता है। तत्काल गुटखे की पुड़िया मुँह में उँडेलता है और पुनः सो जाता है। सुबह उठता है, मुँह बाद में धोता है, पहले गुटके का इनफॉर्मल ब्रेक लेता है। गुटखं प्रथमं वन्दे,अन्ये तदन्तरं।

परीक्षाओं के दौरान ब्रेक लेने का कार्य अखिल भारतीय स्तर पर सम्पन्न होता है। भले कोई अभागा अभी तक इस बारे में शोध न कर सका हो मगर मैं यह बात खम ठोंक कर कह सकता हूँ कि जो परीक्षार्थी चौबीस घंटे में छह बार लघुशंका

नहीं जाता, वह तीन घंटे के पेपर में कम से कम छह बार लघुशंका के नाम पर यथासमय सरकमस्टेन्शियल ब्रेक अवश्य लेता है। इस दौरान वह लघुशंका करे न करे, संडास के टीन के भीतर यथास्थान पूर्व से खोंसकर रखी गई कुंजियों से यथोचित ज्ञान भी प्राप्त करता है और ज्ञानार्जन के मध्य ब्रेक ले गुटके की पुड़िया से यथासम्भव ऊर्जा भी प्राप्त करता है। जो ज्ञानी कहते आए हैं, परीक्षा में जाने से पहले दही खाना चाहिए, वे निहायत कमअक्ल और लकीर के फ़कीर हैं। एक चुटकी गुटके की कीमत और ईश्वर की अनुकम्पा से एकदम अनजान हैं ये दकियानूस बाबू।

अच्छे-भले ट्रैफिक के बीच मात्र सेंसेशनल ब्रेक लेने हमारे देश का सुसंस्कृत युवा फर्राटे से बाइक दौड़ाता जिस अदा से आँखें बन्द कर दाँतों से गुटके का पाउच खोल बुक्का मुँह में भरता है, वह दुनिया के और देशों में कोई माई का लाल करके दिखा दे भला। पकी उमर का चुका हुआ हमारा एक अधेड़ भी ईश्वर की अनुकम्पा पर असीम आस्था रख चलती कार का गेट खोल, थुथनी ज़मीन पर लटका जिस भयंकर आत्मविश्वास के साथ पीक थूकता है, ऐसा एडवेंचर 'फॉर्मूला वन' के माइकल शूमाकर करके बता दें भला।

पुरानी पीढ़ी के महान कवि प्राणासव ग्रहण करने बड़े-बड़े मंचों पर फॉर्मल ब्रेक लेते और महान काव्य-प्रबन्धन करते आए हैं। करियर के कोल्हू में पिरी यो यो युवा पीढ़ी चार बोतल वोदका के इस युग में अलग अन्दाज़ में ब्रेक ले रही है। पब और हुक्काबार में *हो सारी नाइट बेशर्मी की हाइट, एक मैं और एक तू हो डिम-डिम सी लाइट* जैसे करिश्माई काव्य के माध्यम से उसी पिराई में जीवन रस खोज रही है। बाज़ार में धंधे की लाइट डिम न पड़े, अत: प्रबन्धन के धनी कई कॉर्पोरेट दफ़्तर काम के बीच ब्रेक हेतु निद्रा प्रबन्धन की व्यवस्था कर रहे हैं। इससे भी आगे जाकर कुछ ने तो समूह नृत्य की परम्परा शुरू की है यानी काम के बीच ब्रेक लो और रैप-शैप, ज़ुम्बा-शुम्बा, भरतनाट्यम, जो मन हो, बिंदास करो ताकि कॉरपोरेट के कोल्हू में एचआर का पिराई-प्रबन्धन परफेक्ट हो सके। पब्लिक सेक्टर में ब्रेक के लिए निद्रा की व्यवस्था तो प्रागैतिहासिक है मगर नृत्य नवाचार के इस ज़बरदस्त नवप्रवर्तन पर अभी तक विचार न किया जाना चिन्तापरक है। जबकि सब कुछ ईश्वर के भरोसे न छोड़ यहाँ वास्तव में कुछ किए जाने की ज़रूरत है।

घंटों से क्यू में लगी तांडवातुर जनता के लिए इससे अच्छा ब्रेक क्या होगा जब ऑफिशियल ब्रेक की घंटी बजे, सारी खिड़कियों से बाबू और केबिनों से अफ़सर *रम्बा हो हो...मैं नाचूँ तुम नाचे* से नृत्य आरम्भ करें। आह, क्या अद्भुत दृश्य हो। कष्टानुरागी जन-जन को ब्रेक मिले। खिड़की के इधर भी, खिड़की के उधर भी।

हमारे इतिहास में दर्ज़ है, राजा और उनके अनुचर जब राज-काज की खाज से एकदम झक्क हो जाते थे तो ब्रेक के लिए शिकार खेलने निकलते थे। आधुनिक काल में अब चूँकि शिकार-शिकार दफ्तरों में ही खेल लिया जाता है इसलिए अफ़सर और मातहत ब्रेक लेने टूर पर जाते हैं। कई महत्त्वपूर्ण लोग तो महत्त्वपूर्ण ब्रेक लेने महत्त्वपूर्ण स्थानों पर अज्ञातवास में चले जाते हैं। यह हमारी उन्नत तकनीक और ईश्वर की असीम अनुकम्पा का ही प्रताप है कि इसके बाद भी तमाम दफ्तरों और पार्टियों में सिस्टम ऑटो मोड पर भी चल जाता है। वैसे ही, जैसे लम्बी उड़ानों का पायलट हजारों फुट ऊँचाई पर मात्र ब्रेक लेने के लिए विमान को ऑटो मोड में छोड़ लम्बी तान लेता है और ईश्वर कॉकपिट में बैठ जानमाल की रखवाली कर लेता है।

रात्रि कालीन बस का ड्राइवर भी आधी रात को बस को ढाबे पर खड़ा कर ठेके पर मात्र ब्रेक लेने की गरज से ही जाता है ताकि स्टियरिंग को ईश्वर के हाथों में थमा, अगली यात्रा बिना ब्रेक लगाए सम्पन्न कर सके और यात्रीगण बिना ब्रेक के मोक्ष प्राप्त कर सकें।

ब्रेक परम्परा की शिक्षा हमें प्राथमिक स्कूल से ही प्राप्त होती आई है। हमारे स्कूल में कुर्सियों पर टाँगें फैलाकर सोने के लिए भर्ती शिक्षक मॉरल साइंस की कक्षा में केवल मॉरल ब्रेक लेने के लिए ही पढ़ाते थे और बीच-बीच में उठकर हम छात्रों को पीटने का कार्य भी मात्र इसी ब्रेक लेने की गरज से ही करते थे। स्कूल में स्वेटर बुनने के लिए तनख्वाह पाने वाली शिक्षिकाएँ मात्र इमोशनल ब्रेक लेने के लिए ही बारा अठ्ठे छियानबे पढ़ाती थीं। आज जब ज़माना बदल गया और बाज़ार ने बुनाईप्रथा और मीडिया ने पिटाई प्रथा का दुखद अन्त कर दिया है तो ये सोशल मीडिया की ग्लोबल पोस्टप्रथा के बीच-बीच में फॉर्मल ब्रेक लेते हुए शिक्षा के

महान कार्य को सम्पन्न कर रहे हैं। सोशल मीडिया ने शिक्षा के क्षेत्र में ही नहीं, धर्म से लेकर अर्थ और काम से लेकर मोक्ष तक जब मन चाहे, जैसा मन चाहे, ब्रेक लेने के अद्भुत अवसर प्रदान किए हैं।

इस प्रकार ब्रेक लेना हमारी परम्परा का अंग रहा है। राष्ट्रकवि कहते थे—*हम कौन थे क्या हो गए और क्या होंगे अभी*—मगर कुछ मायनों में देखा जाए तो सच ये है कि हम कुच्छो नहीं बदले हैं। हम तो जो थे, वही हैं और वही रहेंगे। हम ब्रेक लेते थे, लेते हैं और आगे भी खम ठोंक कर लेते रहेंगे। हमारे देश के युवाओं को चाहिए कि वे इस दिशा में नित नई सम्भावनाएँ खोजते रहें। और हाँ, खोज के बीच भी ब्रेक अवश्य लेते रहें क्योंकि ईश्वर तब तक तो साथ हईए है जब तक वह खुद ब्रेक पर न चला जाए।

कम ऑन सखि, वसन्त आया

मामला वसन्त का है। महानगर में वसन्त का। वसन्त का बौराना देखिए कि 'कूलन में केलिन में कछारन में कुंजन में' तक तो ठीक था, अगला महानगरन की गलियन में, कूचन में केलि किलोलें करता इधर मल्टियन तक बगर आया है।

सीन कुछ ऐसा है कि दस दिश मल्टियों का एक बियाबान सा छाया है। जहाँ बिना आईडी के परिन्दे पर नहीं मार सकते, वहाँ यह बौराया वसन्त चुपके से घुसा चला आया है और बगरने के लिए सम्भावनाएँ तलाश रहा है।

किस्सा कोने वाली मल्टी के पहले माले वाले फ्लैट का है। फ्लैट में एक बालकनी है जो बाहर स्वतंत्र कोने में स्थित है। इस बालकनी में गमले हैं। गमलों में मनी प्लांट, कैक्टस और क्रोटनों की हरियाली ऐसी है कि वाटिका का भ्रम उपजाती है।

इसी हरियाली के मध्य पड़ी एक मध्यवर्गीय कुर्सी पर हमारे किस्से की नायिका है, जो आर्य परम्परा के अनुरूप कौमार्यावस्था को तज किसी आर्यपुत्र की भार्या में बदल चुकी है। आर्यपुत्र अपनी भार्या पर पुत्र को हिन्दी रटाने का भार रख स्वत: कार्य पर प्रस्थित हो चुके हैं।

नायिका हिन्दी विषय की पाठ्यपुस्तक लिये कवित्त से जूझ रही है और बालक को क्लिष्ट पंक्तियाँ रटाने का असफल प्रयास कर रही है। बालक चूँकि अंग्रेजी का अभ्यस्त है और नटखट भी अत: वह हिन्दी काव्य को ठेंगे पर रख नाना प्रकार की बाल सुलभ हरकतें कर रहा है।

इस फ्लैट के बाजू की खाली ज़गह पर आम का एक पेड़ बेशर्मी से खड़ा है। बेशर्मी से इसलिए कि काट दिए जाने की परमिशन मात्र न मिलने की वज़ह से बच जाने की अकड़ इसके भीतर भरी है और जहाँ दस हजार वर्ग फुट का रेट है, वहाँ बिल्डर के दसों करोड़ पर पानी फेरता यह आम, ख़ास ढिठाई से अड़ा है। न केवल अड़ा है, बल्कि सोसाइटी के कड़े नियमों, जिनमें मनुष्य के अलावा केवल कुत्तों को रहने की इजाज़त है, वह न जाने कहाँ-कहाँ के परिन्दों को आए दिन शरण देता रहता है।

वसन्त में यह आम भी कम नहीं बौराया है। अभी-अभी इसने एक कोयल को भी शरण दी है जो बौर की महक में बौराई इधर-उधर फुदक रही है। वसन्त के लिए क्योंकि सखि का होना भारतीय साहित्य परम्परा के लिहाज से अनिवार्य है, अतः दीवानी हुई कोयल की बेचैन और थकी हुई निगाहें सखि की तलाश भी कर रही हैं।

कोयल ने आम की उस डाल पर फुदकते हुए जो कि फ्लैट की बालकनीनुमा वाटिका या यूँ कहें, वाटिकानुमा बालकनी तक ही बढ़ आई है, एक निगाह डाली। उसने हिन्दी काव्य के क्लिष्ट शृंगारी लच्छों के बीच हाथ-पाँव मारती नायिका को देखा। खुले केशों में सद्यःस्नाता, ऐतिहासिक नायिका की भाँति प्रतीत होने वाली उस स्त्री को देख कोयल प्रसन्न हुई—

'आह! मेरी खोज पूर्ण हुई। यही है सखि वसन्त वाली,' उसने सोचा। फिर उल्लास से भर सम्पूर्ण शक्ति के साथ कूकना प्रारम्भ कर दिया।

नायिका ने कोयल की कूक को कुछ पल सुना। अनसुना भी किया मगर जब कूकना यथावत जारी रहा और कविता किताब की बियाबानी गुफा से मुँह चिढ़ाने लगी तो उसने उठकर बाईं ओर के फ्लैट की ओर जलती आँखों से देखा। वहाँ कोई न दिखा तो ऊपर और नीचे की ओर भी झाँका। मगर जब कुछ समझ न आया और कूक अनवरत ज़ारी रही तो वह भुनभुनाई। यह बड़बड़ाते हुए कुर्सी पर वापस बैठ गई कि ऐसी कर्णकटु रिंगटोन अपने मोबाइल में रखने वाला अत्यन्त ही शठ प्रवृत्ति का व्यक्ति है और दुष्टता भी ऐसी कि इतनी देर

से उसका मोबाइल इस उलजलूल सुर में यूँ कूके जा रहा है और वह जानकर नहीं उठा रहा।

उद्विग्न कोयल नायिका के इस आचरण पर किंचित क्लान्त हुई, फिर हार न मानने का संकल्प लेते हुए एक बार पुन: उसने यथाशक्ति कूकना प्रारम्भ कर दिया। नटखट बालक का आईक्यू लेवल क्योंकि उच्च लेवल के अंग्रेजी स्कूल में पढ़ने के कारण निश्चित ही अपनी माँ अर्थात कहानी की नायिका के लेवल से ऊँचा था, उसने नायिका का आँचल पकड़ कर उसका ध्यान आवाज़ की दिशा अर्थात आम के पेड़ और उस पर कूकती कोयल की ओर आकृष्ट किया। कोयल बालक की तीव्र बुद्धि पर प्रशंसित भाव से अतिरिक्त उत्साह के साथ कूकने लगी।

नायिका पुन: उठ कर खड़ी हुई। कोयल को क्रोध भरी निगाहों से देखा, फिर चिढ़ के सप्तम सुर के साथ गरजी, "क्यों शोर मचा रही है?"

पुलकित कोयल वसन्त के मौसम में सखि की इस रगड़वाणी पर तनिक अचरज में पड़ी, फिर कूककर बोली, "सखि, मैं शोर नहीं कर रही। मैं तो बार-बार कूक कूककर बताना चाह रही हूँ कि सखि, इधर देखो अमुबा की डाली पर कोयलिया कूके।"

"तुम्हें एक मैं ही मिली सुबह-सुबह प्राण खाने के लिए?" नायिका ने आँखें तरेरीं।

कोयलिया अपराधबोध से ग्रस्त हो महीन स्वर में कूकी, "मैं तो सखि की खोज में हैरान होती घूम रही हूँ। बचे-खुचे पेड़ों में एक से दूसरे पेड़ पर भटक रही हूँ मगर किसे सखि मान बतियाऊँ, कोई नज़र ही नहीं आती। इस सुहावनी सुबह में षोडशियाँ मुँह पर नक़ाब लपेट न जाने किस दिश भागी जा रही हैं, सभी स्त्रियों की गर्दनें मोबाइल ने पकड़ रखी हैं। वे सिर भी नहीं उठातीं कि एक पल मुझे देख लें!"

"ओह," कोयल की बात सुनकर नायिका के तेवर कुछ ढीले पड़े। तनिक आश्चर्य से उसने प्रश्न किया,

"मगर, तुम मुझसे क्या बतियाना चाह रही हो?"

कोयल उमंग से भर कर बोली, "सखि, मैं तुम्हें कब से बतलाना चाह रही हूँ कि वसन्त आ गया।"

नायिका सुनते ही तुनककर बोली, "नाम मत लो उस ठरकी बूढ़े का, बारहों

महीने अपनी खिड़की से मुझे घूरता रहता है। मैं तो यही समझ रही थी कि कूकने की आवाज़ उसी के मोबाइल से आ रही है।"

"कम ऑन सखि, मैं उस वसन्त की बात नहीं कर रही," कोयल को नायिका की मोटी बुद्धि पर तरस आया।

"तो फिर किस के आने की बात कर रही हो?"

"वही जो इस मौसम में आता है।"

"इस मौसम में?" नायिका ने दिमाग पर ज़ोर डाला, "जो इस मौसम में आता है? इस मौसम में क्या ख़ाक आता है, सिवाय माथा फोड़ी के।"

कोयल चक्कर में पड़ गई। कुछ समझ न आया। बल्कि उसे अपना माथा कुछ-कुछ घूमता हुआ-सा लगा।

नायिका अपनी रौ में बोली, "पता है, इस मौसम में क्या आता है? इस मौसम में आता है, डॉक्टर का ख़र्चा। मौसम बदला और बीमारियाँ शुरू," नायिका ने एक निगाह बालक पर डाली जो, सखि-कोयल संवाद के दौरान काव्य की डोरी छोड़ मोबाइल पर डोरेमॉन की डोरी पकड़ चुका था, फिर साड़ी के पल्लू से बालक की नाक पोंछते हुए कहा,

"कामवाली बाई इस मौसम में बुखार का बहाना कर हफ्तों गायब हो जाती है और जानती हो, सखि के हाथ में क्या आता है? सखि के हाथ में आते हैं माँजने के लिए जूठे बर्तन, घर बुहारने के लिए झाड़ू और फर्श चमकाने के लिए पोंछा।"

कोयल निरुत्तर-सी चोंच बाए बैठी रही। उसने बात को तनिक स्पष्ट करने के उद्देश्य से कहा, "मैं वसन्त ऋतु की बात कर रही हूँ सखि, जो इसी मौसम में आती है।"

नायिका तमककर बोली, "इस रित्तू में मृत्तू आती है, मृत्तू।"

कोयल जो कि चारु-चन्द्र, चातक-चातकी, गुंजन-कुंजन जैसी प्योर वासन्ती शब्दावली में निष्णात थी, नायिका की हिन्दी के अल्प ज्ञान पर मायूस हो गई। उसने ऋतु और मृत्यु के सम्बन्ध में नायिका के शब्दों का भावार्थ न समझते हुए अज्ञानता में पलकें झपकाईं तो नायिका ने चिर चिड़चिड़े स्वर में स्पष्ट किया, "इस रित्तू में जीते जी मृत्तू आती है क्योंकि खाने के लाले पड़ जाते हैं। सारी तनख्वाह

स्वाहा हो जाती है। इनकम टैक्स वाले साल भर की आधी कमाई ले जाते हैं। बीमा की किस्त, लोन की किस्त अलग से प्राण ले लेती है। बच्चों की ट्यूशन फीस, एडमिशन फीस, परीक्षा फीस, कम्प्यूटर फीस, इसकी फीस, उसकी फीस, न जाने कितनी तरह की फीस...," नायिका टीसकर बोली।

व्याकुल कोयल ने हार न मानी। वसन्त की वकालत में अकुलाती हुई बोली, "बी पॉजिटिव सखि, इस मौसम में और भी बहुत कुछ आता है, जैसे कि वासन्ती बयार, मदमाती खुशबुएँ, गुंजन करते भँवरे, खिलते हुए फूल और उन पर मँडराती रंगबिरंगी तितलियाँ, बौराती लताएँ और न जाने क्या-क्या।"

"हुँह, इन सब से क्या होता है?" नायिका झुकने को तैयार न थी।

कोयल भी अड़ गई। ज़ोर से कूककर बोली, "ओह सखि, तुम्हें कैसे समझाऊँ! वासन्ती बयार के आते ही सब बावरे हो जाते हैं। भँवरे बेचैन होकर मँडराने लगते हैं। तितलियाँ सब कुछ भूलकर एक फूल से दूसरे फूल की ओर भागने लगती हैं। लताएँ वृक्षों से चिपटने को आतुर हो उठती हैं। वृक्ष उल्लास से भर जाते हैं। नायक नायिका का प्रेम उन्मुक्त हो उठता है। कुल मिलाकर चारों ओर श्रृंगार का ऐसा मादक वातावरण छा जाता है कि..."

"कि क्या?"

"कि कवि भी सुध-बुध खो बैठते हैं और वसन्त पर काव्य रचने बैठ जाते हैं।"

कोयल का इतना कहना था कि नायिका सचमुच सुध-बुध खो बैठी। भनभनाकर उठ खड़ी हुई। हाथ में पकड़ी हिन्दी काव्य की पाठ्यपुस्तक ज़मीन पर दे मारी और तमतमाकर बोली, "भाड़ में गया तुम्हारा वसन्त और भाड़ में गए तुम्हारे कवि। न तुम्हारा वसन्त आता न कवि ऐसी बेहूदा कविताएँ रचते, जिन्हें अपने बालक को रटाने के लिए मैं इस प्रकार भाड़ झोंक रही हूँ।"

विकल कोयल ने वासन्ती रति श्रृंगार की इस अंगारगति पर अपना माथा पीटा और पंख फड़फड़ाकर उड़ गई।

भारहीनता की उलटी थ्योरी

वैज्ञानिकों की हम आपसे क्या कहें, उनके साथ ऐसा-वैसा क्या हुआ और कैसी-कैसी थ्योरियाँ उन्होंने हमारे नौनिहालों पर थोप दीं। एक आर्कमिडीज़ हुए जो टब में नहाते-नहाते बड़ी ख़तरनाक हालत में बाहर दौड़ पड़े और भारहीनता को लेकर एक थ्योरी झट्ट से थोप दी। एक हुए न्यूटन। उन्हें भी देख लीजिए। बताते हैं एक सेब पट्ट से उनकी खोपड़ी पर क्या गिरा, उन्होंने चट्ट से थ्योरी ऑफ ग्रेविटी तोप दी। पृथ्वी के गुरुत्वाकर्षण को सीधा-सीधा जिम्मेदार ठहरा दिया कि गुरु, गुरुत्व नाम का बस यही एक आकर्षण है जो हमें जमीन पर खींचता है। खींचता क्या है, जैसे ही हम इससे मुक्त हो ऊपर की ओर जाते हैं, हमारी वज़नदारी कम होने लगती है और एक स्तर ऐसा आता है जब एकदम से भारहीनता के हालात पैदा हो जाते हैं। आदमी के पैर टिकते नहीं हैं और वह कभी नीचे तो कभी ऊपर, कभी उलटा तो कभी पुलटा होने लगता है। न्यूटन की बात को सही ठहराते विज्ञान के तमाम ज्ञानी यही कहते आए हैं कि ऊपर की ओर बढ़ने पर भार घटता जाता है और यह जो कुछ भी उलटी-सीधी हरकत होती है, वह पृथ्वी के गुरुत्वाकर्षण की वजह से होती है, वैज्ञानिकों की ऐसी एवेंई टाइप थ्योरियों के मारे मैं कई बार बड़ी दिशाहीनता की स्थिति में पहुँच जाता हूँ और मेरे लिए यह तय करना कठिन हो जाता है, इन वैज्ञानिकों की मानूँ या व्यवहार की।

विज्ञान कहता है कि जैसे-जैसे हम ऊपर की ओर बढ़ते जाते हैं, एक सीमा के बाद हमारा भार क्रमश: कम होता जाता है और अन्तत: एक तयशुदा ऊँचाई पर पहुँचने के बाद हम भारहीनता की स्थिति में आ जाते हैं। लेकिन मैं खम ठोंक कर उन्हें चैलेंज देता हूँ कि हुजूर हमेशा ऐसा नहीं होता है और वज़नदारी में कमी

नीचे गिरने पर भी आती है। मैंने ऐसे अनेक लोगों को भारहीनता की स्थिति में देखा है जो ऊपर की ओर नहीं गए बल्कि नीचे की ओर गिरे।

जब-जब अपने आदर्शों की सीमा से मैंने उन्हें गिरता पाया, उन्हें भारहीनता की स्थिति में पाया।

इससे जनाब न्यूटन की ये बात गलत साबित होती दिखी कि केवल ऊपर की ओर जाने पर ही भारहीनता पैदा होती है।

विज्ञान यदि उदाहरण सहित व्याख्या करता है तो मैं भी बिना उदाहरण दिए नहीं रहूँगा। ख़ुद का ही उदाहरण देता हूँ। एक रोज मुझे यह अन्तर्ज्ञान हुआ कि मैं पन्द्रह साल से एक ही टुटही स्कूटर पर चल रहा हूँ और उसके साथ बलात् चालन जैसा अपराध कर रहा हूँ तो मुझे अन्य सहकर्मियों को कार में चलते देखकर अपनी संवेदनहीनता पर अपराधबोध हो आया और कारहीनता के बोझ से दबकर मैंने ख़ुद को भारहीनता की स्थिति में ले जाना चाहा।

मुझे पड़ोस की अप्सरा तुल्य स्त्रियों ने कभी आकर्षित किया तो मैंने ख़ुद को भारहीनता की स्थिति में पाया। मैंने जब इच्छित स्थान न मिलने पर कुछ अनपेक्षित-सा करना चाहा, स्वयं को भारहीनता की स्थिति में जाता पाया। यह अलग बात है कि मैं विवेकहीनता की स्थिति में नहीं था सो अपनी वज़नदारी को क़ायम रख सका।

इससे मुझे यही समझ आया कि भारहीनता के लिए पृथ्वी के गुरुत्वाकर्षण का कोई लेना-देना नहीं, वरन पुरुषत्वाकर्षण, स्त्रीत्वाकर्षण, धनाकर्षण, सम्पदाकर्षण, सत्ताकर्षण, पुरुस्काराकर्षण, सम्मानाकर्षण, ईर्ष्याकर्षण यहाँ तक कि छपासाकर्षण जैसे भी नाना प्रकार के आकर्षण हैं जो आदमी को भारहीनता की स्थिति में ले जाते हैं।

अब बताइए भला, हम ग़लत कह रहे हैं क्या कि जैसे-जैसे हम नीचे की ओर गिरते हैं, हमारा भार घटता जाता है। दूसरे शब्दों में यह भी कह सकते हैं कि जैसे-जैसे हमारी वज़नदारी घटती है, हम नीचे की ओर गिरते चले जाते हैं और गिरे हुए आदमी की श्रेणी में आते ही भारहीनता की सर्वोच्च स्थिति को प्राप्त कर लेते हैं।

एक बात और, विज्ञान तो यह भी कहता है कि सम्पूर्ण भारहीनता की स्टेज में आने पर मनुष्य के पैर ज़मीन पर नहीं टिकते और वह हवा में ही उलट-पुलट होने लगता है। जबकि मैंने ऐसे तमाम लोगों को देखा है जिनके पैर ऊँचाई पर पहुँचे बग़ैर

भी ज़मीन पर नहीं पड़ते। वे उलट-पुलट होते रहते हैं और खीसे निपोरकर इस बात को प्रकट करते रहते हैं कि वे इतना गिर चुके हैं कि अब इससे और नीचे गिरना सम्भव नहीं, अर्थात वे अब भारहीनता की उच्चतम स्थिति को प्राप्त कर चुके हैं। इससे मैं यह थ्योरी भी दे सकता हूँ कि ज़रूरी नहीं मनुष्य का भार व्यवहार में भी उतना ही हो, जितना वह हमें नज़र आता है। वस्तुतः वह इस बात पर निर्भर करता है कि उसकी प्रवृत्ति ऊपर उठने की है या कि नीचे गिरने की।

निदा फ़ाज़ली ने सही कहा है—

हर आदमी में होते हैं दस-बीस आदमी,
जिसको भी देखना हो, कई बार देखना।

विज्ञान की थ्योरी के उलट मैं तो कहता हूँ, जिसको भी तौलना, कई बार तौलना। आपको समझ आएगा कि जिसका वज़न आपने चालीस मन का माना था, वो छँटाक भर का निकला।

तो ज़रा आँख खोलकर आसपास निगाहें दौड़ाइए और बताइए, आपको तमाम वज़नदार चेहरे भारहीनता की स्थिति में नज़र आते हैं या नहीं। यदि हाँ तो बताइए, भारहीनता की मेरी यह थ्योरी उलटी तो नहीं है न!

गिरवी बाबू, बहती हुई गंगा और गणतंत्र

यूँ तो मौसम कड़ाके वाली ठंड का था लेकिन इधर अलसुबह ही मोहल्ले का माहौल गरमा गया था।

हुआ यों कि गिरवी बाबू दो रोज़ बाद बाहर गाँव से लौटे थे। गेट खोलकर भीतर घुसे तो देखा, दरवाज़े का कुन्दा उखड़ा पड़ा था और नीचे पड़ा ताला उन्हें मुँह चिढ़ा रहा था। अपने ही घर का ताला टूटा देख काटो तो खून नहीं। बल्कि खून खौल गया उनका। एकाएक कानून व्यवस्था पर से भरोसा ही उठ गया।

हालाँकि वे गिरवी बाबू थे। उनके लिए खाली अपना भरोसा उठना ही पर्याप्त न था, सोई हुई जनता को उठाकर, कानून व्यवस्था पर से उनका भरोसा उठाना पहले आवश्यक था।

सो साहब, उन्होंने टूटा ताला देखते ही चीख़-चीख़कर आजू-बाजू के घर, फिर सारा मोहल्ला खोपड़ी पर उठा लिया। शहर भी उनके तेवर देख घबरा गया कि अब ख़ैर नहीं और हो न हो, कुछ देर बाद उसे भी इनकी खोपड़ी पर उठना ही है।

आप सोच तो रहे होंगे कि ये भला कैसा नाम हुआ 'गिरवी बाबू! है न? चलिए, बता ही देते हैं। दरअसल, माँ-बा़प ने बड़े लाड़ से इनका नाम गिरधर गोपाल रखा था। मगर जैसे हमारे देश में कर्म के आधार पर प्राय: नामकरण हो जाता है न, ऐसे ही इन्हें कब गिरधर गोपाल से गिरवी गोपाल और गिरवी गोपाल से गिरवी बाबू बुलाया जाने लगा, पता नहीं।

रक़म, ज़मीन गिरवी रखवाकर उधार देना, सूद उगाहना, उगाही-उगाही के खेल में बरतन भाँडे भी बिकवा देना ही नहीं, कपड़े तक उतरवा लेने के काम से जब उनके मन में इलाके के अमन-चैन को गिरवी रखने की भी मुमुक्षा जागी तो उसे पूरा करने की गरज से उन्होंने राजनीति में भी डेब्यू कर लिया। ऐसा करते ही उनका कद एकाएक बढ़ गया और कद के साथ-साथ शहर और आसपास के इलाके में वज़न भी ठीक-ठाक बढ़ गया।

हाँ, तो ताला टूटा होने से यह तो तय हो ही चुका था कि चोरी हुई है मगर गिरवी बाबू छोटा-मोटा नहीं सोचते थे। ऊँचे लोग, ऊँची पसन्द वाले थे। चोरी को चोरी ही बताया जाए तो बात बड़ी हलकी हो जाती है। उसी चोरी को डकैती बताया जाए तो मामला गम्भीर भी बनता है और उनकी प्रतिष्ठा की ठसक भी बढ़ती है। सो उन्होंने तत्क्षण 'डकैती पड़ गई, डकैती पड़ गई', चिल्ला-चिल्ला कर सारा मोहल्ला एकत्र कर लिया। सुबह-सुबह ऐसा शोर! लोग खटिया से कूद पड़े। चारपाइयों से लुढ़क उठे। पल्ली रजाई यहाँ-वहाँ फेंक, मुँह में दातून और काँख में हाजत-फ़रागत का लोटा दाबे गिरवी बाबू के घर की ओर दौड़ पड़े।

जिज्ञासु भीड़ गेट से घुसकर, चहारदीवारी से कूदकर यानी जिससे जहाँ से बना, उनके पोर्च, बगिया, पिछवाड़े और उधर-इधर से फैलती लपकती बिल्कुल उस दरवाज़े पर आकर टिक गई जिसका ताला तोड़ा गया था।

साफ़-साफ़ समझ आ रहा था कि मामला नकबज़नी का ही है। मगर साहब, जितने मुँह उतनी बातें। जितने हाथ, उतने जासूस नाथ। सब सबूत खोद निकालने को तत्पर। हर कोई चाह रहा था, दरवाज़े के उखाड़ फेंके गए कुन्दे और कुन्ने पर टूटे पड़े ताले को एक दफ़ा अपने हाथों से छू बस ले। क्या पता,उसे ही कोई क्लू हाथ लग जाए और कौन जाने, उसी क्लू पर मामले का राज़ फ़ाश हो जाए। कुछ ही देर में मोहल्ले भर ने छू कर, उलट-पुलट कर और कुछ ने तो सूँघकर यह तस्दीक़ कर ली कि ताला वास्तव में तोड़ा गया है और इसका सबूत यह है कि ताले के मुँह पर, पीठ पर, इधर और उधर तोड़े जाने के साफ़-साफ़ निशान हैं।

यों चोरी ख़ुद के घर में हुई थी मगर ऐसे मौक़े रोज़ नहीं आते सो गिरवी बाबू का उत्साह देखते बन रहा था। जबसे उन्हें डकैती वाली बात सूझी थी, तब से तो जोश और भी बयाँ करने लायक था। पड़ोसी धर्म का सही निर्वहन करते वह

पड़ोस से लेकर मुहल्ले तक के लोगों को उस कमरे में बल्कि यह कहें, ऐन उन आलमारियों तक घुसा लाए जिनमें रक़म रखी थी।

मज़े की बात यह थी कि आलमारियाँ तोड़ी नहीं गई थीं क्योंकि उनमें चाबियाँ लगी छोड़, घर से चले जाने का अहसान गिरवी बाबू पहले ही कर गए थे। लोगों ने कहा, यार देखो, अपने गिरवी बाबू कितने समझदार हैं जो चाबियाँ साथ नहीं ले गए, बल्कि लगी ही छोड़ गए। कुछ ने सन्तोष प्रकट कर कहा, रकम जो गई सो गई, आलमारियाँ टूटने से बच गईं, ये बड़ी ग़नीमत रही।

कुछ ने तो यह तक कहा कि बाहर ताले में भी चाबी लगी छोड़ जाते तो ज़्यादा ग़नीमत होती। ताला भी खामख्वाह टूटने से बच जाता और दरवाज़े का कुन्दा भी। पैसा-कौड़ी का क्या है, वो तो आता-जाता रहता है।

मौक़ा-ए-वारदात बड़ा दर्शनीय बन पड़ा था। ये इससे समझ आता था कि चोर तो जो भरकर ले गए, ले गए, लोग कितनी उत्सुकता और मज़े के साथ उस पूरे दृश्य को आँखों में भरकर ले जाना चाहते थे।

आलमारियों के पल्ले और लॉकर खुले पड़े थे। ढेर सारे कपड़े-लत्ते, कागज़-पत्ते और तमाम अल्लम-गल्लम सामान यहाँ-वहाँ बिखरा पड़ा था और हाँ, गिरवी बाबू का रायता फैलाने वाली एक वस्तु भी इन्हीं अटरम-सटरम आइटमों के बीच पड़ी मुँह चिढ़ा रही थी।

जिस वस्तु विशेष से इस वक़्त रायता फैले क्या, बहे जा रहा था, उस पर पड़ोस के दो चपल बालकों की तेज़ नज़रें टिकी हुई थीं। इन बालकों की मसें अभी भीगी नहीं थीं, मगर जासूसी वाली नसें ख़ूब ज़ोर पकड़ चुकी थीं।

पहला बालक अत्यन्त बुद्धिमान था। उसे समझते देर नहीं लगी कि ये वही वस्तु है जिसके लिए केलि किलोलिनी, विद्युत प्रवाहिनी, प्रेम पुंगवी सन्नी लियोनी प्रतिदिन बड़ी मादक अदाओं से टीवी पर आती है और 'अभी न जाओ छोड़कर, ये दिल अभी भरा नहीं कहकर, न जाने किस मंशा से घर में ही रुके रहने का आत्मीय अनुरोध समूचे देश से करती हैं। द्वितीय बालक विज्ञान का छात्र था। नकल से उत्तीर्ण होता था मगर अकल का प्रयोग उसमें भी करता था। भौतिक विज्ञान का सिद्धान्त चाल बराबर दूरी बटे समय, यानी एस इज़िकवल टू डी अपॉन टी उसे

ख़ूब ज्ञात था। लिहाज़ा समय के लिए उसने वस्तु पर अंकित निर्माण की तिथि यानी मेनिफेक्चरिंग डेट, गिरवी बाबू की पत्नी की अवसान तिथि यानी एक्सपायरी डेट को गणना में शामिल किया। चाल के लिए गिरवी बाबू के चालचलन की श्रुति कथाओं का स्मरण किया और इनके आधार पर झट यह गणना कर ली कि उनकी पत्नी की एक्सपायरी डेट तीन साल पहले की है जबकि वस्तु की मेनिफेक्चरिंग डेट हाल की। अतः यहाँ मामला एलिमेंट्री फ़िजिक्स का नहीं बल्कि क्वांटम फ़िज़िक्स की तरह रहस्यमय और गिरवी बाबू की किसी नई फिज़िकल कैमिस्ट्री का है। इस निष्कर्ष पर पहुँचते ही उसकी मुस्कान तिरछी और तेज़ हो गई और दोनों बालकों ने आँखों ही आँखों में कुछ इशारा कर पुनः मुस्कराना प्रारम्भ कर दिया।

गिरवी बाबू उनकी मुस्कराहट को भाँप चुके थे और क्षण मात्र को झेंप भी पर्याप्त गए थे, मगर चूँकि दिमाग के तेज चलने में उनका नम्बर नेक्स्ट टू चाचा चौधरी था अतः उन्होंने ज़ल्दी से अपनी एक टाँग विशेष को लम्बी कर चीर हरण करने वाली उस वस्तु विशेष को आलमारी विशेष के नीचे ठेल दिया।

मौक़ा-ए-वारदात पर मोहल्ले भर के जो जेबी जासूस और चन्द करमचन्द भीतर आ गए थे, उन्होंने जितने सबूत हो सकते थे, उन्हें सूँघकर, छूकर और भरपूर छेड़ कर वारदात की तस्दीक कर ली थी। फिर ख़ुश होकर कहा था, अहा, इसे कहते हैं सबूत, अब देखना, चोर कैसे पकड़ में आते हैं।

गिरवी बाबू ने जब देख लिया कि अब मोहल्ला क्या, आसपास की झुग्गी बस्तियों में भी ऐसा कोई नाकारा नहीं बचा जो इतनी बड़ी वारदात के बाद भी घर में टाँग फैलाकर सो रहा हो, बल्कि जो सो रहे थे, उन्हें भी भक्तगण द्वारा टाँगा टोली कर या गिरेबान से लटकाकर ले आया गया है और गवाहों की एक पूरी फ़ौज़ उनकी जेब में है तो उन्होंने कुरते की जेब से फोन निकाला। समय आ गया था कि अब वह पुलिस को बताएँ कि वह क्या चीज हैं।

यों जानते वह भी थे कि सौ नम्बर घुमाएँगे और दस मिनट में पुलिस उनके पास आ जाएगी और जितनी ज़ल्दी पुलिस आएगी, चोरों की घेराबन्दी भी आसान हो जाएगी, लेकिन ऐसे ही सौ नम्बर घुमा पुलिस बुला ली तो उनमें और आम मोहल्ले वाले में क्या फरक रह गया! सहज रूप से भले उनकी दो ही टाँगे दिखती

हों मगर ऐसी कई अदृश्य टाँगे भी तो थीं उनकी जो व्यापार मंडलों, सामाजिक संगठनों, राजनीतिक दलदलों, धार्मिक समितियों और न जाने कहाँ-कहाँ के फटों में समाई थीं। लिहाज़ा आईजी से नीचे वारदात की इत्तिला देना बिलो स्टेंडर्ड वाली बात हो जाती। सो उन्होंने दो सौ किलोमीटर दूर बैठे आईजी साहब को फोन घुमाने के पहले भीड़ में बकायदे इसका एलान भी कर दिया कि वे वारदात की इत्तला सबसे पहले रेंज आईजी साहब को देंगे। मोहल्ले भर के सामने सीधे आला अफसरों को फोन लगाने और कानून व्यवस्था को गरियाने का एक अलग ही आनन्द है। तीनों लोकों में चरचराटा बढ़ता है। लिहाजा उन्होंने अज़ीमोशान अकड़ के साथ फोन लगाया। कानून व्यवस्था की स्थिति को भरपूर कोसते हुए चीख़-चीख़ कर अपनी बरसों की ईमानदारी और खून-पसीने की कमाई डकैती में लुट जाने पर छाती भी इतनी पीट ली कि थोड़ी देर और पीटते तो शायद कुरता फट जाता। जिस स्यापे के साथ वह अपनी कमाई को ईमानदारी और खून-पसीने की बता रहे थे, वहाँ मौज़ूद कुछ जाहिल लोग कनखियों में मुस्कराने लगे थे। मोहल्ले की चपला अय्यारिनें भी खूब बता सकती थीं कि इस कमाई में उनकी बहू का मायके से पैसा-जेवर लाते लाते कितना खून बहा था और धनी का समधी खून के कितने आँसू रो चुका था।

आईजी साहब को किए गए फोन का फ़ौरी प्रभाव पड़ा। डिप्टी साहब, बड़े दरोगा जी, छोटे दरोगा जी और वो सारा फ़ौज फाटा, जिसने रात भर ड्यूटी के बाद घर पहुँचकर दो घड़ी पलक झपकाने की गरज़ से वर्दी खोली ही थी, वापस जूते कस मौका-ए-वारदात पर आ पहुँचा।

गिरवी बाबू जहाँ इतने फ़ौज फाटे को देख अपार आत्मसन्तुष्टि का अनुभव कर रहे थे, वहीं ऊपर से बताते भी जा रहे थे कि कैसे उनकी पाई-पाई जोड़ी रक़म लुट गई। उन्हें यह बताने में ग़ज़ब का उत्साह आ रहा था कि चोर किस ओर की दीवार फाँदकर घुसे होंगे। किन खिड़कियों से झाँक कर टोह ली होगी और कैसे आला नकब लगाकर दरवाज़े का ताला तोड़ा होगा। पुलिस उनका उत्साह देखकर दंग थी और यकीन मानिए, चोर भी सामने होता तो दंग रह जाता बल्कि वह ऐसे गुरु के चरण पकड़ चिरौरी ही करता, हे गुरुदेव, चौर्य कर्म के सारे गुर और नवाचार हम अब आप ही से सीखेंगे।

यों मौका-मुआयना करते ही पुलिस के अफसरों ने भी सिर पीट लिया था। जहाँ चोरों के पैरों के निशान मिलने थे, वहाँ मोहल्ले भर से आ जुटे चपल अय्यारों

के चप्पल-जूतों के निशान मुँह चिढ़ा रहे थे। फिंगर प्रिंट एक्सपर्ट ने आलमारियों से उँगलियों के निशान लेने काला पाउडर छिड़का, मगर वहाँ उँगली तो छोड़िए, हाथे हथेलियों के इतने निशान दिख रहे थे जितने नई बहू के ससुराल में आने पर भी नहीं लगवाए जाते होंगे। अब उम्मीद केवल कुत्ते पर थी सो कुत्ता भी बुला लिया गया, जिसके बाद भीड़ को और आनन्द आने लगा। आदमी के तो रोज़ देखते हैं। आज कुत्ते के चमत्कार भी देख लें।

कुत्ता सूँघने की कला में अच्छे अच्छों का बाप था मगर बाप की भी सीमाएँ होती हैं सो बाप, माफ़ कीजिए, कुत्ते ने मौक़ा-ए-वारदात पर कदम रखते ही सूँघ लिया कि यहाँ गन्धों के इतने फ़्लेवर तैर रहे हैं कि अब सूँघना और चोर का पता लगा लेना उसके बाप के भी बस की बात नहीं सो वह केवल आलमारी में थुथनी घुसाकर गई रकम की टोह लेने लगा। अपनी छठी इन्द्रिय के दम पर वह समझ गया था कि धनी भी कम चोर नहीं है और जो कुछ गया है, वह भी चोरी और कपट से ही जोड़ा हुआ था। गिरवी बाबू भी उसकी ओर ऐसी ही शंका से देख रहे थे कि कुत्ते के रंग-ढंग ठीक नहीं दिख रहे। बल्कि एक बार कुत्ते से आँखें मिलते ही वह सकपका गए, ऐसा न हो कुत्ता उन्हीं पर झपट बैठे।

अब मौके पर सिवाय गिरवी बाबू की दुर्गंध और भीड़ की मचाई गन्ध के अतिरिक्त ऐसा कुछ नहीं था, जिसके दम पर वह कम से कम बाहर निकलकर चार-छह गलियों, झुग्गी-बस्तियों की तरफ दौड़े तो, सो वह मुँह लटकाकर बाहर बरामदे में आकर बैठ गया और उन लोगों की मूर्खतापूर्ण बातों का आनन्द लेने लगा जो उसकी शान में कही जा रही थीं।

गिरवी बाबू ने अचानक याद दिलाया कि उन्होंने सीसीटीवी कैमरे भी लगवा रखे हैं। यह जान दरोगा जी की बाँछें खिल उठीं। मगर उन्होंने ज्यों ही बाहर लगे कैमरों की दशा एवं दिशा का पुलिसावलोकन किया, उनकी बाँछें 'जैसे थे' वाली स्थिति में लौट गईं और पहले से ज़्यादा मुरझा गईं। दरअसल, बाहर लगे पहले कैमरे की गरदन गिरवी बाबू की नाक के माफ़िक इतनी ऊँची हो गई थी कि उसकी ज़द में इनके घर का इंच-भर कोना नज़र नहीं आ रहा था। हाँ, सामने वाले की छत पर सूखते कच्छे, बनियान या पेटीकोट का रंग काला है अथवा सफ़ेद ये बड़ा साफ़ देखा जा सकता था।

दूसरा कैमरा ज़रूर गिरवी बाबू के घर की चौहद्दी में था मगर उसकी गरदन

टूट कर यों लटकी थी कि उसकी ज़द में पिछवाड़े रखा खाली डस्टबिन आता था। उसके चारों ओर फैले कचरे के ढेर के आधार पर यह साफ़-साफ़ समझा जा सकता था कि गिरवी बाबू डस्टबिन की साफ सफाई को लेकर कितने सजग हैं क्योंकि कचरा डस्टबिन को बचाते हुए बाक़ी सभी जगह बड़े इत्मीनान से फेंका जाता था और पिछवाड़े की गैलरी भले कूड़ेदान में तब्दील हो गई थी मगर डस्टबिन एकदम चकाचक था।

ग़नीमत यह थी कि दो कैमरे अन्दर बैठक में भी लगे पाए गए और उनमें भी बयान करने वाली ग़नीमत यह थी कि कैमरे पड़ोसी के ड्राइंगरूम या बेडरूम के नहीं, गिरवी बाबू के अपने ड्राइंगरूम के दृश्य बताते थे।

इन कैमरों के फुटेज देखे जाना शुरू हुआ। इसका फ़ौरी असर यह हुआ कि सारा मोहल्ला अपने-अपने दीदे आँखों से निकाल ऐन स्क्रीन पर चिपका देने के लिए जितना पास घुस सकता था, ऐसे घुस आया जैसे तीन दशक पहले की रामायण, महाभारत या कृषि दर्शन का प्रसारण होने जा रहा हो। जिनके दीदे वहाँ तक नहीं आ पा रहे थे, उन्होंने भी अपनी नाक लम्बी कर ऐसे फँसा दी कि अब वहाँ तमाम तरह की नाकों और गुच्छाए दीदों का कोलाज़ दिखाई देने लगा था। कैमरे पर सभी का घनघोर विश्वास था। बस अगले दृश्य में ही चोर पहचान लिया जाएगा।

अचानक एक आकृति को देख गिरवी बाबू उत्तेजित हो चिल्लाए, "यही है चोर, यही है"। सूँघने को आतुर नाकें और गटों के गुच्छे और पास आ गए।

फुटेज रीप्ले किया गया। पॉज़ करते ही लोग पहचान कर कह उठे, ये तो अपने गिरवी बाबू ही हैं क्योंकि उनकी ढीली लंगोट के ऊपर जो पैजामा नज़र आ रहा है, वैसा बारहमासी पैजामा केवल गिरवी बाबू का ही हो सकता है। कोई यह भी दावा कर कह पड़ा कि आज का नंगा से नंगा चोर लंगोट कैसी भी पहनता हो, ऐसा वाहियात पैजामा तो हरगिज़ नहीं पहनता।

दरोगा जी ने बाहर वाले कैमरों की दिशा देख ली थी तो भीतर के कैमरे की दशा भी भाँप गए थे। कैमरा तीन रोज़ पहले ही बन्द हो पड़ने के सबूत तथा गिरवी बाबू के पैजामे को लेकर मौज़ूदा गवाहों के बयानात के आधार पर दरोगा जी द्वारा भी ताईद कर दी गई कि गिरवी बाबू, फुटेज में जो नज़र आ रहा है, वह इतने बड़े

सबूत की बिनाह पर सिर्फ़ आप ही हो। लोगों ने भी सहमति में सिर हिलाया और कहा कि जो भी हो, एक पैजामे को छोड़ दें तो चोरों से उनका हुलिया कितना मिलता है।

उधर दूसरे एंगिल पर लगे कैमरे को चालू हालत में देख उम्मीद फिर उछाल मार गई। मगर माथा पीटने का सबब यह हुआ कि फुटेज में जो नज़र आ रहा था, वह आप ही टूटा फूटा था और इसमें दृश्य उतना ही साफ़ था जितना गिरवी बाबू को अपना मोटा चश्मा निकाल देने के बाद नज़र आता था।

ऐसी विकट दशा के बाद भी कैमरे में दो सीन पकड़ लिये गए। एक सीन में जो नज़र आ रहा था, उसके हिसाब से वह चोर ही था क्योंकि उसने मुँह बाँध रखा था। दूसरे सीन में जो दिख रहा था, उसका चेहरा इतना धुँधला था कि खुद चोर भी न पहचान पाए। मगर लोगों ने दावे के साथ उसे भी चोर ही बताया क्योंकि वह उसके साथ था, जिसने मुँह बाँध रखा था। जिन लोगों ने अपनी नाक यहाँ फँसा रखी थी, उन्हें ग़ज़ब का विश्वास था कि अब पुलिस पकड़ ही लेगी चोर को। गिरवी बाबू भी आधा गिलास ख़ाली देखने वाले निराश मानस नहीं थे। एक सोमरस का खाली गिलास छोड़ दो तो मौके के हिसाब से शून्य में भी सम्भावनाएँ निकाल लेने वाले थे गिरवी बाबू। इसी का नतीज़ा था कि उन्हें इस वारदात में गिलास आधा क्या, पूरा भरा दिखाई दे रहा था। बहती गंगा के ऐसे मौके बार-बार नहीं आते दोस्त। बात निकली है तो दूर तलक तो जाए। हालाँकि उन्हें पता था, बीते दिनों पुलिस ने बड़े-बड़े तीर मारे हैं। दो बड़े गिरोह पकड़े हैं। चोरियाँ बरामद की हैं और दो-एक अंधे क़त्ल भी बख़ूबी सुलझाए हैं। लेकिन यहाँ तो वारदात ख़ुद उनके साथ हुई है और पुलिस के हाथ में चोर क्या, चोर की दाढ़ी का तिनका तक न था। इतनी बड़ी बात दूर निकलने के पहले ऐंवई आई-गई हो गई तो बात में बात वाली बात कहाँ रह जाती। ऐसा विचार कर उन्होंने एलान प्रारम्भ किया कि शहर में कानून व्यवस्था की स्थिति बड़ी ख़राब है और यह तब तक नहीं सुधरेगी, जब तक वह सारा बाज़ार, सारे काम धंधे और सारा शहर बन्द नहीं करा लेंगे। उनके इस पावन अभियान में योगदान देने वे सारे लफंगे ख़ुद ब ख़ुद जुट गए जो कभी न कभी किसी न किसी पेच में हवालात की हवा खा चुके थे। इनका दृढ़ विश्वास था कि क़ानून व्यवस्था तभी दुरुस्त मानी जाएगी जब तक वे दो-चार गुमटियाँ या हाथठेले नहीं पलटा लेंगे, दो-चार की कनपटी के नीचे चनकट बजाकर उसके बारह नहीं बजा देंगे।

बहरहाल, कुल ज़मा दृश्य यह हुआ कि घंटाघर पर ऐन गांधी जी की प्रतिमा के नीचे गिरवी बाबू ने एकाध सैकड़ा लोग इकट्ठा कर लिये। जब इतने लोग जुटे, तो मुद्दा केवल गिरवी बाबू के घर की चोरी नहीं बचा, एक-एक कर और भी मुद्दे जुड़ गए। इनमें साल भर पहले नगर सेठ की भागी हुई लड़की का पता न लगा पाना, हेलमेट न पहनने पर अकारण चालान काटना जैसे मुद्दे ही नहीं, ऐसे बहुत से मुद्दों को भी शामिल कर लिया गया जिनके आधार पर अब पुलिस ही नहीं, समूची सरकार को कोसा जा सकता था। गलियों में घूमते सुअरों की बढ़ती संख्या पर नियंत्रण न करना, बिल न भरने वालों की भी बिजली काट देना, सारा दिन पानी बहाने वालों से टैक्स लेना से लेकर बैंकों के कर्ज़े माफ़ न करने जैसे तमाम मुद्दे मिलकर विरोध का एक मुकम्मल जमावड़ा खड़ा हो गया वहाँ। नाना प्रकार के नारे प्रारम्भ होते ही बाज़ार में निचाट सन्नाटा छा गया। नारों के माध्यम से ऐसा एलान हो चुका था कि इनसे टकराने वाले को परम्परा के हिसाब से चूर चूर ही किया जाएगा, इससे नीचे मज़ा नहीं आएगा।

लफंगों की फौज मौक़े की ताक में थी। उन्हें गणतंत्र में विरोध का ये तरीका बिल्कुल नहीं सुहाता कि एक तो दंगे की दुर्दमनीय लालसा लिये आए और बस जो हमसे टकराएगा, चूर चूर हो जाएगा या इन्क़िलाब ज़िन्दाबाद की चिल्लाचोंट कर वापस चले गए। बहती गंगा में हाथ धो लेने की मंशा में ये भी गिरवी बाबू से कम उत्साहित थोड़े थे। पुलिस, जिसे चोरी की तफ़्तीश में लगने का मौक़ा मिलता तो शायद अब तक चोर का पता लगा भी लेती, अब कानून व्यवस्था बिगड़ने न पाए इस जतन में आ लगी थी और खड़ी-खड़ी गिरवी बाबू को कोस रही थी।

कुछ और उदास आँखें भी थीं जो इस तमाशे को देख गिरवी बाबू और उनके पठ्ठों को कोस रही थीं। ये आँखें आए दिन बन्द के ऐसे तमाशों की आदी हो चुकी थीं। कभी महँगाई बढ़े तो बन्द, रोज़गार घटे तो बन्द, कभी कोई अफ़वाह ही उड़ जाए तो बन्द और कभी कोई ठीक-ठाक मुद्दा न मिले तो अमेरिका के किसी शहर या यूरोप के देहात में घटी किसी घटना को लेकर बन्द...इनकी मायूस आँखें भले बन्द की आदी हो गई थीं मगर कमबख्त पेट आदी नहीं हो पाता था।

जानते हैं किसकी थीं ये उदास आँखें? एक जोड़ आँख तो थीं उस चाटवाले की जिसका ठेला अभी-अभी पलट दिया गया था। आमरण अनशन जैसे उत्सवों के मंच पर दिखने वाले वीरों की टोली ने उसके सारे समोसे पेल लिये थे। वह

कोने में धँसा, घुटनों में सर दिए, कभी अपने पलटे हुए ठेले को देख रहा था, कभी बहती गंगा में लूट लिये गए और फिर बेशर्मी से ठूँसे जा रहे समोसों को। कभी नीचे फैली आलू टिक्कियों पर पिल पड़ी सुअरों की पूरी टोली को। कभी चोरी पर यूँ गुंडई के लिए उकसा रहे डकैत गिरवी बाबू को।

इसके अलावा कई जोड़ धँसी हुई आँखें उन धँसे पेट वाले मजदूरों-हम्मालों की थीं जिन्हें अपनी औरत-बच्चों समेत आज भूखे ही गुज़ारा करना था।

एकाएक इन्ही में से एक हम्माल ने हाथ में पत्थर उठा लिया। दिमाग़ फिर गया लगता था बावले का। सूखी हड्डियों के दम पर वह मन दो मन वज़नी बोरा तो उठा सकता था, मगर खाली अंटी लेकर घर लौटने और पत्नी बच्चों की टूटी उम्मीदों का बोझा उससे न उठाया जाता। उसके हावभाव ठीक नहीं दिख रहे थे। हाथ में लिया पत्थर क्या पता, गिरवी बाबू की खोपड़ी पर देगा या खुद की खोपड़ी पर, यह कहते कि 'चोरों की जगह उसे ही बन्द कर दो, बस ये शहर बन्द ख़त्म कर दो।' वह चीख़-चीख़कर कहना चाह रहा था, 'गणतंत्र यों बहती गंगा में गिरवी रखने को थोड़े है गिरवी बाबू।'

पत्थर उठा लेने के बाद उसकी आँखें बड़ी-बड़ी हो बाहर को निकल आईं, चेहरे की सारी नसें तन गईं, सूखे ठठेरे सी काया कमान सी खिंच आई मगर जाने क्या बात थी, गले से आवाज़ नहीं निकली। सो दृश्य कुछ ऐसा खिंचा कि इन्क़िलाब ज़िन्दाबाद ज़िन्दाबाद का नारा लगाते लोगों ने इस नए तमाशे पर ठहाके लगाना शुरू कर दिया। गिरवी बाबू तो गिरवी बाबू थे। आज तक अपनी आत्मा के अलावा और कुछ गिरवी रखा भी न था उन्होंने सो उन्हें इस तमाशे में बहती गंगा का गिलास पूरा भरा नज़र आने लगा। वह आतुर हो उठे कि कब यह बावला पत्थर फेंके और कब बोरियों में ज़मा किए उनके ईंट-पत्थरों को पंख लगें। कब नारा लगाते ये लड़के अपनी वाली पर उतरें और कब वह बग़ल की पतली गली पकड़ दूर निकल जाएँ।

अब तक वी नॉट मेट

ऊप्स...! वह कितने फ़िल्मी ढंग से हमें मिली थी! मगर उतने ही ग़ैर फ़िल्मी ढंग से चली गई थी। कैसी अजब बात है, उसके एक फोन के लिए पिछले कई बरस से हम एक बचकाना ख़्वाब देखते रहे कि कब वह बिना हैलमेट पहने सड़कों पर निकले और पुलिस उसे धर दबोचे।

यह बाँका सजीला नौजवान यानी बन्दा ख़ुद, तब चालीस पार था। भोपाल के लिए शताब्दी एक्सप्रेस में चढ़ा था और मना रहा था कि बगल वाली सीट पर कोई ख़ब्ती, बड़बोला या नींद में ऊपर लुढ़कने वाला उबाऊ यात्री आकर न बैठ जाए। मगर हुज़ूर, उस रोज़ हमारी किस्मत मेहरबान थी। क्योंकि तभी हू-ब-हू वह होना शुरू हुआ जैसा केवल फ़िल्मों में होता था...हम, यानी हीरो (हो सकता है आप हमें हीरो न मानें, मगर हम ऐसी ख़ुशफ़हमी के लिए स्वतंत्र हैं) के बगल की खाली सीट पर हीरोइन की एंट्री और प्रेम की फुलझड़ियों की फस्किलास शुरुआत।

चूँकि कोई हसीना जब आती है तो ख़ुशबू का झोंका अपने साथ लाती है, ऐसी परम्परा हिन्दी साहित्य के श्रृंगार से जुड़े प्रसंगों में अनिवार्यत: पाई जाती है। तो साहब, एक हसीना आई। अपने वाले ही डिब्बे में। हिन्दी साहित्य की श्रृंगार परम्परा के अनुरूप ख़ुशबू का एक झोंका भी लाई। ग्वालियर स्टेशन से अचानक मुँह पर नक़ाब डाले, आँखों पर गॉगल चढ़ाए काँच के स्लाइडिंग डोर को खोलकर वह अन्दर दाख़िल हुई थी। चुस्त लो वेस्ट जीन्स, कसा हुआ टॉप और दूर तक लहराती केश राशि...मतलब टिप से टॉप तलक एकदम टिप्पे टॉप।

हम उस भाग्यशाली यात्री की कल्पना कर रहे थे जिसकी बगल में वह बैठने वाली थी। काश, वह भाग्यशाली और कोई नहीं, हम ही हों, फिर भले रास्ते भर अगली बक झक करे, नींद में ऊपर लुढ़के, बल्कि कन्धे पर सिर रखकर सो ही क्यों न जाए, सब मंज़ूर कि तभी हमें चिकोटी काट कर देखना पड़ा कि हम जाग रहे हैं।

आपको क्या बताएं, हमारे ठीक क़रीब आकर उसने नक़ाब की दीवार गिरा दी और फिर उसकी मिश्री-सी आवाज़ हमारे कानों में घुली, "एक्सक्यूज़ मी, इज़ इट ट्वेंटी फ़ोर?"

वह अपनी कमसिन हथेलियों में ई टिकट थामे थी और देखिए हमारी क़िस्मत, वह सीधे हमसे ही मुख़ातिब थी। हमने पाया कि हमारी बांछें बगिया के गुलाब की भाँति खिल उठी थीं। हमने सहमति में सिर हिलाते हुए झट उसकी सीट पर से अपनी मैगज़ीन खींच ली और मन के लड्डुओं को यथासम्भव छिपाते हुए हौले से मुस्करा दिए।

उसके पीछे-पीछे एक बड़ा-सा सूटकेस और भारी-भरकम दो बैग लादे कुली भी आया था जिसे उसने बड़े ही लापरवाह अन्दाज़ में सौ-सौ के दो नोट पकड़ा दिए थे। वह धप्प से हमारे बगल में आ बैठी और अपना वज़न हमारे ऊपर लादते हुए जीन्स की पिछली पॉकेट में वालेट रखने लगी।

'ओह आजकल की लड़कियाँ!' हम सकुचाए। सकुचाए क्या, छुई-मुई की भाँति एक ओर सिकुड़ गए।

उसने सर्र से हैंडबैग की ज़िप खोल आईपैड निकाला और उसे ऑन करते करते दूसरे हाथ में पकड़े स्मार्ट फोन पर बतियाने लगी। गहरे नीले और फ़िरोज़ी के बीच के किसी रंग की नेलपॉलिश से सजी अपनी नाज़ुक उँगलियों से आईपैड पर खेलती वह कोई पन्द्रह मिनट हँस-हँस कर बतियाती रही। किससे और क्या बतिया रही थी, यह हम कोशिश करने पर भी नहीं जान सके। जब वह उन्मुक्तता के साथ खिलखिलाती, हम लटपटा जाते। यूँ तो चोरी क़ानूनन गलत थी, मगर न जाने क्यों हम सारे क़ायदे और क़ानून भूलकर उसकी मुस्कराहट को पेशेवर चोट्टे की भाँति कनखियों से चुराने में मशगूल हो गए थे। अचानक लगा कि चोरी पकड़ ली गई। वह फोन बीच में ही काटकर हमारी ओर घूम गई, "हाय हैंडसम," वह मुसकराकर बोली।

अबोले की दीवार टूट गई। एक अनजान मगर ख़ूबसूरत और जवान लड़की से पहली मुलाकात के पहले ही वार्तालाप में अपने लिए हैंडसम का विशेषण टैग होते ही हमारे मन में लड्डुओं की फूटमफाट होने लगी।

वह हाथ बढ़ाकर बोली, "आय एम सुश...आई मीन सुष्मिता, मैनेजमेंट स्टूडेंट।" हमने चट से हाथ मिलाया और इस गोल्डन हैंडशेक पर अपने हाथ को धन्य माना कि वह चहकी, "ओ के...तो हम भोपाल तक साथ हैं, हाऊ लकी"

एक पल को हम चक्कर में पड़े। वह किसे लकी बताना चाह रही है, लॉटरी तो फ़िलहाल हमारी लगी थी।

हमने मुस्कराकर कहा, "बिलकुल, भोपाल तक साथ हूँ," फिर अगली के बारे में और जानकारी जुटाने की गरज़ से पूछा, "आप इतना सारा सामान लेकर अकेले ही जा रही हैं?"

"मैं अपने पेरेंट्स के साथ नहीं रहती और अकेले ही आती जाती हूँ," उसने अपने अकेलेपन पर कुछ ज़्यादा ही ज़ोर देते हुए कहा।

'अकेली लड़की खुली तिजोरी की तरह होती है,' हमारे दिमाग में 'जब वी मेट' का डायलॉग कौंधा। मगर यह भी ख़याल आया कि घर पर हमारी एक अदद श्रीमती जी भी हैं जिन्हें नक़ाब में बँधी हुई इस प्रकार की खुली तिजोरियाँ सख़्त और ख़ब्त की हद तक नापसन्द हैं। बल्कि वह वास्कोडिगामा एवं कोलम्बस से कहीं ज्यादा खोजी भावना के साथ इस खोज में रहती हैं कि कहीं हम किसी ऐसे ही खुली तिजोरियों वाले ख़ज़ाने की खोज में न लग जाएँ।

शुक्र था, आज श्रीमती जी साथ नहीं थीं और हम दोनों हाथों से ख़ज़ाना उलीचने के लिए स्वतंत्र थे।

हमें श्रीमती जी के विचारों में खोया देख उसने हमारे आगे चुटकी बजाई और लपककर बोली, "कहाँ खो गए बॉस?"

हम चुटकी की आवाज़ से यथार्थ में लौटे। उसने एक बार फिर तिलिस्मी मुस्कराहट का इन्द्रजाल रचा और अगले आधे घंटे के लिए उस जाल में हमें फँसाकर ज़ालिम आईपैड में मशगूल हो गई। हम मोबाइल में दीदे घुसा नाहक ही वाट्स एप्प के घिसे मैसेज खँगालते मसरूफ़ियत का दिखावा करते रहे। मगर सच यह था कि हम चुप्पी के निष्ठुर निर्वात से मुक्त होने के लिए व्यग्र थे और अचानक जैसे फिर उसने हमारी मंशा भाँप ली।

"एक्ट्रीमली सॉरी, मैंने आपको बोर किया," वह हमारी आँखों में देखकर हौले से मुस्कराई। ऐसा लगा मानो सचमुच उसे अफ़सोस हो आया हो। उसने अपने सुनहले हैंडबैग में हाथ डाला और एक बड़ी चॉकलेट बार खींचकर बाहर निकाली।

"यू लव चॉकलेट्स?" सवाल उसने पूछा मगर हमारे जवाब का इन्तज़ार किए बग़ैर ही बोली, "इट्स ऑसम मैन, मेरी जान बसती है इस स्विस चॉकलेट में," उसने चॉकलेट का रैपर निकालकर एक पीस हमारी ओर बढ़ाया। हम शरीफ़ निग़ाहों के साथ मुस्कराए मगर बिना किसी शराफ़त को प्रदर्शित किए चॉकलेट लपक भी ली।

उसने बड़े प्यार से चॉकलेट को देखते हुए अपने मुँह में डाल लिया, "उम्म... यम्मी...," फिर पूरे स्वाद को अपने दिल में उतारते हुए पूछा "यू डू सम काइंड ऑफ बिजनेस या एनी नौकरी-वौकरी टाइप का कुछ?"

उसकी भाषा और व्याकरण अजब थी मगर सवाल साफ था। हमने अपने चश्मे को आँखों से हटाकर माथे से ऊपर स्थापित किया फिर तिलिस्मी अन्दाज़ में कहा, "बिज़ी रहने वाली नौकरी करता हूँ।"

"मीन्स?" उसने चॉकलेट का एक टुकड़ा मुंह में रखा और करीना की तरह पलकें झपकाकर पूछा।

हमने अपनी मन्दवाणी को यथासम्भव दबंगवाणी में तब्दील करते हुए कहा, "मैं पुलिस ऑफिसर हूँ।"

"ओ...नो...पुलिस? पुलिस वाले बड़े ख़राब होते हैं," वह एकदम से बोली। उसका मुँह, जो अब तक स्विस चॉकलेट के प्रभाव से यम्मी यम्मी कर रहा था, एकाएक कसैलेपन से भर गया। उसकी इस तिरस्कार भरी प्रतिक्रिया पर हम निराशा से भर गए और दबंगवाणी यथास्थिति में लौट आई। हमारी ग़लतफ़हमी थी कि हमारे ओहदे और महक़मे का उस पर अच्छा रोब पड़ेगा और वह ख़ुश हो जाएगी।

"ऐसा क्यों?" हमारे स्वर में हैरानी भी थी और नैराश्य भी।

"जब देखो, तब मेरी गाड़ी का चालान बना देते हैं। अब बताइए, भला मैं हेलमेट पहनना भूल जाती हूँ तो कौन सा गुनाह कर देती हूँ? आख़िर पुलिसवालों को ख़ूबसूरत नादान लड़कियों का कुछ तो ख़याल रखना चाहिए।"

"हाँ यह बात तो है," हमने प्रशंसा भरी निगाहों से अगली के ख़ूबसूरत नादानपन को खोजते हुए कहा। उसने हमारी प्रशंसा भरी निगाहों को पूरा ऐहतराम प्रदान करते हुए आँखों में आँखें डालकर चुलबुले अन्दाज़ में कहा, "लेकिन, यू

आर नॉट दैट काइंड ऑफ ख़राब पुलिसवाले, आप तो एकदम सिंघम की तरह नजर आते हो।"

तारीफ़ भरा अन्दाज़ ऐसा था कि कौन न लटपटा जाए। अपने मन के बौराए वन में एक साथ कई मयूर पंख फैलाकर चुलबुल पांडे की तरह हुड़ हुड़ करते दबंगनृत्य करने लगे। भीतर के वरदी वाले पांडे जी एकाएक ड्यूटी पर आकर सीटियाँ बजाने लगे।

वह एक बार फिर बोली, "यू लुक लाइक सिंघम इनडीड बट..." उसने फिर हमें रहस्य की ओर धकेला।

"बट?" हम तिलिस्म से बाहर आने को बेताब थे। वह लापरवाह अन्दाज़ में बोली, "नथिंग टू टशन मैन, थोड़ा टमी ज्यादा है।"

"टमी?" हमें अंग्रेज़ी के अपने अल्पज्ञान पर शर्म आई।

वह समझ गई। उसने हमारी तोन्द में अपनी नाज़ुक उँगली का वही नीला फ़िरोज़ी पैना सा नाखून कोंचा और बोली, "यू आर सो डंबबैल यार। मैं कह रही हूँ, आपकी तोन्द बड़ी ख़राब है।"

यों नाखून तोन्द में कोंचा गया मगर ज़ुबान की इस निर्दयी कोंच से हमारी खुशफ़हमी का गुब्बारा एकाएक फूट गया। प्रेम की सीटियाँ बजाते मन के पांडे जी ड्यूटी से एकदम ग़ैरहाज़िर हो गए। दबंगनृत्य करते मनमयूर चकनाचूर हो गए। झेंप से दबे हम विंडो से बाहर झाँकने लगे। 'उल्लू की पट्ठी को हमारे शरीर में बस एक तोन्द ही नजर आई। सँवारे हुए बाल, रोबदार मूँछें और पुलिसिया अन्दाज़, सब फ़िज़ूल!' लेकिन, इसने हमें सिंघम का ख़िताब क्यों दिया...तारीफ़ या तौहीन, हम फिर चक्कर में फँस गए और खिड़की से बाहर देखने का प्रयास करते देर तक गुत्थी में उलझे रहे।

वह बड़े देर से मोबाइल नेटवर्क की खोज में थी और व्यग्र हो रही थी। नेटवर्क मिलते ही खिलखिलाहट के साथ उस अनजान से बतियाने में मशगूल हो गई।

बीस मिनट फिर उसी मन्द स्वर में खिलखिलाने के बाद उसे दोबारा हमारी फ़िक्र हो आई। वह हमारे मायूस चेहरे को देखकर मिनरल वाटर की बोतल गटकती हुई बोली, "चिलैक्स मैन चिलैक्स।"

हम फिर उज्बकों की भाँति उसका मुँह ताकने लगे। इंगलिश तो थोड़ा-बहुत हमारी समझ में आती हैं, हिंगलिश भी समझ आती है, मगर आजकल के ये फेसबुकिया लड़के-लड़कियाँ कौन सी गच्च-पच्च ज़ुबान बोलते हैं, समझ ही नहीं आता।

अगली इस भाषायी बेचारगी को झट समझ गई और हमारे भाषाज्ञान में इज़ाफ़ा करती हुई बोली, "चिलैक्स मीन्स चिल एन रिलैक्स।"

"ओह," हमने झेंपते हुए कहा।

"फिकर नॉट मैन, थोड़ी-बहुत टमी सभी की निकलती है। मेरे बाप को देखोगे तो हँसोगे, टमी नहीं, टमा है उसका, "अपने दोनों हाथों को पेट से आगे ले जाकर तोन्द का इशारा करती वह फिर खिलखिलाई।

हम टमी टशन से उबरे नहीं थे। यहाँ तक कि उसके बाप (?) वाले दृष्टान्त से भी हमारा कष्टान्त नहीं हुआ था।

हमने स्पष्टीकरण देने का प्रयास किया, "दरअसल, कुछ दिनों से जिम नहीं जा पा रहा न, इसीलिए पेट थोड़ा बढ़ गया है।"

"ओ ऽऽ हो ऽऽ बडी, तो आप जिम भी जाते हैं," हमें टमी टशन से बाहर खींचती हुई वह फिर चहकने लगी।

"हाँ-हाँ, बिलकुल रेग्युलरली।"

"तभी आपकी बॉडी एकदम फिट है, माचोमैन," कहते हुए उसने अपनी स्लीवलैस संगमरमरी बाँहों को कोहनी से मोड़कर मसल्स दिखाने का यत्न किया।

"रियली?" हम बेचैन हो उठे।

"रियली," उसने अपनी बात पर मोहर लगाकर हमें पूरे अधिकार के साथ फिटनेस सर्टीफिकेट जारी कर दिया। हमारा ग़ुमशुदा जोश एक बार फिर दस्तयाब हो गया और बन्दा फिर आसमान में उड़ने लगा। उसने कुछ इतने तेज स्वर में रियली बोला था कि हमारे आसपास बैठी सवारियाँ पलटकर हमारी ओर देखने लगीं। ख़ासतौर पर खिचड़ी बालों और चुँधियाई आँखों वाला वह बुड्ढा, जो दूसरी ओर साथ वाली सीट पर बैठा था और जिस भूखी निगाह से हमारे बगल में बैठी इस हुस्न की परी को देख रहा था, उससे साफ़ तौर पर यह अन्दाज़ लगाया जा सकता था कि कब्र में पैर लटकाए बैठा यह बुड्ढा पैदाइशी लम्पट है। इस परी से हमारी मुलाक़ात को जुम्मा-जुम्मा कुछेक मिनट हुए थे, मगर न जाने क्यों हम उस पर अपना हक़ मानने लगे थे और किसी की भी भूखी निगाहें हमारी बरदाश्त

के बाहर हो रही थीं। हुस्न की परी इन सब भुक्खड़ और जल-भुनकर स्याह होते डाहपुरुषों से एकदम बेपरवाह रहते हुए केवल हम, और हम पर मेहरबान रही। यह दीगर बात है कि बुड्ढे समेत बाकी सवारियों के चेहरे पर ईर्ष्या के साँप लोटते देखकर हमें बड़ी ठंडक महसूस हो रही थी और हम दोतरफा आनन्द उठाने में बिलकुल भी नहीं चूक रहे थे।

आसमानी साफ़ वरदी में बैयरे यहाँ से वहाँ होते चाय-नाश्ता परोस रहे थे। कुछ वक़्त हमने बटर टोस्ट और गरम समोसा निबटाने में बिताया। अगली खाने की शौकीन थी, बल्कि यह कहें कि एकदम खाऊ थी। सब कुछ निबटाकर अन्त में कैडबरी एकलेयर्स को मुँह में डाल कहने लगी, "डोंट माइंड बॉस, मैं बड़ी फूडी हूँ।" फिर एकाएक बोली, "एक बात पूछूँ?"

"अ...अअअ...पूछिए।"

वह ऐन हमारे कान के पास अपना मुँह लाकर फुसफुसाई, "आपका फ़र्स्ट क्रश क्या है...बताओ न मज़ा आएगा?"

"क्रश...?" हम चक्कर में पड़ गए। आधी अँग्रेजी तो भावार्थ की पटरियों पर दौड़कर ही पल्ले पड़ती है। इस वक़्त इस शब्द का क्या भावार्थ निकालना चाहिए! हमारा दिमाग़ भी शताब्दी की तरह इस ख़ब्ती सवाल पर दौड़ रहा था। क्रश मतलब तो कचूमर निकालना होता है। यह अजीबोगरीब लड़की क्या कुछ अजीबोगरीब सवाल पूछती है!

"बताइए न..." मादक मुस्कान के साथ उसने बेसबर होने का प्रदर्शन कर कहा।

हमें याद आया, सबसे पहले हमने मिडिल स्कूल में अपने एक सहपाठी की मरम्मत कर उसका कचूमर निकाला था।

हम गर्व से बोले, "ओ हो फ़र्स्ट क्रश? यह तब की बात है जब मैं सिक्स्थ क्लास में पढ़ता था।"

"क्या बात कर रहे हो बॉस, इतनी कम एज में क्रश? ग्रेट....यू आर सो इंटरेस्टिंग...मैन" वह जिज्ञासा में एकाएक हमसे सट गई। हमें इस अचानक सटने पर जितना उम्दा अहसास हुआ, उतनी ही हैरानी भी हुई, आखिर इस छोकरी को मारधाड़ में इतनी दिलचस्पी क्यों है? फिर भी हमने ख़ुलासा करते हुए कहा, "हाँ, बस दस साल का था मैं, वह भी मेरी क्लास में पढ़ता था।"

"पढ़ता था?...था? शिट..." उसने था पर कुछ ज्यादा ही गुस्सा जताकर कहा, "छि: यू डर्टी गाय," वह छिटककर दूर खिसक गई।

हमें समझ नहीं आया। पहले क्रश की बात डर्टी कहाँ से हो गई और चलो जैसी भी हो, मारधाड़ के बीच में यह गाय कहाँ से घुस आई। हमने अन्दाज़ लगाया, यह गाय भी ऐसा ही कोई बडी वडी, चिलैक्स विलैक्स जैसा ही कोई गच्च-पच्च शब्द है।

उसके ग़ुस्से को क़ाबू में लाने की नीयत से हमने बाँहों की मछलियों को एक बार फिर वीरता के समन्दर में तैराते हुए कहा, "इसके बाद तो कई लोगों को क्रश किया।"

"मीन्स?" उसने फिर आश्चर्य से हमारी ओर देखा।

"मतलब, इसके बाद हमने कई बदमाशों का कचूमर निकाला। यू नो आई एम अ पुलिस ऑफिसर।" हमने ढिशुम-ढिशुम का इशारा कर बताया।

उसने अपना माथा ठोंक लिया। फिर झिड़की देकर बोली, "माई गॉड, यू एंग्री बर्ड, तुम यूँ क्रश करने की बात बता रहे थे और मैं तुम्हें गे समझ बैठी थी। रियली, यू आर सो फ़नी।" वह आप से सीधे तुम पर आती हमें कोहनी मारकर बोली, "मैं तो पहले इश्क़ के बारे में पूछ रही थी, आई मीन तुम्हारे प्यार की पहली पुंगी कहाँ बजी थी?" एकाएक वह आइटम सांग की तरह फ़ोश और सस्ती होती दिखी। उसने जितना ज़ोर 'इश्क़' पर दिया, उतनी ही तेज़ी से 'प्यार की पुंगी' बोलते वक़्त अपनी बाईं आँख दबाई। इस दबाव में हम भीतर तक लजा गए। कैसे कहें प्यार की पुंगी तो होश सँभालने के पहले ही बजनी शुरू हो गई थी। वह खिलखिला पड़ी, "यार तुम तो शरमाते भी हो। कितने शाय हो।"

हमें हँसी आ गई। लो, अभी इसके लिए हम डर्टी गाय थे, अब शाय हो गए।

उसने एक बार फिर चॉकलेट हमारी ओर बढ़ाई। हम झिझकते हुए रैपर खोल ही रहे थे कि भोपाल पहुँचने का एलान होने लगा। वह झटके से खड़ी हो गई। पर्स से उसने अपना गॉगल निकालकर आँखों पर चढ़ाया फिर अपने हुस्न को वापस स्कार्फ के नक़ाब में क़ैद करती हुई बोली, "आई डोंट नो, कुली अन्दर आएगा या नहीं, आप मेरा सूटकेस ऊपर से उतार देंगे प्लीज़," शायद काम का स्वार्थ था न, तभी तो वह आग्रह करती हुई तुम से फिर आप पर आ गई।

हमने उसके विशालकाय सूटकेस और बैग्स को जैसे-तैसे प्लेटफार्म पर उतारा। इस दौरान चुँधी आँखों वाला बुड्ढ़ा व्यंग्य से हमारी ओर देखकर मुंडी हुई मूँछों

में शैतानी से मुस्कराया। मगर हमारा ध्यान जल्द आँखों से ओझल होने जा रही उस अनजान नक़ाबपोश पर था जिसने नक़ाब की तरह अपने मन में भी न जाने क्या-क्या छिपा रखा था। उसके भारी सूटकेस को नीचे रखते ही उसने तारीफ़ का अन्तिम जाल फेंका, "थैंक्स...थैंक्स...यू आर सो स्ट्रांग मैन...ओ यस, तुमने अपना क्रश तो बताया नहीं, कम से कम सैल नम्बर ही बता दो।"

हमारे मन के लड्डुओं में एक बार फिर फूटने के लिए भगदड़ मच गई। इसका मतलब है सम्भावनाएँ ज़िन्दा हैं और अगली आगे भी मिलती रहेगी।

हमारा मोबाइल नम्बर सेव करती हुई वह बोली, "अब बिना हैलमेट के पकड़ी जाऊँगी तो आप ही को फोन करूँगी।"

हमारे मन का गुस्ताख़ चोर संकोच की हवालात तोड़कर एकाएक बाहर आ गया हम लड़ियाकर बोले, "ओहहोह...केवल पकड़ी जाने पर फोन करोगी, वैसे नहीं करोगी?"

"अकेली लड़की को देखकर छेड़ रहे हो अंकल? नॉटी एट फॉट्टी न?..." उसने शरारत भरे स्वर में 'अंकल' पर ज़ोर दिया।

हम आईने के सामने शर्मिंदा होते, इससे पहले उसने फिर गुगली डाली, "सी यू रिंबाग," जाते-जाते एक बार फिर ख़ुशफहमी के गड्ढे में हमें ढकेलकर उसने लापरवाही से हाथ हिलाया और उतने ही लापरवाह ढंग से कुली के पीछे दौड़ती भीड़ में गुम हो गई।

हम बडी, हैंडसम, सिंघम, एंग्री बर्ड और माचोमैन जैसे विशेषणों को लाइफ़ टाइम एचीवमेंट अवार्ड की तरह गले में लटकाए बरसों उसके एक फोन की प्रतीक्षा करते रहे। कुछ रोज़ पहले याद आया, उसने हमें गाय ही नहीं, बैल जैसा भी कुछ कहा था। क्या कहा था! हाँ, याद आया, उसने टमी वाली बात पर कहा था, यू आर सो डंबबैल यार। यही एक लफ़्ज़ था, जिसका अर्थ हमने अब तक नहीं जाना था। ज़िंगल बैल गाते हमने डिक्शनरी खोली और अगले ही पल उसमें लिखा 'मूर्ख' हमें मुँह चिढ़ा रहा था।

बारूद भाई की फ्रेंड रिक्वेस्ट और फुस्स प्रोफ़ाइल

जन-जन की भाँति मैं भी सुबह आँख पूरी खुलने से पहले चौखटा बही खोल बैठा हूँ और जोड़ बाकी हिसाब लगाकर पा रहा हूँ कि कुल नौ सौ निन्यानबे जोड़ी दोस्ती के हाथ मेरी ओर बढ़ प्रतीक्षा में हैं। बरसों बाद आज हर हाल में बैठकर मुझे तय करना है कि इन्हें थाम लूँ या आगे बढ़ चलूँ।

'संतप्त चित्त को जो बहला दे, मित्र वही है' लिखते समय राष्ट्रकवि ने भी नहीं सोचा होगा कि एक ज़माने में फ़ौरी मित्रता के ऐसे भी उदाहरण होंगे जब बड़नगर का बड़कूलाल पट से बुरकिनाफासो की बेंजीला फ्रेंको का मित्र बन जाएगा। आठ साल का पोता अस्सी साल के दादा का और साठ पार सास पचीस पार पतोहू की मित्र बन जाएगी। एक फ्रेंड रिक्वेस्ट भेजकर ये इसका, वो उसका और कौन किसका मित्र बन जाए पता नहीं। मुझे इन नौ सौ निन्यानबे फ्रेंड रिक्वेस्ट का एक रुका हुआ फ़ैसला आज लेना है। मैं क्रम से आगे बढ़ता हूँ। देखता हूँ, मित्रता का एक हाथ किन्हीं 'चिराग़' जी का बढ़ा है। चौखट पर उनकी नरसिंहावतारी डीपी के साथ चिपके शेर को पढ़ते हुए लगता है कि इनकी पोस्ट से चिराग़ जला करते होंगे। लेकिन दीवार का पलस्तर थोड़ा छीलते ही समझ आ गया कि 'चिराग़' की जगह इनका तख़ल्लुस 'चिरकीन' होता तो बेहतर था क्योंकि जिस प्रकार 'चिरकीन चने के खेत में चिरके जगह जगह' की तर्ज पर उन्होंने अपने गंधाते विचारों का चिरकाव जगह-जगह किया है, इससे समझ आता है कि इनके पोस्ट से चिराग जले न जले समाज का राग भरपूर सुलग सकता है। मैं वीतराग भाव से 'चिराग़' जी को बुझा आगे बढ़ता हूँ तो युवा आँधी के रूप में एक षोडश की रिक्वेस्ट देख ठिठक जाता

हूँ। कपाल पर करताल करत कृष्ण केश, भाल पर भौकाल धरत लाल तिलक, पुष्ट देह और बलवान भुजाएँ देख दिनकर जी मेरे मानस में उतर आते हैं मानो पूछ रहे हों, 'तुम रजनी के चाँद बनोगे या दिन के मार्तंड प्रखर!' मगर प्रोफ़ाइल खँगालने के बाद ख़ुद पर न्योछावर होती अनगिन सेल्फियाँ पाते ही आँधी उड़ जाती है और मन में गुबार रह जाता है। समझ आ जाता है कि अगला केवल नकली रूप सजाएगा न कि असली सौन्दर्य लहू का आनन पर चमकाएगा। आगे बढ़ता हूँ। देखता हूँ किन्हीं बारूद भाई ने भी फ्रेंड रिक्वेस्ट भेजी हुई है। मन कह उठता है जब नाम ही बारूद है तो पोस्ट भी एकदम विस्फोटक होंगी। हर मुद्दे पर बारूदी सुरंगें बिछी पड़ी होंगी, मुँह से आरडीएक्स के शोले निकलते होंगे और शब्दों से विसंगतियों के परखच्चे उड़ते होंगे। मगर देखकर निराश होता हूँ कि आगे का रास्ता ही बन्द है। पराए क़ब्ज़े से डरे बारूद भाई प्रोफ़ाइल पर ताला मार ख़ुद बंकर में दुबके पड़े हैं। फुस्स हुए बारूद के बाद भतेरे ऐसे ही तालाबन्द मित्रानुरोधों ने मन खट्टा कर दिया है। ऐसा लगता है कि घर आने का न्योता दे मित्र कहीं और जीमने निकल पड़े हों और मुँह चिढ़ाने को ताला छोड़ गए हों।

मैं चाय का कप उठा भीतर सकारात्मकता घोल आगे बढ़ता हूँ। बुझे चिराग़ और फुस्सी बारूद के बाद असल यारी की कोई तो चिनगारी कभी निकलेगी और मैं कह सकूँगा—दिल से दिल का जो मेल करा दे, मित्र वही है।

नव अचार की रेसिपी

दुनिया भर में पुरानी परम्पराओं से ऊबा हर आदमी आज जब नए-नए स्वाद की रेसिपी खोज रहा है, हम आपको एक ऐसी रेसिपी बताएँगे, जिसका स्वाद आपको बरसों याद रहेगा और जिसकी गन्ध दिग्दिगन्त तक जाएगी। तो पुराने पड़ चुके और बासी हो चुके अचारों को भूल जाइए। हम आपको आज नव अचार की रेसिपी बताएँगे। विश्व भर में नव अचार समय और प्रबन्धन दोनों की माँग है तो निम्नलिखित सामग्री को उठाइए और जुट जाइए देश-दुनिया में छा जाने के लिए।

नव अचार हेतु आवश्यक सामग्री—

1. मूल कार्य से उकताहट : आधा किलो।
2. चट चर्चा में आने की अकुलाहट : 250 ग्राम।
3. कुछ भी कर देने की हड़बड़ाहट : 100 ग्राम।
4. नव अचार के रेडीमेड मसाले : फ़्लेवर एवं मात्रा, कुलबुलाहट अनुसार।
5. फ़िल्मिनाहट के लिए कैमरे : आवश्यकतानुसार।
6. टरटराहट के लिए मीडिया : जितनी अधिक मात्रा सम्भव हो।
7. फेंटने और परोसने के लिए फेसबुक, ट्विटर, व्हाट्सएप, इंस्टाग्राम आदि

बनाने की सरलतम विधि—

एक भगोने में उकताहट को लीजिए। पूरा डिब्बा खाली कर उसे तेज़ आँच पर उबालिए। इतना उबालिए कि भगोना बस बच जाए, बाकी सारी उकताहट बहकर निकल जाए। अब भगोने के खालीपन को दूर करने के लिए 250 ग्राम

अकुलाहट भरिए। ख़ूब उबालिए, इतना कि भगोने में कुछ भी कर देने लायक खलबली मच जाए।

इसके बाद हड़बड़ाहट की पुड़िया मिलाइए। इससे अनुपयोगी विवेक और अनावश्यक अक्ल भी अपने आप वाष्पीकृत होकर भगोने से निकल जाएगी। अब मार्केट में उपलब्ध नव अचार के चरचराटे वाले मसाले उठाइए और पूरा डिब्बा उँडेल दीजिए। आप अपनी कुलबुलाहट के हिसाब से इन मसालों का मिश्रण भी उपयोग कर सकते हैं। हालाँकि इसके बाद हो सकता है, बौखलाहट की मात्रा ज़्यादा बढ़ जाने से आपको कुछ-कुछ नशा-सा महसूस हो। ये भी सम्भव है कि भगोना अंगीठी पर से उछलने लगे। ऐसे में सावधानीपूर्वक सँड़सी से भगोने को पकड़कर रखिए क्योंकि नव अचार लगभग तैयार है और तैयार होते ही फुरफुराहट की आँच से बहने और फैलने से रोकने के लिए इसे पकड़कर रखना बहुत ज़रूरी है। अभी सबसे आवश्यक सामग्री बकाया है और उसके बिना आपका सारा परिश्रम व्यर्थ हो सकता है, अतः भगोने को पकड़े-पकड़े कुछ वीडियोग्राफ़रों को ज़रूर एक पराँत में पकड़कर रखिए। आजकल प्रोफ़ेशनल वीडियोग्राफर मार्केट में आसानी से मिल जाते हैं। फिर भी डिमाण्ड ज़्यादा होने से ये न उपलब्ध हों तो घर-घर में बहुलता से उपलब्ध मोबाइल कैमरों की मदद लीजिए। ये काम आपका सहायक, पत्नी, पड़ोसी या कोई राह चलता भी कर सकता है। वैसे तो आज के समय में नव पालने में पला दो साल का बच्चा भी बख़ूबी ये काम कर सकता है। अतः ऐसे नव निहाल की मदद लीजिए। इससे वह स्वयं प्रेरित होगा तथा अपने निज़ी भगोने के उपयोग के लिए भी समय से पहले तत्पर होगा।

कैमरे मिलते ही नव अचार को पकने तक फ़िल्माइए। गड़बड़ी हो जाए तो दोबारा, तिबारा फ़िल्माइए। जब फिलिम अच्छी तरह पक जाए तो जितना भी मीडिया मिला सकते हैं, मिला दीजिए। परोसने की कला हर किसी के पास नहीं होती। कोशिश करें कि अतिरंजन क्वालिटी का मीडिया मिल जाए। ये मार्केट में आसानी से उपलब्ध है और इसके उपयोग से स्वाद कई गुना बढ़ जाता है। मीडिया के साथ मिलाने के बाद चाहें तो थोड़ी सी मात्रा यूँ ही चख कर देख लें। हालाँकि न भी चखें तो चलेगा क्योंकि स्वाद की पूरी गारंटी है ही।

अब आप देखेंगे कि लिंक के रूप में सत्व की एक महीन परत ऊपर दिखने लगी है। बिना देर किए एक बारीक चिमटी की मदद से इस लिंक को उठा लें।

अब लिंक को सावधानीपूर्वक सोशल मीडिया पर अच्छी तरह फेंट दें। बस, नव अचार चरचराहट के लिए सब प्रकार से तैयार है।

आप देखते जाइए, खाली भगोने वाली चर्पिंग स्पेरो जनता कैसे आपके इस नव अचार का स्वाद ले चहचहाहट से भर उठी है। कैसे आपका भगोना परम् गुदगुदाहट से और जिह्वा नव हिनहिनाहट भर उठी है।

मक्कारखाने में आत्मा की आवाज़

एक थी आत्मा। सत आत्मा। सतआत्मा थी, सो मोटे तौर पर दुखी। यूँ थी तो स्वयं एकदम उजली छवि की। ऐसी कि शरीर से बाहर निकलकर खुले में फिरे तो आँखें चौंधिया जाएँ। मगर जब वह समान वरिष्ठता वाली अन्य आत्माओं को देखती तो प्रायः दुखी हो जाती और स्वयं का जीवन व्यर्थ मानती। मन मसोसती कि वह खुद तो कुत्ते-बिल्लियों, कीट-पतंगों के शरीर में ही जीवन गुजार रही है यानी कुल मिलाकर लूप लाइन में सड़ रही है जबकि तमाम नाकारी आत्माएँ मानव योनि में मजे कर रही हैं। क्या गजब सेटिंग है। एक मानव शरीर से छूटी नहीं कि दूसरे का आदेश पहले से तैयार। वह सोच-सोच कर कुढ़ने लगी।

जब भी वह कालिख पुती इन आत्माओं को धवल निर्लज्जता के साथ इतराते घूमते देखती तो कलप उठती।

एक दिन गजब हुआ। उसका अरण्यरोदन अचानक ऊपर तक पहुँचा। परम आत्मा के समक्ष।

सुनवाई का अवसर मिलते ही वह फूट पड़ी, "क्या जीवन है उसका! कायदे की योनि ही नहीं मिली आज तक। कभी किसी दो टके के पशु शरीर में जाने का आदेश मिला तो कभी किसी ऊलजलूल पक्षी के शरीर में। सत्य और ईमान की कोई कदर ही नहीं। एक वे आत्माएँ हैं, मनुष्य के शरीर में एक बार जो घुसीं तो पाँव जमा कर बैठ गईं। बरसों निकलने का नाम ही नहीं। हद हो गई।"

सो परम आत्मा, भव्य-न्याय प्रिय परम आत्मा। झट तथास्तु कहा और अगले

ही पल सत आत्मा को भी मानव शरीर प्राप्त हुआ। वह भी किसका? एक धर्म प्राण का। ऐसा शरीर मिलने पर सत आत्मा ने भाग्य को सराहा। परम आत्मा का आभार किया। खुशी-खुशी उस भव्य शरीर में प्रवेश किया। मगर खुशी ज़्यादा देर न टिकी। सत आत्मा ने जब पाया कि धर्मप्राण के प्राण धर्म में कम और अर्थ में ज्यादा अटके हैं तो वह पुनः दुखी हुई। परम आत्मा के पास रोई, यह तो गड़बड़ हो गई प्रभु! परम आत्मा मुस्करा उठी।

अब परम आत्मा ने उसे राजकाज और नीति से जुड़ा शरीर दिया। आभार ज्ञापित कर जब सत आत्मा उस शरीर में प्रविष्ट हुई तो पाया कि यहाँ कामकाज में 'काम' और 'दाम' आम हैं और अनीति का ही चतुर्दिक राज है। वह पुनः परम आत्मा के सम्मुख रोई। परम् आत्मा मुस्कराती रही और उसे नए-नए शरीर में प्रवेश का अवसर देती रही।

सत आत्मा ने कई शरीर बदले। एक के बाद एक। मगर हर जगह पाया कि जो है, वह नहीं है और जो नहीं है, वह है। खोपड़ी घूम गई उसकी। वह हर शरीर में खूब चीख़ी, चिल्लाई मगर बेकार। तब समझी कि मनुष्य के मन में बड़े-बड़े मक्कारखाने हैं और मन के मक्कारख़ाने में आत्मा की आवाज़ वैसी ही है जैसी नक्कारखाने में तूती की आवाज़।

अब उसने परम आत्मा को छोड़ अपनी कुलीग आत्माओं से दुखड़ा रोया। ये सह-आत्माएँ प्रकट में तो जीवित थीं मगर थीं वास्तव में मृत। उसने जानना चाहा, वे इतनी प्रसन्न कैसे हैं?

एक चंठआत्मा का कंठ भर आया। बोली, "सखि, थिंग्स आर एब्सॉल्युटली डिफरेंट। ये मनुष्य कहता अवश्य है कि आत्मा अमर है, मगर उसे मारने में आप ही रात-दिन लगा रहता है। बात आत्मा के कल्याण की करता है और असलियत ये है कि कृपाण उसी में भोंकता है। यहाँ चारों ओर सिर्फ बाजार है मेरी जान और उसमें सबसे ज्यादा कुछ बिकता है तो वह है आत्मा। मनुष्य अपनी आत्मा को गिरवी भी रखता है और सस्ते दामों में बेचता भी है।"

सत आत्मा को उदास देख चंठआत्मा बोली, "देख सखि, मनुष्य के साथ खुश रहना है न तो एक ही रास्ता है। आत्माओं की आइडियोलॉजी को एकतरफ रख दे और मस्त पड़ी रह।"

"मीन्स?"

"आई मीन, समय ही ऐसा है कि आत्माओं को भी थोड़ा प्रैक्टिकल होना ज़रूरी है। मैनेज करना सीख।"

"मैनेज? किसे?" सत आत्मा हैरानी से बोली।

"तू कितनी भोली है बेब। मन के मक्कारखाने को मैनेज करना सीख। तू भी यहाँ रहना सीख जाएगी, यदि सब एडजस्ट कर चले। यानी तू ऐसे सोई रह कि मरी भी न लगे और ज़िन्दा भी दिखे।"

सतआत्मा झटके से उठ खड़ी हुई, "इम्पॉसिबल..." उसने मन में कहा और परम आत्मा के दरबार को उड़ चली। मनुष्य योनि छोड़ अब वह कहीं भी मजे से रह लेगी।

वैद्य रगड़जी और चिपका वायरस

अभी-अभी रगड़ जी ने एकदम नया और अद्भुत सन्देसा मेरी वॉल पर चिपकाया है। इस दफा यह सन्देसा कोरोना वायरस से बचाव को लेकर है। यदि आप रगड़ जी को नहीं जानते हों तो जान लें। उपचार के तरीकों की खोज में वह रात-दिन मोबाइल को रगड़ते हैं। उनके गूगल निकेतन के आगे शान्ति निकेतन भी फेल है ऐन वैसे ही जैसे व्हाट्सएप यूनिवर्सिटी के आगे ऑक्सफोर्ड या हार्वर्ड। बग़ैर कोई डॉक्टरी या वैद्यई पढ़े वह सारी पैथियों को ठेंगे पर धरते हैं और चुटकियों में हर मर्ज़ का उपचार बताते हैं। हेपेटाइटिस से लेकर न्युमोनोअल्ट्रामाइक्रोस्कोपिक सिलकोवोस केनोकोनियोसिस तक का इलाज है उनके पास। वह गूगल पर गुजराती, बंगाली, अफगानी, अराकानी और यूनानी पद्धति के 'इलाज बिल ग़िज़ा' और 'इलाज बिल दवा' टाइप के तमाम नुस्ख़े चपेटते हैं। तब 'अटन की टटन में और टटन की अटन में' कूटकर अपना मौलिक नुस्ख़ा तैयार कर व्हाट्सएप पर चिपकाते हैं।

उनकी निगाह में दुनिया के हर मर्ज़ के लिए वायरस ही ज़िम्मेदार हैं। एक दफा ऑफ़िस में बाबुओं की लेटलतीफी को मैंने 'एक्यूट डेफिशिएंसी ऑफ सिंसियरटी सिंड्रोम' बताया, वह चहककर इसके पीछे भी वायरस का हाथ होना बताते उपचार के लिए प्याज के रस और कपूर की धूनी सुझा बैठे।

विश्व भर के वायरसों पर उनका विशेषाधिकार है। यूँ मानिए, वायरसों को उनकी नहीं, उन्हें वायरसों की ज़्यादा प्रतीक्षा रहती है। यही कारण है कि वायरस का प्रकोप अफ़्रीका के बुर्किनाफासो में हो या मंगोलिया की उलानबटोर में, वह उसे रगड़ने के इतने तरीके बटोर लाते हैं कि वायरस को भारत की ओर श्रीमुख करने से अपनी श्रीदुम दबानी पड़ जाए।

ज़ीका, निपाह, इबोला, एच-1 एन-1 जैसा कैसा भी ख़तरनाक वायरस क्यों न हो, ऐसा कोई वायरस न होगा जिसे उन्होंने तबीयत से कीपैड पर रगड़ा न हो और उस पर कहर बनकर न टूटे हों। व्हाट्सएप पर इन वायरसों पर कहर बरपाने के लिए उनके स्टॉक में कुछ सलाहें तो एकदम रेडीमेड हैं। मसलन दूर रहना, हाथ न मिलाना, गले न मिलना। ऐसी सलाहें वह बोल्ड अक्षरों में यूँ देते हैं मानो डब्ल्यूएचओ कल ही हारफूल के साथ आला दर्ज़े का आला भी उनके गले में डालने दौड़ पड़ेगा।

उनका शोध बोध इतना प्रबल है कि वायरस चाहे एचआईवी ही क्यों न हो, बचने के लिए पहली सलाह यही है कि हाथ न मिलाना वरना हाथोहाथ वायरस उधर से इधर चल पड़ेगा और आप संक्रमित हो मदद को टापते रह जाएँगे। उनका बस चले तो चार नग लौंग और पाँच पत्ती तुलसी के दम पर एचआईवी के गढ़ में कूद जाएँ। टांट में एक गाँठ हल्दी और दाँत में एक नग मुलेठी दाब हैपेटाइटिस को नाथ दें। जैतून और जावित्री की तोप से ज़ीका को उड़ा दें और सेंधे नमक के बूते निपाह को निपटा दें। कई दफा तो वायरस का नाम सुनकर ही वह उत्साह से ऐसे भर गए कि स्टॉर्म वर्म, ट्रोजन हॉर्स जैसे कम्प्यूटर के वायरस को भी पेट के चिनूनों और घोड़ों की लीद से फैलने वाले वायरस मानकर उपचार के लिए गौमूत्र और धतूरे का काढ़ा पेल बैठे। उन्हें टोका गया कि रगड़ जी, इस दफा कुछ ऊँची ही बात रगड़ गई, वह पीछे न हटे। बोले, "वायरस तो वायरस होता है। चाहे आदमी को लगे या कम्प्यूटर को। लिहाज़ा और कुछ नहीं तो कम्प्यूटर के आसपास नीम का धुआँ अवश्य करना चाहिए।"

इस बार दुनिया भर में फैले कोरोना वायरस से निबटने के लिए उन्होंने पुराने सारे वायरसों के उपचार निचोड़-निचोड़कर उनकी अपनी भाषा में, एकदम ओरिजिनल नुस्ख़ा तैयार किया है जो व्हाट्सएप वीरों की वरेण्य विद्वता से वायरल हो चुका है। वायरल हुए इस विचित्रोपचार पर मैं सिर पीटने के लिए विवश हूँ। यों मैंने शुरू में ही कहा था कि आप वैद्य रगड़जी को न जानते हों तो जान लें। कौन जाने, कल को उन्हें स्वास्थ्य के क्षेत्र में नोबल पुरस्कार मिल जाए। कमज़कम अपनी वायरल होती विलक्षण वायरोलॉजी पर उन्हें इस बात का पूरा भरोसा है इसलिए फ़िलहाल

गूगल को रगड़कर वह नोबल फाउंडेशन को ही खोज रहे हैं। यह और बात है कि ख़ुद मैं और उनसे संक्रमित कई लोग उन्हें चिपका वायरस मानकर उनसे मुक्ति का उपाय खोज रहे हैं।

शहरी पुत्री के नाम प्रहरी पिता के मेल

ई-मेल 1

मेरी प्यारी पुत्री,

(मुझे पता है, पुत्री जैसा आउटडेटेड सम्बोधन पढ़कर तुम्हारे पहले से निकले दाँत और बाहर निकल आए होंगे, मगर ऐसा इसलिए लिखा कि तुम हिन्दी साहित्य की विद्यार्थी हो और साहित्य में ऐसा ही लिखने की परम्परा है। सो तुम्हें मेरा यह ई मेल घोर असाहित्यिक होते हुए भी साहित्यिक-सा ही लगता रहेगा और तुम इसे वैसे ही उबासियाँ लेती पढ़ोगी, जैसे एक रीतिकाल को छोड़ दो तो बाकी आदिकाल और भक्तिकाल आदि को पढ़ती होगी)

प्रिय पुत्री, तुम्हारे कॉलेज का किन शब्दों में धन्यवाद करूँ कि तुम्हें ऐसे प्रोजेक्ट के लिए चुना जिसमें छात्राओं को सिलिकॉन वैली न ले जाया जाकर पीपलखेड़ा और नारियलहेड़ा टाइप के गाँवों में ले जाया जा रहा है। तुम आज पहली बार गाँव जा रही हो। निदा फ़ाज़ली ने लिखा है, *धूप में निकलो, घटाओं में नहाकर देखो, ज़िन्दगी क्या है, क़िताबों को हटाकर देखो,* सो मेरे लिए ये बड़े सुकून की बात है कि तुमने किताबों को हटाकर ज़िन्दगी क्या है ये जानने देखने का मन बनाया।

अभी तक तो तुमने गाँवों को फ़िल्मों में ही देखा है। हो सकता है, इंटरनेट पर कभी न्यूयॉर्क, वेनिस और बैंगलोर, मुंबई से फ़ुर्सत मिली होगी तो ऑनलाइन भी देखा होगा। मगर गाँव शायद वैसे न मिलें जैसे फ़िल्मों में होते हैं। तुमने अदम गोंडवी की पंक्तियाँ पढ़ी होंगी न कि *तुम्हारी फाइलों में गाँव का मौसम गुलाबी है मगर ये आँकड़े झूठे हैं, ये दावा किताबी है।* सो इतना तो तय है कि स्थिति

दूसरी ही होगी। फिर भी तुम्हें गाँव का रंग फ़िल्मों जैसा गुलाबी दिखे और जैसा कि गाँव के बारे में राष्ट्र कवि ने लिखा है, *अहा! ग्राम्य जीवन भी क्या है,* तुम्हारे मुँह से यदि निकल पड़े कि 'वॉव, ग्राम्य जीवन भी क्या है!' तो बताना, मैं भी देखने आऊँगा।

अभी तुम्हें बस में लम्बी यात्रा करनी है। हर माँ-बाप की तरह मैं भी तुम्हें कुछ सावधानियाँ बरतने की सलाह दूँगा। तुम मेरी इन बातों का ज़रूर ध्यान रखना। इससे तुम्हारी यात्रा सुरक्षित और सुखद होगी।

सबसे पहली बात तो ये है बच्चों को बस में चढ़ाते वक़्त हर भारतीय माँ-बाप पहली सलाह यह देते हैं कि खिड़की से हाथ बाहर मत निकालना। ऐसे माँ-बाप बच्चों को डरपोक बनाते हैं। जब तक हाथ बाहर नहीं निकलेगा, तुम कुएँ के मेढक की तरह संकुचित रहोगी सो मेरी सलाह मानना और तुम खिड़की से हाथ जरूर बाहर निकालना। लेकिन तभी, जब बगल में सिर पर समोसों की टोकरी रखे कोई निकल रहा हो। तुमने पढ़ा ही होगा, श्वान निद्रा, बको ध्यानम। यूँ मुझे पता है, एक योग्य पिता की सुयोग्य पुत्री होने के नाते और श्वान निद्रा के बजाय कुम्भकर्ण निद्रा पर अधिक विश्वास के कारण श्वान निद्रा तुम्हारे वश में नहीं, तथापि बगुले की तरह ध्यान तो तुम लगा ही सकती हो। ऐसे में तुम समोसों की टोकरी पर ध्यान अवश्य रखना और जैसे ही अवसर मिले, हाथ बढ़ाकर दो-चार समोसे उठा लेने में संकोच मत करना।

बेटी, किसी के सिर का बोझ उतारने से बड़ा पुण्य दूसरा नहीं। हालाँकि तुम पूरा पुण्य लेने के चक्कर में न रहना, वरना परिणाम दूसरा भी हो सकता है। सो तुम कुछ समोसे उठा कर उसके सिर का बोझा थोड़ा भी कम कर सको, वही पर्याप्त होगा। एक बात और, ऐसा करते वक़्त गरीबों का हमेशा ख़याल रखना।

मैं अपने निज़ी अनुभव से अमीर और ग़रीब के बीच अन्तर करने का सीधा उपाय बताता हूँ। यदि दो लोग सिर पर समोसे की टोकरी रखे हों, उनमें से एक की टोकरी में दस समोसे और दूसरे की टोकरी में पन्द्रह समोसे हों तो ज़ाहिर है, पन्द्रह समोसे वाला अमीर होगा और दस समोसे वाला गरीब। तो जो पन्द्रह समोसे वाला है न, उसकी टोकरी में से पाँच समोसे चुपचाप उठा लेना। इसके कई फायदे होंगे। एक

तो उसके सिर से बोझ कम हो जाएगा। दूसरे, जो काम बड़े-बड़े नहीं कर पाए वो तुम कर पाओगी। अमीर और ग़रीब को बराबरी पर ला सकोगी। इससे समाजवाद लाने का अधूरा स्वप्न भी कुछ हद तक पूरा होगा।

एक सावधानी और बताता हूँ जो जीवन में सदैव काम आएगी। जैसे दीवारों के कान होते हैं न, वैसे ही खिड़कियों की भी आँखें होती हैं। कई-कई आँखें। यदि समाजवाद लाने के ऐसे उदाहरणीय प्रयत्न करते तुम्हें कोई देख ले और उसका मुँह असामाजिक भाव से खुलने को उद्यत हो तो बिना देर किए पाँच में से दो समोसे उसके मुँह में ठूंसकर उसका मुँह बन्द कर देना। इससे तुम्हें भविष्य में मुँह बन्द करने की तकनीक भी समझ आ जाएगी जो आजीवन काम आएगी। यूँ भी अभ्यास से धीरे-धीरे यह ज्ञान बढ़ता चला जाएगा और तुम ज़्यादा से ज़्यादा समोसे (या टोकरी में जब जो उपलब्ध हो) प्राप्त करती अमीर और गरीब का अन्तर भी मिटा पाओगी, दूसरों का मुँह बन्द रखते ख़ुद का ख़याल भी रख पाओगी।

बचे हुए तीन समोसे में से दो समोसे तुम तत्काल पेट के हवाले कर लेना क्योंकि ख़ुद का ख़याल रखना पहले ज़रूरी है, दुनिया का बाद में, सो तुम इसमें देर मत करना। मेहनत की रोटी का आनन्द एकदम अलहदा होता है, ये तुम खूब अनुभव कर पाओगी। मेहनत की रोटी के बारे में बाद में बताऊँगा। अभी तो समोसों की बात करता हूँ। हाँ, तो अभी एक समोसा बाकी है। इसे तुम्हारे साथियों और आम लोगों के लिए अवश्य रखना। मुझे पता है, समोसे तुम्हें बहुत पसन्द हैं और ऐसा करना तुम्हारे लिए बड़ा मुश्किल होगा, मगर फिर भी तुम दिल पर पत्थर रख लेना और उस समोसे के करीब सौ सवा सौ छोटे-छोटे टुकड़े कर सबों में बाँट देना। भारी मन से ही सही, मगर इससे तुम्हारी दयालुता के किस्से युगों-युगों तक गाए जाएँगे।

ध्यान रखो, जीवन में हर जगह नुक्स निकालने और बात बेबात सवाल उठाने वाले तुम्हें ख़ूब मिलेंगे। कोई न कोई इतने छोटे टुकड़ों पर भी सवाल उठाएगा। भले उस वक़्त तुम्हारी भुजाएँ अगले के कान के पीछे चार बजाने को फड़क रही हों, मगर प्रत्यक्ष में मुस्कराकर कहना, ये फलानी जगह का प्रसाद है। फिर देखना चमत्कार। जिस टुकड़े को चींटी भी ऊँट के मुँह में जीरा बताती छोड़कर चल दे,

उसे लेने लोग कैसे लपकते हैं। देखा तो होगा न, अपने यहाँ लोग प्रसाद के नाम पर आधी चुटकी भर पंजीरी भी घंटों लाइन में लग कर लेते हैं। तुम्हारे ऐसा करने से लोग धर्म के प्रति तुम्हारी आस्था के गुण गाएँगे। तुम बड़े अफ़सोस के साथ लोगों से कहना कि मेरा वश चलता तो प्रसाद का एक-एक कण मोहल्ले में क्या, सारे शहर में बाँटती। इससे तुम्हारी सबका भला चाहने की प्रवृत्ति आम लोगों में ज़ाहिर होगी। तुम यह मत सोचना कि अपने पड़ोसियों को आज तक पंजीरी नहीं बांटी, मोहल्ले और शहर की बात कहना कुछ ज़्यादा ऊँची बात नहीं हो जाएगी। मैं तुम्हें बताऊँ, आजकल सब ऐसी ही ऊँची-ऊँची बातें करते हैं, इसीलिए ऊँचाई पर रहते हैं। लिहाज़ा तुम हर मौक़े पर बातें ऊँची ही करना। ख़बरदार जो कभी अपने पिता की नाक नीची होने दी।

मैं भी देखो कहाँ से कहाँ भटक गया। भूल ही गया कि तुम्हारी बस अभी चली ही है और मुझे तुम्हें कई सलाहें और देनी हैं। तो एक ज़रूरी सलाह मानो। सबसे पहले तुम जाकर बस के ड्राइवर को बिना बात के डाँटो।

मुझे पता है आज की पीढ़ी की तरह कुतर्क करने में तुम्हारा कोई मुकाबला नहीं सो तुम ये मत कहने लगना कि ड्राइवर ने क्या बिगाड़ा है? अच्छी भली गाड़ी तो चला रहा है!

देखो बेटी, तुम्हें पढ़-लिखकर अफ़सर बिटिया बनना है न? तो इसका अभ्यास अभी से प्रारम्भ करना ठीक होगा। पढ़ाई-लिखाई तो बाद में होती रहेगी, एटिट्यूड रखना पहले ज़रूरी है, लिहाजा डाँटने-फटकारने की आदत अभी से डाल लो। ज़रूरी थोड़े है कि हर बात के पीछे कोई कारण हो। तुमने अपनी मम्मी को नहीं देखा क्या? बोलो? उसका बस चले तो वो मुझे सुबह-सुबह इसी बात पर डाँटने लग जाए कि आज भी सूरज पूरब से ही क्यों निकला और दुनिया में जो कुछ भी ऐसा वैसा है वह सब मेरी ही वज़ह से है।

सो थोड़ा कहा, बहुत समझना। कल को तुम्हारा ब्याह होगा सो वहाँ भी यह कला हर पल काम आनी ही है। एक सलाह और। जीवन में इस बात का हमेशा ख़याल रखना, भले तुम हिन्दी साहित्य की विद्यार्थी हो मगर जिसे भी डाँटना, हमेशा अंग्रेजी में डाँटना। इसका बड़ा जादुई प्रभाव पड़ता है। डाँटते समय इतने ज़ोर से

चीख़-चीख़कर डाँटना कि सारे लोग तुम्हारी ओर देख कह सकें, धन्य हो! इसे कहते हैं स्त्री शक्ति!

हो सकता है, बहुत से लोग तुम्हारा साथ देने आ जाएँ और जिसे तुमने डाँटने का विचार किया है, पीट-पीट कर उसकी कपार ही खोल दें। हमारे देश के लोग इतने तो सहयोगी हैं ही और ऐसे मौकों पर उनके उत्साह और हाथ बँटाने वाली भावना की तुम कल्पना भी नहीं कर सकतीं।

तो जाओ और ड्राइवर को डाँट कर आओ। इससे रास्ते भर वह सोचता रहेगा कि उसे डाँटा क्यों गया। वह अधिक चौकन्ना होकर गाड़ी चलाएगा। इतना ही नहीं, रास्ते में मुफ़्त चाय के लिए तुम्हें पूछेगा सो अलग।

एक बात और, यदि कहीं तुम्हारी आत्मा को बिला वज़ह डाँटना गवारा न हो तो कारण खोजना कठिन थोड़े ही है। तुम चाहो तो इसी बात पर डाँटने लग जाओ कि, इतने पढ़े-लिखे लोग पीछे बैठे हैं और वो कम पढ़ा बेहया इनसान आगे बैठा है फिर भी गाड़ी ठीक से नहीं चला रहा। इससे ड्राइवर को पढ़ने-लिखने वाले लोगों का महत्त्व पता चलेगा और यह भी कि आगे रहने का अधिकार केवल पढ़े-लिखे लोगों का है।

वैसे न, अब समय थोड़ा बदल गया है। हो सकता है, ड्राइवर ख़ुद ही ख़ूब पढ़ा-लिखा हो और चिढ़कर बताए कि उसने भी घास नहीं छील रखी है बल्कि इंजीनियरिंग कर रखी है या मैनेजमेंट में ग्रेजुएट है तो उसकी डिग्रियाँ सुन तुम निराश मत होना। इससे तुम्हें आज की पढ़ाई का महत्त्व पता लगेगा साथ ही अब आगे ऐसी तमाम डिग्रियाँ लेकर भविष्य कितना उज्ज्वल है, इसका भी बेहतर अन्दाज़ लग जाएगा।

एक काम की बात और बताता हूँ। तुम्हें बिलावजह विवाद के बीज खोजने की दृष्टि विकसित करनी होगी। यह वर्तमान की सबसे बड़ी आवश्यकता है। फिर इससे जो आनन्द मिलता है वह शब्दों में बयान नहीं किया जा सकता। सो, बस में तुम लोग मुँह लटकाकर मत बैठना। विवाद प्रारम्भ करने के लिए कुछ भी बहाना खोजना। हमारे देश में अधिकांश लोग यही करते हैं। तुम चाहो तो कंडक्टर पर निगाह रखना। जैसे ही वह सीटी बजाए तो सारी लड़कियाँ मिलकर उसे इस बात पर कूट देना कि बस में लड़कियाँ भरी हैं और वह बेशर्मी से सीटी बजा रहा है। इससे उसे छात्र एकता की शक्ति का पता चलेगा और तुम लोगों का समय भी

आनन्द से कटेगा। कूटने का यह अनुभव भले साधारण सा है, मगर इसका लाभ यह है कि आगे चलकर किसी भी प्रोटेस्ट या हड़ताल के दौरान तुम कॉलेज के प्रोफेसरों पर भी इसको बेहतरी से आजमा पाओगी।

मुझे पता है तुम्हें अब नींद आ रही होगी। यों भी सोने के मामले में तुम्हारे आगे सौ कुम्भकर्ण पानी भरते हैं। चूँकि तुम बस में हो, ऐसी विकट नींद में तुम्हें अपने लैपटॉप की सुरक्षा की चिन्ता होगी और सोना मुश्किल होगा।

इसके लिए मैं तुम्हें हौआथेरेपी वाला उपाय बताता हूँ। हौआथेरेपी, यानी दूसरों को चिन्ता में डालकर स्वयं कैसे निश्चिन्त रहा जा सकता है। तुम बस इतना करो कि सबकी नज़र बचाकर बगल के स्लीपरों पर सो रही कुछ लड़कियों की चोटी अचानक ज़ोर से खींच दो। इससे उनके मन में चोटीकटवा का हौआ फिर से ताज़ा हो जाएगा और वो चौकन्नी होकर सोएँगी। बल्कि यूँ कहो, जागती ही बैठी रहेंगी। इसका फ़ायदा ये होगा कि तुम मज़े से खर्राटे मारकर सो पाओगी और दूसरे चिन्ता करते जागेंगे।

इस दुनिया में लोगों को जगाना ही सबसे कठिन काम है। सो इसके लिए उन्हें चिन्ता में डाले रखने में कोई बुराई नहीं है। भविष्य में दो-चार बार और ऐसे ही कोशिशें करना। हमेशा सुखी रहोगी। यों भी प्रशासन और प्रबन्धन में हौए का बड़ा महत्त्व है। कल को मान लो, तुम्हें अफ़सरी करने का अवसर मिला तो हौआ बनाने की यह कला ही तुम्हें शीर्ष पर पहुँचाएगी। अब आज के लिए इतना ही। शेष बातें कल।

तुम्हारा पप्पा

ई-मेल 2

प्रिय क्यूटीपाई पुत्री,

तुम अब गाँव पहुँच गई होगी। जैसे हिन्दी फ़िल्मों में हीरो की एंट्री उसके जूतों

से शुरू होती है, ऐसे ही हिन्दी साहित्य में गाँवों की एंट्री सड़क किनारे और खेतों में लोटा और डिब्बा लिये बैठे स्त्री-पुरुषों की क्यू से होते पढ़ी है मैंने। तुमने भी तो न जाने कितने उपन्यासों में पढ़ा होगा। याद करो, मेरे अपने उपन्यास में भी तुमने नींद में गिरते-गिरते ऐसा ही तो पढ़ा था। हो सकता है, आज तुम्हें ऐसे दृश्य न मिले हों। यदि तुम नाक पर रुमाल धरे बग़ैर गाँव में पहुँच गई हो और महिलाओं-बच्चों को भरी धूप में गाँव के किनारों पर शर्मिंदगी की हालत में बैठे न पाया हो तो मान लेना, गाँव का रंग फ़कत फाइलों में ही गुलाबी नहीं रहा, वरन असलियत में भी कुछ गुलाबीपन आया है।

तुमने बताया कि तुम लोगों के ठहरने की व्यवस्था स्कूल में की गई है जहाँ क्यू में लग कर भोजन लेना होगा। संडास भी एक ही है सो समस्या तो होगी ही। हालाँकि इसे दूसरे नज़रिए से देखो तो समस्या सुलझी ही मानोगी। जिन लोगों ने भोगी है, उनसे पूछना ज़रा। तुम ख़ुद को ख़ुशकिस्मत मानोगी कि कैसे उस शर्मिंदगी का सामना करने से तुम्हें मुक्ति मिल गई जिसका सामना गाँव की स्त्रियाँ और बच्चियाँ सदियों से करती आई हैं। फिर भी तुम्हें कुछ सुझाव देना मेरा कर्तव्य बनता है।

पहली बात तो यह कि तुम हमेशा की तरह देर से जागना। जो लोग जल्दी उठ जाते हैं, मेरी दृष्टि में वे किसी काम के नहीं। मेरा विश्वास न मानो तो देखना, जल्दी उठने के बाद भी संडास के बाहर वे कैसे क्यू में लगकर अपना नम्बर आने की प्रतीक्षा में *बाल नोचते हैं।* तुम देर से उठोगी तब तक क्यू अपने आप समाप्त हो चुकी होगी।

कई बार आख़री में आना भी बड़ा लाभप्रद होता है। यों एक आशंका अवश्य है कि कभी तुम्हें ऐसा करने पर पानी खत्म मिले और एक नई समस्या खड़ी हो जाए। मगर तुम हिम्मत मत हारना। आगे आने वाले समय में तुम चाहे अफ़सर हो जाओ या कुछ और, भोगना तो यही सब है। गाँवों में भी और शहरों में भी। तुम्हारे पास पैसा होगा, मगर पानी होगा इसका कोई भरोसा नहीं। वैसे भी पानी की कीमत यहाँ घर में तो पता चलती नहीं जहाँ तुम घंटों शावर लेती रही और मजाल है जो पानी खत्म हो जाए। किसी भी चीज की क़ीमत तो उसके न रहने पर ही पता चलती है।

वैसे तुम्हें पानी की कीमत पता करनी है तो इसके लिए एक प्रयोग बताता हूँ। यह प्रयोग शहरों में सम्भव नहीं है मगर गाँव में तो प्रयोग के अवसर हैं ही।

गाँव है तो गोरियाँ तो होंगी ही। यों साँवली भी होंगी, मगर हमारी फ़िल्मों ने उनके बारे में कुछ नहीं कहा।

गोरी तेरा गाँव बड़ा प्यारा,
ओ गोरिया रे, तेरे आने से सज गई हमरी ये टूटी-फूटी नाव

जैसे गाने बताते हैं कि जिस प्रकार शहरों में गोरे, वैसे गाँव में गोरियाँ ही महत्त्वपूर्ण हुआ करती थीं।

अब समय बदल गया है और मैं भी वर्ण भेद के सख़्त ख़िलाफ़ हूँ सो तुम काली-गोरी का भेद मत करना और आगे जो बता रहा हूँ, उसे ध्यान से समझना। तुमने कवि दुष्यंत की पंक्तियाँ पढ़ी होंगी, *कौन कहता है आसमाँ में सुराख़ नहीं हो सकता, एक पत्थर तो तबीयत से उछालो यारो।* मुझे पता है आसमाँ में सुराख़ करना तुम्हारे क्या, तुम्हारे पिता जी के बस की बात नहीं और एक बार कोशिश की थी मगर पत्थर से अपनी ही खोपड़ी में सुराख़ हो गया था, सो पत्थर उछालने की तुम्हें कह भी नहीं रहा। मैं बस उस मटकी में सुराख़ करने की बात कर रहा हूँ जो गाँव की छोरियाँ पानी भरने के बाद अपने सर पर रखकर लाती तुम्हें दिख रही होंगी। मुझे भरोसा है, तुम ऐसा कर लोगी। इससे तुम्हारा भी अभ्यास बढ़ेगा और उनका भी। वैसे तो मैंने फ़िल्मों में देखा है, मटकी फूटने के बाद ऐसे मौकों पर गोरियों को खी खी कर ठिलठिलाते। मगर चूँकि यह फ़िल्म नहीं हक़ीक़त है सो इस बात की सम्भावना बिल्कुल ही नहीं है कि तुम्हारी इस हरक़त पर वे खी खी करेंगी। जो भी हो, उनकी खों खों का जोखिम उठाने को तुम हमेशा तैयार रहना और पानी की क़ीमत जानने में जोखिम भरा प्रयोग करना। वे खों खों करती तुम्हें बताएँगी कि किन मुश्किलों से उन्हें मटकी भर पानी नसीब होता है। हो सकता है वे तुम्हें चार कोस दूर से मटकी भरकर लाने को बाध्य करें, मगर मुझे विश्वास है, इसके बाद तुम्हें पानी की क़ीमत आजीवन नहीं भूलेगी और जैसा अदम गोंडवी ने कहा था, *'आप कहते हैं सरापा गुलमुहर है ज़िन्दगी, हम ग़रीबों की नज़र में इक कहर है ज़िन्दगी'* भी सच होता दिखेगा।

मेरी बेटी, तुम ऐसे ही जोखिम भरे प्रयोग और भी करना। इससे चहुँओर से तुम्हें ज्ञान प्राप्त होगा और *'आ नो भद्रा:, क्रतवो यन्तु विश्वत:'* का मार्ग भी प्रशस्त होगा जो हमेशा काम आएगा।

एक बात और ध्यान रखना। तुम देर से तो उठना ही, मुँह धोने में हड़बड़ी भी मत करना। बिना मुँह धोए सबको ज्ञान बाँटना। तुम देखकर हैरान होगी कि गाँव के अनपढ़ देहाती सुबह उठते ही दिमाग़ के बजाय दाँत घिसना पसन्द करते हैं। तुम्हारे बिना मुँह धोए ज्ञानदान से सबको तुम्हारे पढ़े-लिखे होने का अवदान समझ आएगा। उन्हें पता लगेगा, सुबह उठते ही बबूल का दातून तोड़कर दाँत माँजने से अच्छा है, गूगल से दिमाग़ माँजना। वैसे इधर गाँवों में भी ख़ूब बदलाव आया है। नई पीढ़ी तो शहरों को मात कर रही है और सुबह होते ही वह भी बबूल के पेड़ की ओर भागने के बजाय खटिया पर टाँगें फैलाए गूगल करती नज़र आ रही है। जैसाकि मैंने बताया, उससे नई पीढ़ी क्या, पुरानी भी प्रेरित होगी और अफ़सोस करेगी कि फ़ालतू ही आज तक बबूल से दाँत माँजते जीवन ख़राब करते रहे। गूगल से दिमाग़ को माँजते तो कहीं के कहीं होते। तुम बताना कि अब भी देर नहीं हुई। जब जागो तभी सवेरा। तुम उन्हें शहर के हाल बताना कि कैसे अस्सी साल के एक दद्दू भी सुबह उठते ही मोबाइल पहले उठाते हैं, टूथ ब्रश बाद में। इससे उन्हें अद्‌भुत प्रेरणा मिलेगी। यों तो शहरों को गाँवों से सीखना चाहिए मगर देखता हूँ, गाँव ही शहरों से सीख रहे हैं वो भी बड़ी तेजी से। तुम्हारे दिए ज्ञान से उन्हें विकास का नया मार्ग मिलेगा। भटके हुओं को रास्ता बताने से बड़ा पुण्य दूसरा नहीं।

एक बात और। ज्ञान देते वक़्त शब्दों का प्रयोग उचित ढंग से करना। मसलन, गाँव में किसी को मेहनत की रोटी की सलाह मत देना, वरना वो तुम शहरी लोगों को मूर्ख समझेंगे। वहाँ सबको पता है बिना मेहनत रोटी क्या, अन्न का एक दाना नहीं मिलता। हो सकता है, कोई चिढ़कर कहने लगे, मैम साहिबा, रोटी मेहनत की नहीं, आटे की बनती है। एक बार किसी गाँव में मैंने भी ज्ञान देते हुए कहा था कि मेहनत का फल मीठा होता है। दिन भर मेहनत कर रात चैन की नींद सोने वाले लोग अड़ गए कि हुज़ूर ऐसा नहीं है। सच तो यह है कि सरपंच की बगिया के आम का फल ज़्यादा मीठा होता है। अपनी बात को साबित करने के लिए उन्होंने बड़ी मेहनत से आम तोड़-तोड़कर पूरा टोकरा भर आम मुझे खिलाए फिर पूछा, अब बताओ, आम का फल मीठा होता है कि नहीं। मुझे कहना पड़ा था कि तुम्हीं

सही हो भइया, मीठा तो सरपंच की बगिया का आम ही होता है।

खाने की बात पर याद आया, तुमने बताया कि भोजन के लिए भी क्यू में लगना पड़ता है और पीछे रह जाने से तुम भूखी रह गईं। देखो, प्रेम और युद्ध की तो मुझे नहीं पता लेकिन इतना ज़रूर जानता हूँ कि भोजन की कतार में सब जायज है। ज्ञानीजन कह गए हैं कि जिसने की शरम, उसके फूटे करम। तुम इस बात को गाँठ बाँध कर सबसे आगे रहना और आगे न हो पाओ तो येन-केन-प्रकारेण पहुँचने का प्रयास करना। कभी भी सोच-विचार में मत पड़ना और भोजन पर सबसे पहले टूट पड़ना। इससे सबको आगे रहने की प्रेरणा मिलेगी। दूसरी महत्त्वपूर्ण बात, खाना कितना ही अच्छा क्यों न बना हो, उसमें दो-चार कमियाँ अवश्य निकालना। इससे बनाने वाले को प्रोत्साहन मिलेगा और तुम्हारे आलोचकीय दृष्टिकोण की भी सर्वत्र सराहना होगी। तटस्थ भाव कभी मत रखना। दिनकर जी की पंक्तियों को हमेशा याद रखना, 'जो तटस्थ हैं, समय लिखेगा उनका भी अपराध'। लिहाज़ा बाद में समय कुछ ऐसा-वैसा लिखे, इसका उसे मौका ही मत देना।

मुझे पता है, भले ही तुम साहित्य की विद्यार्थी हो मगर कविता, कहानी में तुम्हें ठठेरे का ठ लिखना भी नहीं आता, तथापि किसी महान लेखक की क्लासिक रचना को पढ़कर बुरा सा मुँह बनाते मैं तुम्हें कई बार देख चुका हूँ। यह मेरे लिए बड़ी ही प्रसन्नता का विषय है और कल को साहित्य जगत को एक बड़ी आलोचक मिलने की प्रबल सम्भावना मुझे उत्साहित कर रही है। एक अच्छे आलोचक की पहचान भी यही है कि वह स्वतः भले चार पंक्तियाँ न लिख पाए, मगर दूसरे की चार पंक्तियों में कम से कम चालीस कमियाँ अवश्य निकाल दे। साहित्य से दूर वहाँ गाँव में रहकर भी तुम इस कला का सही अभ्यास कर सकती हो। तुम्हारा हमेशा नाक पर चश्मा चढ़ाकर बात करना मुझे ख़ूब भाता है। नकचढ़ियों में पहला नाम तुम्हारा ही गिना जाए इससे अच्छी बात क्या होगी भला। यह नकचढ़ापन आजीवन तुम्हारा साथ देगा। घर के भीतर भी, घर के बाहर भी। दफ़्तर में भी और साहित्य जगत में भी।

सो अब तुम यों करो कि भोजन कितना ही स्वादिष्ट क्यों न बना हो, चेहरे पर थोड़ा नकचढ़ापन लाकर उसमें तुम कमी अवश्य निकालो। जैसे साहित्य में कभी भाषा को लेकर, कभी शैली को लेकर तो कभी सरोकार को लेकर इतनी कमियाँ निकाली जा सकती हैं कि रचना से बड़ी और कालजयी तो आलोचना हो जाए,

ऐसे ही कभी नमक को लेकर, कभी शक्कर को लेकर, कभी कम, कभी ज्यादा पक जाने को लेकर तुम भोजन की कमियाँ निकालो। कुछ शब्द पहले से तय कर लो, इससे तुम्हें यह लाभ होगा कि बिना चखे भी तुम त्वरित प्रतिक्रिया दे पाओगी। शब्द जितने तीखे होंगे, प्रतिक्रिया उतनी ही तीखी होगी।

इसका त्वरित लाभ तुम्हें यह देखने मिलेगा कि रसोइए के मन में तुम्हें लेकर भय मिश्रित विशेष भाव आकार लेने लगेंगे। तुम आगे देखोगी कि वह अब तुम्हें और भी स्वादिष्ट पकवान खिलाने के लिए आतुर होगा।

ऐसा भी नहीं है कि तुम केवल कमियाँ ही निकालो। जब रसोईया तुम्हारा खास ध्यान रखने लगे यानी पूरियाँ कढ़ाही से बाहर निकलें, इससे पहले ही वह उन्हें तुम्हारी थाली में धरने को बेचैन दिखने लगे तो सार्वजनिक रूप से उसकी पाक कला की प्रशंसा करना न भूलना। इसका दूसरा लाभ यह होगा कि और भी लोग चाहेंगे कि तुम उनके बनाए पकवानों का स्वाद लो और प्रतिक्रिया दो। भोजन में स्वाद है या नहीं, ऐसे ही साहित्य के क्षेत्र में ठीक यही बात देखना, सरोकार है या नहीं। एक अच्छे आलोचक के रूप में निश्चित तौर पर तुम जगह बना पाओगी।

मुझे लगता है, तुम्हारे भीतर अब पर्याप्त जोश आ गया होगा। तुम्हें अभी बाहर संडास की क्यू और उसके बाद भोजन की क्यू का भी सामना करना है। मैं उन लोगों से बड़ा रश्क़ करता हूँ जो पढ़ाई से ज़्यादा ध्यान पिटाई पर देते हैं, सो क्यू में धक्का देकर आगे निकलने में संकोच गत करना। जहाँ आवश्यकता न हो वहाँ भी स्कूल में सीखी कराटे कला का प्रयोग मौका निकाल कर अवश्य करना। इससे तुम्हारा अभ्यास भी बना रहेगा वहीं आम लोगों के बीच तुम्हारी एक सार्थक छवि निर्मित होगी। इसे भी हौआथेरेपी का पार्ट ही समझो। यही छवि आगे जाकर तुम्हारे बहुत काम आएगी। सो अब तुम लैपटॉप परे रखो। तुम्हारी माँ की तो यूएसपी ही हौआथेरेपी है और अब वह हौआ बन इधर आने को है सो शेष बातें कल बताऊँगा।

तुम्हारा पप्पा

ई-मेल 3

प्रिय पुत्री,

तुम्हें फिर पुत्री लिख रहा हूँ। ऐसा लिखते तुम्हारे ही नहीं, मेरे भी दाँत बाहर आ रहे हैं। मगर दो मेल भेजने के बाद मुझे भी ऐसा लिखना अच्छा लगने लगा है। मैंने कहा था न, ज़िन्दगी में कुछ तो हट कर हो यार। हालाँकि पिछली दोनों चिट्ठियों में मैंने ज़िन्दगी में कुछ हटकर करने के तुम्हें ढेर सारे उपाय बताए थे, लेकिन मुझे बड़ी खुशी है कि तुमने उनमें से एक भी उपाय नहीं अपनाया। पंचतंत्र में लिखा है, *'उपायं चिन्तयेत्प्राज्ञस्तथापायं च चिन्तयेत्'* अर्थात बुद्धिमान मनुष्य को उपाय के साथ-साथ अपाय को भी सोच लेना चाहिए सो तुमने उन उपायों पर सम्भावित हानियों के बारे में भी सोचकर शास्त्र सम्मत कार्य ही किया है।

तीन दिन में तुम अब गाँव को खूब समझने लगी हो। तुमने बताया कि गाँवों को किताबों में जैसा देखा-पढ़ा था, असलियत में बहुत कुछ अलहदा है। तुम्हारी इस बात पर मैं भी चिन्तित हूँ कि जिस सौंधी महक की बातें तुम किताबों में पढ़ती आईं, उसकी खोज में साँस खींचते-खींचते तुम्हारे फेफड़े फुँक गए, नाक टमाटर सी लाल पड़ गई, मगर वो महक नहीं मिली तो नहीं मिली बल्कि एक विचित्र गन्ध भीतर भर गई है जिसकी वज़ह से तुम बेचैन हो सो भी नहीं पा रहीं।

तुमने बताया कि गुलाबी होते गाँव में कुछ रंग ऐसे भी मिल आए हैं कि एक बदरंग-सा दृश्य खिंच आया है। जैसे कि तुम गाँव में मेहनत की रोटी की बात करने जा रही थी मगर तुमने पाया कि अब नई पीढ़ी मेहनत की रोटी के बजाय मुफ़्त की रोटी पर ज़्यादा भरोसा रखने लगी है। जिसे देखो, शहरों की ओर भागना चाहता है। लोग एक अलग ही सम्मोहन में खप रहे हैं। लड़कियाँ पहले की तरह काम में खट रही हैं मगर अच्छी बात यह लगी कि वे इसके बाद भी समय चुराकर पढ़ रही हैं। कुछ बनने के सपने देख रही हैं और उन्हें साकार भी कर रही हैं।

मैं समझ सकता हूँ, जुम्मन शेख और अलगू चौधरी की केमिस्ट्री अब पहले जैसी नहीं रही होगी। इनके टोलों के बीच पक्की सड़कें जरूर बन गई होंगी मगर बीच में खोदी गई खाइयाँ भी तुम्हें दिखी होंगी। गाँव में इनके अलग-अलग गुट होंगे और आए दिन ये गुट गाँव की सड़कें लाल भी करते होंगे। तुमने गाँव में देखा होगा, शहरी दा साहब और सुकुल बाबू जैसों का प्रभाव खूब बढ़ गया

होगा और टोला मोहल्ला का मनहि गाँव के गुलाबी होने की आस में सावन के अन्धे-सा हो गया होगा। वैद्यजी जैसे प्रभावशाली लोग अब केवल छंगामल कॉलेज तक सीमित नहीं होंगे बल्कि गाँव की नदी, तालाब और जंगल भी उनकी निगाह में होंगे।

तुमने बताया कि तुम्हें दो बैलों की जोड़ी खोजने पर भी गाँव में नहीं मिली और जहाँ देखो, ट्रैक्टरों और भीमकाय हार्वेस्टरों ने तुम्हें डरा दिया, यहाँ तक कि पीपल के भूत और मसान के प्रेत भी गाँव वालों को डरा नहीं पाते बल्कि वो डरते हैं उन महाभूतों से जो गाँवों को गुलाबी करते चढ़ आए हैं उनकी छाती तक। वो डरते हैं अट्ठहास मारती पोकलेन के पंजों से जो नदी के कलेजे तक घुस प्राणों को खींच लाते हैं, वो डरते हैं उन डरावने डम्परों से जो रेत और खेत दोनों लील जाते हैं, हैवान बनी उन हाइवा मशीनों से जो जंगलों से पेड़ चट कर जाती हैं और जो विशाल पहाड़ों के हाड़ कुचल जाती हैं। नदी, पहाड़ों और जंगलों का यह महाभोज तुम्हें क्या, मुझे भी डरा रहा है।

तुमने बताया, डरे हुए गाँव वालों के मुँह में पैसे और दिमाग में गुलाबी सपने ठूँस दिए गए हैं। जुबानें कील दी गई हैं। चारों ओर देख ऐसा लगता है, मानो कूलन में, केलिन में, कुंजन में, कछारन में, बनन में, बागन में, बीथिन में, बहारन में अब बसन्त नहीं, बस अन्त पसरो है। मैंने तुमसे उस दिन हौए की बात कही थी न। सही बताऊँ तो गाँवों क्या, दुनिया के सामने असल और सबसे बड़ा हौआ यही है कि सब कुछ बड़ी तेज़ी से ख़त्म हो रहा है और चिन्ता किसी को नहीं है। हौआ खों खों कर रहा है और सब खी खी करते ख़ुश हैं। श्रीलाल जी ने लिखा था। तुम सोते हुए को तो जगा सकते हो, मगर जो जागते हुए सोने का अभिनय कर रहे हों उन्हें कैसे जगाओगे? हम सब जागते हुए सोने का अभिनय ही तो कर रहे हैं। तुम बस यही करना और सबको जगाए रखना। तुमने एलेनिस ओबमसाविन की चार पंक्तियाँ पढ़ी होंगी न, 'जब आखिरी पेड़ कट जाएगा, जब आखिरी नदी के पानी में जहर घुल जाएगा और जब आखिरी मछली का शिकार हो जाएगा तब इनसान को अहसास होगा कि वह पैसे नहीं खा सकता। यह अहसास तुम अभी से लोगों में जगा पाओ तो तुम्हारा गाँवों में जाना सार्थक मानूँ।'

एक पिता होने के नाते यही कहना है कि तुम इस महाभोज को रोकना और आख़िरी पेड़, आख़िरी नदी की नौबत न आने देना। तुम गाँवों को खूब गुलाबी

होने देना, लेकिन यह देखना, गुलाबी रंग के पीछे धरती के खून का लाल रंग और हमारी मरी हुई आत्मा का सफ़ेद रंग न हो।

इस वक़्त हम सब जानते हुए भी तटस्थ हैं। मैं इस बात को लेकर भी डरा हुआ हूँ कि समय लिख रहा है हम सबका अपराध। तुम रोक लो यह अपराध, इससे ज़्यादा कुछ और नहीं चाहिए।

अब लिखना बन्द करता हूँ। बहुत सारा लिख दिया। यों बताते हैं, नेहरू जी ने तो पुत्री के नाम इतने पत्र लिखे थे कि पूरा ग्रन्थ ही बन गया। हालाँकि वो महान थे और मैं एक आम इनसान। उनकी मेरी क्या तुलना। फिर भी जो थोड़ा लिखा, बहुत बाँचना। उबासियाँ लेते ही सही।

तुम्हारा पप्पा

तीन तूफ़ानी इक नरक में

वे तीन थे। तीन कुत्ते। आम गली के आम कुत्ते। नाम भी वही सिम्पल से। गली-कूचे वाले। काला वाला कालू, भूरा वाला भूरा और तीसरा कबरा, न पूरा काला न पूरा भूरा। तीनों का इलाका एक। मोहल्ले की इकलौती गली के एक छोर से लेकर दूसरे छोर तक अखंड साम्राज्य। जैसे गली का हर आदमी अपने घर में मर्द, वैसे वे अपनी गली के शेर।

रोजाना सुबह होती और शाम होती। मोहल्ले के और दोपायों की भाँति इन चौपायों की ज़िन्दगी भी यूँ ही तमाम होती। दिन निकलता तो कुछ बासा-तिबासा मिल जाने की ललक में घरों के आगे दुम हिलाते। कहीं से रोटी-भात मिलता, कहीं से लात। वे दोनों में खुश रह लेते। रात का सन्नाटा छाते ही भौंक भौंककर गली की चौकसी करते। ईमानदारी से और बिना किसी स्वार्थ के। यह जानते हुए कि उनकी यह सेवा मनुष्य के लिए एकदम 'टेकन फॉर ग्रांटेड' टाइप है, फिर भी करते। हर हाल में खुश रहने का यत्न करते। ज्यादा प्रसन्न होते तो आपस में पकड़म-पकड़ी, पटका-पटकी जैसी श्वानसुलभ हरकतों के साथ किलकोंटे करते और दुखी होते तो मुँह ऊपर कर रो लेते, पता था, इस पर कोई मरहम लगाने नहीं बल्कि अपशकुन मान लतियाने ही आएगा।

एक रोज भूख से व्याकुल कबरे का सुबह-सुबह दिमाग फिरा, "कमबख्त क्या लाइफ है! न खजूर की छाँव है, न सुराही, न माशूका है, न रोटी का टुकड़ा।"

भूरे ने उसे हैरानी से देखा, "भाई, क्या बहकी बहकी बात कर रहा है, यह सुबह-सुबह उमर खय्याम को कहाँ ले बैठा?"

"यार क्या हम सारी उमर इसी गली में काट देंगे? देख, अपनी इन अँतड़ियों को, कुछ मिला कल से?"

कालू ने पीठ से चिपके पेट पर नज़र डाली, "कहाँ खजूर की छाँव और माशूका! यहाँ एक वक़्त की रोटी ही मयस्सर नहीं।"

कबरा उत्साह से बोला, "दोस्त, अपनी गली के बाहर भी दुनिया है। मैं इस शहर में दूर तलक घूमना चाहता हूँ। अपनी आँखों में, अपनी साँसों में भर लेना चाहता हूँ इस कायनात को। लाइफ में कुछ तो तूफ़ानी हो!

"कालू ने कॉमन मैन वाली भाषा में आशंका जताई, "जानता है, बाहर कितने खतरे हैं। आदमी तो है ही, अपने ही जात भाई हमें जीता नहीं छोड़ेंगे।"

"कुछ पाने के लिए ख़तरा तो उठाना ही होगा प्यारे। सारे मारने वाले नहीं होते, कोई बचाने वाला भी मिलेगा।"

कालू ने गम्भीर स्वर में कहा, "आदमियों का तो कोई भगवान है जो बात-बात में उन्हें बचाता है। हमें कौन बचाएगा!"

"पता नहीं भगवान है कौन, रहता कहाँ है!" भूरा कन्धे उचकाकर बोला।

"छोड़ो, हमें किसी भगवान की जरूरत नहीं। हम खुद ही निपटेंगे, लेकिन इसका रास्ता खोजना होगा," कबरा पीछे हटने वालों में नहीं था।

भूरे की आँखों में चमक आई, "इसका रास्ता भी इन आदमियों से ही निकलेगा गुरु, हम कुछ दिन मोहल्ले के लोगों से सीखेंगे, ये ऐसे मौकों पर क्या करते हैं।"

"जे बात!" तीनों ने पंजा उठाकर एक-दूसरे को थम्स अप किया और उस दिन से वे अनुसन्धान में जुट गए। गली के एकमात्र हैंड-पम्प पर सुबहो शाम होने वाली झोंटा-झपटी, सास-बहू, पति-पत्नी के टंटों के साथ-साथ किराएदारी-उधारी, हफ़्ता वसूली, जैसे रोज़ाना की सिर फुटव्वलों की तमाम रिसर्च के बाद उन्हें ये इल्हाम हुआ कि इन दोपायों का कोई धनी धौरी नहीं। इनके पास कोई भगवान जैसा कुछ है तो लेकिन उसका भरोसा करना बेकार है। ऐन मौके पर वो अकसर दगा दे जाता है। सबसे बढ़कर इनके पास कुछ है तो वो है साम, दाम, दंड और भेद नाम की चार बड़ी जुगाड़ें, जिनके बूते वे बड़े-बड़ों को साध सकते हैं।

कबरे ने उत्साह से बताया, "पता है, आदमी के पास कौन सा मंत्र है? सामने वाला अपने से कमजोर हो तो प्लान ए अटैक यानी...उस पर गुर्राओ" कहते हुए उसने आँखों के डोरे लाल-लाल कर पैने दाँत बाहर निकाले, गालों की चमड़ी को कानों तक भींच जोर से यूँ गुर्राया कि कालू और भूरा भी एक बार डर गए।

"और सामने वाला ताकतवर हो तो?" कालू ने पूछा।

"तो!" कबरे ने हँसकर कहा, "तो प्लान बी यानी सरेंडर...दुम को यूँ 180 डिग्री पर घुमाओ और उतनी ही अदा के साथ कमर को मटकाते टाँगे ऊपर फैलाकर जमीन पर लोट जाओ...ऐसे," कबरे ने कहा और नमूना देते जमीन पर लोटपोट हो गया।

भूरे की इस अदा पर दोनों ने भौंककर एक जोरदार ठहाका लगाया और तय कर लिया कि अगली सुबह पौ फटते ही वे इस तंग और उबाऊ गली से आज़ादी पाकर बाहर की एकदम नई और अलहदा दुनिया का दीदार करेंगे।

रात जैसे-तैसे बीती। पौ फटी। तीनों की गैंग ने *'इक बगल में चाँद होगा, इक बगल में रोटियाँ'* वाला वासेपुरी सपना लिये गली से बाहर कदम रखे और *'छोड़ आए हम वो गलियाँ'* का सामूहिक गान करते कई गलियाँ पार कर गए। 'कुछ तूफ़ानी करने' के महाभियान में उन्हें उनका रिसर्च वर्क बड़ा काम आया। मतलब जिस-जिस गली के शेर उन पर हमले को तत्पर हुए, वे सामूहिक रूप से दुम को टाँगों में छुपाते, कमर को मटका-मटका के बड़ी ही दिलकश अदा में जो जमीन पर लोटे कि हमलावर शेर भी भूल गए कि उन्हें अब करना क्या है। कुछ ने पहले सुरक्षित दूरी से, फिर कुछ पास आकर बदन को सिकोड़ते हुए इन अजनबियों की परिक्रमा लगाई। उन्हें नखशिख, आमुखदुम सूँघकर बाकायदा जाँच-परख की और जब चरित्र सत्यापन सम्पन्न कर आश्वस्त हुए तो अपनी पूरी टोली के साथ उनका इस्तकबाल किया। कुछ ने तो उन्हें अपनी गली के उस छोर तक सकुशल छोड़ा भी जहाँ उनके शेर होने की सीमा समाप्त होती थी।

इसके उलट जिस गली के शेर मुकाबले में उन्नीस दिखे, वहाँ ये तीनों ही दहाड़ता चालीसा बन उन पर चढ़ बैठे। इस प्रकार *'आज मैं ऊपर आसमाँ नीचे, आज मैं आगे ज़माना है पीछे'* करते वे जुल्मी ज़माने को पीछे छोड़ते आगे बढ़ते गए।

शहर की स्वच्छ और पॉश गलियों में घूमते उन्हें भरपूर खाने को मिला। कचरे

के कंटेनरों में पेट भर ब्रेड, बिस्कुट, पिज्जा, रोटियाँ और ऐसा ही बहुत कुछ। एवन ब्रांड का। वो भी ताजा, न हमेशा की तरह सड़ा, न फफूँदी वाला। उन्हें बड़ा अचरज हुआ कि ऐसे ही बिस्कुट माँग बैठने पर उनकी गली के बच्चों की चमड़ी तक उधड़ जाती है, पीज्जा की माँग न मनने पर चौरसिया जी की नई बहू पंखे तक से लटक गई, ऐसी तमाम चीजें इन बड़े घरों के आगे ऐंवै फेंक दी गई हैं। हद हो गई। एक उनकी गली है, दो-तीन सौ घरों का नरक। इतने घरों से भी उन्हें पेट भर नसीब नहीं होता। कमबख्तों का बस चले तो सड़ा-गला भी पचा जाएँ। और यहाँ, उतनी ही ज़गह में बमुश्किल पच्चीस बंगले। दूर तलक फैले। ऊँचे और विशाल और खाने के लिए इतना कुछ!

एक पल को उनके बदन में झुरझुरी-सी दौड़ आई। भगवान यहीं तो नहीं रहता! जिसके पास सब कुछ है लोगों की मदद के लिए! उनकी यह सोच ज़्यादा देर नहीं टिकी जब एक ऊँची चहारदीवारी के भीतर से उन्होंने किसी बूढ़े की करुण चीत्कार सुनी। बूढ़ा निरबंसिया न था। तीन नरोत्तम पुत्र नस्ल उन्नत करने के निमित्त विदेश में थे और निगोड़ी जड़ से चिपका बूढ़ा निपट अकेला था। उसके पास इफ़रात समय भी था और सम्पदा भी लेकिन ऐसा कोई निवार नहीं था कि समय को सम्पदा से काट पाता। लिहाज़ा ख़ुद अकेलेपन से कटता यह निरीह और निरुपाय बूढ़ा अर्धविक्षिप्त-सा बंगले में यहाँ-वहाँ घूम रहा था और ख़ुद को उठा लेने के लिए रह-रहकर भगवान को पुकार रहा था।

तीनों दम साधे कुछ देर भगवान की प्रतीक्षा में खड़े रहे। वे भी तो देखें, भगवान दिखता कैसा है। उन्हें निराशा हुई जब भगवान की जगह विशाल बंगले के पीछे से सिर्फ एक नौकर निकला जो बूढ़े को भीतर जाकर सोने की हिदायत दे बड़बड़ाता हुआ अपनी दुनिया में लौट गया।

'तो भगवान यहाँ भी नहीं रहता,' वे मन ही मन बुदबुदाए और आगे बढ़े।

बड़े-बड़े घरों के भीतर से उन पर कई कुत्ते भौंके। वज़नदार आवाज़ वाले। हालाँकि, उनकी अजब भाषा अवश्य पल्ले नहीं पड़ी। मगर उन्हें बड़ा तरस भी आया चहारदीवारी के भीतर बन्द कुत्तों की दशा देख। उन कुत्तों के पास सोने के लिए गदबद बिछौने थे, पेट लबालब रखने लबलब भरे हुए कटोरे थे मगर खूँटा!

खूँटे से बँधना किसे भाता है भला! उन्हें अपनी आज़ादी और भी भली मालूम हुई। वे आगे बढ़ते गए, खूब खाते, चबियाते।

खाली पेट होता तो बकौल परसाई, उन्हें व्यंग्य सूझता, मगर पेट भरा था सो बदमाशी सूझने लगी। राह चलते दो-चार लोगों को उन्होंने यूँ ही मज़े लेने की गरज से रगेदा और जाना कि गली में जब मन चाहे लात जमा देने वाला मर्द बाहर कितना डरपोक होता है।

प्रफुल्लित और उत्फुल्लित तीनों तूफ़ानी शहर के ऐसे स्थान पर आ गए जहाँ दूर तलक जंगल सा दिखता था। ये शहर का जंगल था सो रखवाली की व्यवस्था भी उम्दा थी। दो मरघिल्ले कर्मचारी गेट पर तैनात थे और क्षणे व्याघ्र:, क्षणे श्रृंगाल: अपनी ज़िम्मेदारी बखूबी निभा रहे थे। ये कुछ को श्रृंगाल रूप धारित कर 'रोको मत, जाने दो' वाले नियम से सलाम ठोक रहे थे। कुछ को व्याघ्र रूप धारित कर 'रोको, मत जाने दो 'का नियम बता एक ही कानून की देश, काल और परिस्थिति वाले नियम से व्याख्या कर रहे थे।

सुबह का वक़्त। क्या आबोहवा थी और क्या नजारा इस उद्यान का। वे थूथन ऊपर कर इस खुशनुमा सुबह का आनन्द ले रहे थे कि अचानक उनकी नजर लम्बी-लम्बी कारों से उतरती अप्सराओं पर पड़ी।

सुनहरे बालों और सपनीली आँखों वाली गोल्डन रिट्रीवर...सफेद मख़मली स्किन पर क़ातिलाना कत्थई धब्बों वाली डालमेशियन, चम्पई नैनों वाली चंचल चिहुआहुआ और सुरमई अँखियों वाली गुलाब की सफ़ेद पंखुड़ी सी पमरेनियन...।

"वाओ...गुरु, इसे कहते हैं तूफ़ानी," वे बावले हो एकाएक भौंक उठे। दुष्यंत कुमार की भाषा में, वे किसी रेल की भाँति आईं और ये पुल की भाँति थरथराए। थरथराए भी ऐसे कि रोडवेज की बस की नाईं सुधबुध खो बैठे। हत संज्ञ। कहाँ बेरौनक गलियों में अपने रूप पर इतराने वाली वे खजली कुतियाँ कहाँ ये आसमान से उतरी कजली, सजीली हूरें! कहाँ नरक की वे गन्धाती गलियाँ कहाँ ये खुश्बू बिखेरती जन्नत! ऐसा लगा वे अभी बुदबुदा उठेंगे—

'गर फिरदौस बर रूए ज़मीं अस्त, हमीं अस्तो हमीं अस्तो हमीं अस्त'

तीनों मुँहबाए कुछ देर और इस नशे में खोए रहते यदि उनके कानों पर भद्दे और खडूस से दिखने वाले बुलडॉग ने एकाएक दहाड़ा ना होता। और कोई होता

तो तीनों प्लान ए के तहत एक साथ आँखें लाल लाल कर, पैने दाँत निकालकर कबाब में हड्डी बने इस नामाकूल की ऐसी-तैसी कर देते और इन फूल-सी परियों के सामने अपनी वीरता का प्रदर्शन करते मगर हरदम त्योरियाँ चढ़ाए रखने वाला यह नामाकूल इतना कूल नहीं था, ज़रा में चूल हिला देने की हैसियत रखता था लिहाजा उन्होंने प्लान बी अख्तियार करना उचित माना।

तीनों ने आँखों-आँखों में एक-दूसरे को इशारा किया...'सरेंडर' और झट दुम को टाँगों में छुपाकर कमर को गोल-गोल घुमाते उसके चरणों में लोट गए।

खामखाँ आ टपके विलेन की त्योरियों में ढील पड़ी। जब वह मूछों पर ताव देता चला गया तो उन्होंने राहत की साँस ली। हूरों ने पहले खिलखिलाकर इस दृश्य का मज़ा लिया फिर झेंपते दीवानों पर मुस्कान फेंकती, मस्ती में अपने मालिकों को खींचती खचीड़ती भाग निकलीं।

"स्साला..." कबरे ने बुलडॉग को जाते देख पिछली टाँगों से धूल उड़ाई, "कभी आकर देखे हमारी गली में, अंग्रेजी कुकुरियों के सामने बड़ा हीरो बन रहा था।"

"जाने दे यार, ऐसों के मुँह क्या लगना," कालू ने शान्त करने की कोशिश की।

"अब?" भूरे ने विषय बदलना चाहा।

"अब क्या, चलो। जहाँ सब जा रहे हैं हम भी चलते हैं, देखें तो धरती के स्वर्ग में और क्या-क्या है," कबरे ने कहा।

तीनों गेट के करीब आ गए जहाँ दोनों मरगिल्ले चौकीदारी की रस्म निभा रहे थे। उनका ध्यान ख़ास तौर पर उन जोड़ों की ओर था जो अन्दर की बात अन्दर ही रहे, वाली भावना के साथ अन्दर आने को आतुर थे।

ऐसा ही एक जोड़ा जब पार्क के गेट पर पहुँचा, दोनों चौकीदार चट से अपने लम्बे हाथों का हवाला दे, बीच में आन खड़े हुए। एक ने उनकी सात पुश्तों के बारे में दरयाफ़्त शुरू की तो दूसरे ने संस्कृति की दुहाई दी। प्रेमी किंकर्तव्यविमूढ़ हुआ। चौकीदारों की आत्मा से रोज़ाना बजने वाली रिकार्डेड आवाज़ आई 'लो और वफ़ा करो'।

प्रेमिका ने इनकी आत्मा की आवाज़ सुन ली। बदले में प्रेमिका की आत्मा ने

भी आवाज़ लगाई, 'दो और दफ़ा करो'। प्रेमी ने आत्मा की इस सच्ची आवाज़ को सुन लिया और खीसे में हाथ डाले।

'लो और वफ़ा करो तथा दो और दफा करो...' तंत्र के इस सनातन मंत्र ने असर किया। इस खीसे का माल उस खीसे में जाते ही चौकीदारों ने अपने खीसे निपोर उनका इस्तकबाल किया। इस तरह मामला रफा-दफा हुआ और दो आत्माओं के उन्मुक्त मिलन का मार्ग कंटकमुक्त हुआ।

कालू और भूरा पसोपेश में थे, "यहाँ से हम भीतर कैसे जाएँगे? गेट पर तो कानून बड़ा सख़्त है!"

कबरे ने उन्हें अपने पीछे आने का इशारा किया। गेट से कुछ दूर बाड़ में जगह-जगह छेद थे। कबरे ने बताया, "देखो जहाँ नियम-कायदे सख़्त हों, वहाँ छेद खोजना आसान होता है।"

"इसी को हमारी गली में लोग पतली गली कहते हैं न?" भूरे ने कहा।

तीनों ने इस पर ठहाका लगाया और मजे से पार्क के भीतर आ गए।

अन्दर का माहौल और भी खुशनुमा था। वे जल्द ही खड़ूस बुलडॉग को भूल गए। यहाँ तो सब कुछ अलग था। तरह-तरह के वेश में तरह-तरह के लोग और तरह-तरह की उनकी हरकतें।

"याद है, अपनी गली में ऐसी हरकतें करती घुस आई वो औरत?" कालू फुसफुसाया।

"हाँ, सबने पागल-पागल कह कैसे मज़े लिये थे, बच्चों ने कंकड़ मारे, बड़ों ने तो साड़ी ही खींच ली थी।" भूरा बोला,

"और यहाँ देखो, चाहे जैसी हरकत करो, किसी को किसी से मतलब नहीं!"

वे बढ़ते गए। लोगों को विचित्र-विचित्र भंगिमाएँ बनाते, हाथ-पाँव मटकाते और आसन लगाते देख उन्हें बड़ा मजा आया। तीनों ने अपने अगले पैर खींच कर बदन को सिकोड़कर, पिछली टाँगें लम्बी कर शरीर को दाएँ-बाएँ मटका कर उनकी नकल की और मजे लेते आगे बढ़ते रहे।

यहाँ खूब खुली-खुली जगह थी पकड़म-पकड़ाई के लिए। उनकी गली की तरह नालियों में गिरने का खतरा तो एकदम नहीं था। उन्होंने दाँतों से एक-दूसरे की पूँछ पकड़ी, मरोड़ी एक-दूसरे को दूर तक धकियाया, पटका और दौड़ लगा दी। इसी धौल-धप्पी और पटका-पटकी में उन्हें एक विचित्र दृश्य देखकर बड़ी हैरानी हुई। एक सज्जन दोनों हाथ को कोहनियों से मोड़े सिर पर धरे चले आ रहे थे। उनकी हथेलियाँ सिर पर गोल-गोल घूम रही थीं।

भूरे ने चट से गन्ध पहचानकर कहा, "अरे, यह तो वही नेताजी हैं जो मोहल्ले में सड़क का शिलान्यास करने आए थे।"

"हाँ, उसी सड़क का जो कभी बनी ही नहीं और लोग रोज़ नाली में गिरते हैं," कबरा व्यंग्य से मुस्कराया।

कालू ने पूछा, "मगर यह सिर पर हथेलियाँ क्यों घुमाते चले आ रहे हैं?"

भूरा हँसकर बोला, "लगता है, इनकी लाल बत्ती उतर गई है मगर आदत नहीं गई।"

तीनों ने एक बार फिर ज़ोर से भूँककर ठहाका लगाया। इस बेअदबी पर लाल बत्ती को ब्रेक लगे। तीनों को लाल-लाल आँखों से घूरकर उसने जेब से मोबाइल निकाला और गुस्से में कुछ बड़बड़ाता आगे निकल गया।

पार्क घने जंगल से कम नहीं था। ऊँचे पेड़ और घनी झाड़ियाँ। एक जगह तो ऊँची चट्टान देख भूरे को जोश आ गया। वह लपककर चट्टान पर चढ़ गया। विजेता की भाँति चारों ओर देखा और मुँह उठा कर उ उ उ उ उ उ उ की तान छेड़ दी। कालू और कबरा भी क्यों पीछे रहते। उन्होंने भी मुँह ऊपर उठाया और कोरस छिड़ गया...

इतने बरसों बाद मिला है
ऐसा ये हँसी समां
जहाँ न कोई भूख है
न लातों का सिला...

अभी वे मुखड़े से अन्तरे की ओर बढ़ते कि 'हट कुत्ते' की एक आवाज़ आई और एक कंकड़ भूरा की खोपड़ी पर पड़ा।

"कईं ऽऽऽऽ" वह जोर से किकियाया और पलटा। देखा, चट्टान पर एक

मुटल्ली लदरफदर हो ऐन खोपड़ी तक चढ़ आई थी। इससे पहले कि वह चप्पल उतारती, भूरा ने आव देखा न ताव और नीचे छलाँग लगा दी। और तीनों दुम दबाए वहाँ से भाग निकले।

भागते-भागते तीनों एक जगह अचानक ठिठक कर रुक गए।

"अरे, वह देख..." कबरे ने कालू का ध्यान खींचकर कहा। कालू और भूरे ने देखा, सामने चट्टान पर एक आदमी चित्त पड़ा था। दोनों हाथ फैले, हथेलियाँ आसमान की ओर। मुँह और आँखें बन्द। शरीर एकदम ढीला। निष्पन्द।

"अरे लगता है, यह मर गया। देखो, पास से कितने सारे लोग निकल रहे हैं मगर कोई ध्यान ही नहीं दे रहा!"

"ऐसा तो हमेशा होता है। कोई पहली बार हो रहा है क्या।" कबरे ने ज्ञान दिया।

"मैं देखूँ पास जाकर?" कालू ने फुसफुसा कर पूछा।

दोनों ने सहमति में सिर हिलाया तो कालू दबे पाँव आगे बढ़ा। देह के पैर सूँघे। मन में कुछ शुबहा हुआ। एक कदम पीछे हट कर कुछ सोचा फिर तस्दीक करने की गरज़ से मुँह सूँघने जा ही रहा था कि देह में हलचल हुई। आँखें खुलीं। शरीर एकाएक चुस्त हुआ और इससे पहले कि देह अपनी चप्पल उठा पाती, कबरा चीख़ा—"ये तो ज़िन्दा है...भाग..."

कालू पलटा और तीनों सरपट भागे।

"यार, आदमी के मामले में मैं हमेशा कन्फ्यूज रहता हूँ कि जिन्दा है या मरा! इसे मरा सोचा तो ज़िन्दा निकल आया, जिसे सोचो जिन्दा है वह भीतर से मरा निकल आता है!"

कालू घबराए स्वर में बोला।

"इनकी माया अपने पल्ले भी नहीं पड़ी आज तक," दोनों ने उसकी बात का समर्थन किया और घूमते हुए दूर निकल आए।

सामने वृद्धों का एक झुंड गोल घेरा बनाए शान्त खड़ा था। सभी सिर झुकाए थे और एकदम निस्तब्धता छाई हुई थी।

भूरा बोला, "वह तो जिन्दा निकला मगर लगता है इनके बीच का कोई निकल लिया।"

कबरे ने कहा, "ऐसा ही लगता है। आदमियों में जब कोई मर जाता है तो ये दो मिनट एकदम चुप हो जाते हैं। पता नहीं क्या कहते हैं मन में!"

वे कुछ देर खड़े देखते रहे। दो मिनट से ज्यादा हुए तो पसोपेश में पड़े। कालू ने कबरे की ओर देखा। कबरे ने आँखों ही आँखों में उसे चुप रहने का इशारा किया। अचानक भौंकने जैसी आवाज़ आई।

तीनों ने एक-दूसरे की ओर गुस्से से देखा, 'कौन भौंका!'

"मैं नहीं।"

"मैं भी नहीं।"

तीनों ने कन्धे उचकाए और हैरत में पड़े। भौंका तो कौन?

अचानक फिर भौंकने की आवाज़ आई।

"अरे, यह तो सामने वाला बुढ़ऊ भौंक रहा है!"

"अरे हाँ।"

अचानक झुंड के सारे वृद्ध भौंकने लगे। फिर बन्दर की तरह खुजली करते खों-खों खी-खी करने लगे। वापस पलटकर गोल गोल घूमते हा हा हो हो ही ही करने लगे।

"ओ तेरी!," कबरे की हँसी छूट पड़ी। कालू और भूरा भी इस मनोरंजक दृश्य पर ठठाकर हँस पड़े। तीनों ने मुँह ऊपर उठाया और एक सुर में जो हू ऊ ओऊ ऊ करते राग रम्बा हो हो हो का आलाप शुरू किया कि हा हा ही ही एक पल में थम गई। पोपले मुँह से हँसते हुए नूरानी चेहरे वीरानी से भर गए। इससे पहले कि एक बुढ़ऊ चप्पल उतारकर निशानेबाजी का अभ्यास करते, वे एक-दूसरे को धौल-धप्पा करते वहाँ से चम्पत हो गए।

झाड़ियाँ कुछ घनी हो आई थीं। एकाएक भूरे ने थूथन हवा में उठाया और कुछ सूँघने की कोशिश की।

"क्या हुआ?" कालू ने पूछा।

"श श श...सूँघो, जानी-पहचानी गन्ध, अपने मोहल्ले वाली"

अचानक सामने से एक षोडशी प्रकट हुई। कन्धे पर स्कूल का बैग। मेरी त्वचा से मेरी उम्र का पता ही न चले, इस पवित्र भावना के साथ चेहरे पर कसा

नकाब और उसमें टिमटिमाती दो बारीक निगाहें।

"अरे यह तो अपने मोहल्ले के शर्मा जी की लड़की है। मैं अच्छे से गंध पहचानता हूँ।"

कालू घबराकर बोला, "चलो छुप जाएँ...कहीं इसने हमें देख लिया तो!"

कबरा हँसकर बोला, "रे बुड़बक, तू भी इसकी तरह मुँह पर कपड़ा लपेट ले। वह खुद अपना मुँह छुपा के यहाँ आई है तेरा क्या बिगाड़ेगी।"

कालू अपनी मूर्खता पर खुद ही झेंप गया। भूरे ने फुसफुसा कर कहा, "चलो देखें ज़रा, शर्मा जी भेजते तो हैं इन्हें पढ़ाई करने मगर राजकुमारी जी जाती कहाँ हैं।"

वे कुछ दूरी बनाकर लड़की का पीछा करने लगे। दबे पाँव। राजकुमारी पगडंडी छोड़ एक झुरमुट में घुस गई। माहौल रहस्यमय हो गया और रहस्य से पर्दा तब उठा जब एक मानुस गन्ध और मिली। झुरमुट के बीच उस राजकुमार के दीदार हुए जो प्रेयसी की प्रतीक्षा में प्राण तज रहा था। राजकुमार प्राण तज पाता, इसके पहले ही कृष्णमुखी राजकुमारी ने रुख से नकाब तज दिया और लाज को तजकर बगलामुख राजकुमार से जो लिपटी, तीनों झेंपते हुए पलट पड़े।

भूरे ने कहा, "हद हो गई, मनुष्य की गन्ध से उसके चरित्र का पता ही नहीं चलता!"

कालू गम्भीर होकर बोला, "चलो यहाँ से।"

तीनों का मन खट्टा हो आया।

अब बाहर के रास्ते की खोज शुरू हुई। चलते-चलते वे पार्क के बाहरी हिस्से में आ गए जहाँ लोग जूस सेंटर पर नाना प्रकार के फलों का रसाहार कर रहे थे। कुछ रूपसियाँ यूँ ही यहाँ-वहाँ बैठी मधुघट छलका रही थीं और अनेक रसिया नैनों से रसपान कर नेत्र ज्योति समृद्ध कर रहे थे।

तीनों टोह लेने लगे, यहाँ भी कुछ खाने को मिल जाए तो आनन्द आ जाए। उन्हें यह देखकर अचरज हुआ कि गेट पर चौकीदारी करते दोनों मरघिल्ले हाथों में बिस्कुट लिए उन्हें ही पुचकार रहे थे।

जीभ जो न कराए सो कम। कबरा ने मुँह पर जीभ फेरी और उनकी ओर बढ़ा। मगर कालू की बाईं आँख फड़की।

बोला, "रुक जाओ, मुझे कुछ गड़बड़ दिखती है।"

जब तक वे कुछ सोच पाते, तब तक दृश्य बदल गया। एकाएक पीछे से कुछ और चौकीदार लाठियाँ लेकर उनकी ओर दौड़े।

"धोखा..." वे चीख़े और बेदम भागे। पता ही नहीं चला कि कब वे घिर गए और कब गेट पर बाँधे गए जाल में फँस गए। म्यूनिसिपैलिटी के मोटे-मोटे मुस्टंडों ने उन्हें जाल समेत घसीटना शुरू किया। चमड़ी सख़्त मिट्टी पर रगड़ लहूलुहान होने लगी। वे दर्द से रिरियाने लगे।

कुत्तों की इस पीड़ा पर मधुशाला के बाहर रूपसियों की आह निकल गई। उन्होंने अत्यन्त पीड़ा के साथ च..च..च करते इस दृश्य को मोबाइल में कैद किया और 'फ़ीलिंग सैड 'लिख स्टेटस अपडेट करने में जुट गईं।

नयनों से देहाटन पर निकले रसिकों से इन रूपसियों की पीड़ा देखी नहीं गई लिहाजा वे नेत्र बन्द कर खोई हुई आत्मा को खोजने निकल गए। परपीड़ा में आनन्द खोज लेने वाले मनुष्य घेरने, फाँसने और पीटे जाने के ऐसे अलभ्य मनोरंजन पर उल्लास से भर उठे। उनकी सुबह आरोग्यमयी और दिन सार्थक हुआ।

फाँसे गए इन दीवानों को इससे ज़्यादा दुख नहीं पहुँचा। उन्हें पता था, उनकी जगह कोई आम आदमी होता, तब भी दृश्य कमोबेश ऐसा ही होता। वे तो कुत्ते थे। आम गली के आम कुत्ते। उनके दिलों पर चोट तो तब पहुँची जब सुरमई अँखियों वाली पमेरियन, सुनहरे रोमों वाली गोल्डन रिट्रीवर, चम्पई नैनों वाली चिहुआहुआ और ऐसी ही तमाम हूरों को उन्होंने नजरें फेरते देखा। भौंडे बॉक्सर के साथ गलबहियाँ करती गजगामिनी लेडीलेब्रा को तो उन्होंने हिकारत से जब ये कहते सुना, "आई हेट ब्लडी स्ट्रीट डॉग्स।" तो उनके दिल डूब गए। हीनता का ऐसा बोध जीवन में पहली बार ही आया था।

तीनों ने जितना मुक्त होने की कोशिश की, उतना ही फँसते गए। उन्हें जाल से घसीटकर म्युनिसिपैलिटी के एक ट्रक में चढ़ा दिया गया जहाँ पहले से ही बीसियों कुत्ते और भी थे। उनके ही जात भाई। अलग-अलग गलियों के शेर, मगर इस वक़्त सभी बदहवास और भयाक्रांत।

काले धुएँ का एक गुबार सा उठा और ट्रक धचर-पचर होता चल पड़ा।

कालू की रुलाई फूट उठी, "ये हम कहाँ फँस गए, मैं कहता था न आदमी का कोई भरोसा नहीं।"

एक उम्रदराज कुत्ता दुखी स्वर में बोला "तुम लोगों के गले में भी पट्टा होता तो कोई तुम्हें नहीं छेड़ता। ज़माना ही पट्टे वालों का है। जिसका कोई माई-बाप नहीं वह ऐसे ही मारा और सताया जाता है चाहे वह कोई हो।"

भूरा की आँखें भर आईं, "अब समझ आया, हर आदमी हमारे गले में यही ढूँढ़ रहा था। न जाने हमारा क्या होगा अब!"

"सब इस कबरे की वज़ह से हुआ। इसे ही तूफ़ानी करने का शौक चर्राया था," कालू फफककर बोला।

एक बहरपसन्द, कहर की इस घड़ी में भी सुबहो ग़म की कसम खा, दो मिसरे तोप बैठा :

अब क्या रह गया तौफ़ीक़ ओ तूफानी,
ख़त्म ज़िन्दगानी औ अलविदा ए दुनिया फ़ानी।

तीनों ने इस पर जब मुक़र्रर इरशाद मुक़र्रर इरशाद जैसा कुछ न कह मूरख की भाँति एक-दूसरे का मुँह ताका तो पट्ठानुमा कुत्ता मायूसी से बुदबुदाया, "उस्ताद जी बजा फ़रमाते हैं। ये म्युनिसिपैलिटी वाले हैं। हमें जंगल में ले जाकर मार डालेंगे।"

तीनों सुनते ही रो पड़े। अब क्या किया जाए। बचने के दो ही रास्ते तो आते थे। एक गुर्राने वाला यानी अटैक और दूसरा चरणों में लोटने वाला यानी सरेंडर।

कबरे ने भय में डूबी हुई आँखों को यथासम्भव लाल करने का प्रयत्न किया, दाँतों को पैना बताते हुए गुर्राने की कोशिश की लेकिन बेकार। उलटे सिर पर खडे कसाई से कर्मचारी ने उसकी बेजा हरकत पर एक लाठी खींचकर टाँग पर अलग दे मारी। कबरा दर्द से बिलबिलाते हुए गिर पड़ा हुआ। भूरा और कालू ने दुम हिला-हिलाकर, कमर मटकाते हुए टाँगें ऊपर कर दया की भीख माँगी लेकिन सब बेकार।

वे एक-दूसरे पर गिरते-पड़ते मौत की प्रतीक्षा में थे। उन्हें अब अपनी गली याद आई। एक-एक कोना दिमाग़ में घूम गया। अब्दुल, सरजू और बारेलाल की बेटियाँ याद आईं जो रोटी खिलाने के लिए उन्हें गली भर में खोजती फिरती थीं।

गनपत का गोलू याद आया जो स्कूल से लौटते, टिफिन से बचे पराँठे उनके आगे डालना नहीं भूलता था। रामनरेश की अम्माजी याद आईं जो उनके शरीर पर चोट देखते ही हल्दी का बुरादा भरने भागी आती थीं। अनवर मियाँ के बूढ़े अब्बू याद आए जो ओटले पर बैठे घंटों अपने पैरों से उन्हें सहलाते रहते थे और लाड़ की इस गरमाहट के बीच तीनों को कब नींद घेर लेती थी, पता नहीं। एक-एक कर सब याद आने लगा। अपनी गली। अपने लोग।

ट्रक अब शहर के बाहर आ चुका था। अचानक ब्रेक लगे। वे फिर एक-दूसरे के ऊपर गिरते यथार्थ में लौटे। लगा, मौत आ ही गई। उन्होंने उचक कर देखा। किसी कार वाले ने ट्रक को रोक लिया था।

कुत्तों में चीख़ पुकार मच गई। आ गया हमारी मौत का सौदागर। बस कुछ पल और फिर सब ख़त्म।

मुस्टंडा कर्मचारी, जो कि बुलडॉग की तरह भौंडा और डरावना था, एकाएक चहक कर अपने साथियों से बोला, "लो ये आ गया बुड्ढा यहाँ भी। आज की अपनी पार्टी पक्की।"

दूसरे ने कहा, "न जाने कहाँ से सूँघता हुआ हम तक पहुँच जाता है।"

तीसरा बोला, "लोग अपने बाप भाइयों को मारने और फँसाने के लिए सुपारी देते हैं, यह खब्ती इन कुत्तों को छुड़ाने के लिए घूस देता है। ज़रूर पिछले जन्म में इनका ही जात भाई रहा होगा।"

तीनों ने इस पर ठहाका लगाया और देखने लगे सौदा कितने में पटता है।

कुत्तों की समझ में कुछ नहीं आ रहा था। क्या हो रहा है सब। उन्होंने बस इतना देखा कि बूढ़े ने जेब से कुछ नोट निकालकर ट्रक ड्राइवर के हवाले किए और इसके बाद जो हुआ उस पर उन्हें भरोसा नहीं हुआ। एकाएक उनका जाल खोल दिया गया और अगले पल में सभी आजाद थे।

वे ट्रक से कूद-कूद कर भाग खड़े हुए। लँगड़ाते और लड़खड़ाते। अनजान दिशाओं की ओर।

भागते हुए कबरा एकाएक ठिठका। लाठी की चोट से उभर आए घाव को जीभ से सहलाया और धीमे स्वर में बोला, "कालू, तू कहता था न बचाने वाला भगवान होता है!"

कालू और भूरा भी ठिठके। पलटकर दूर सड़क की ओर देखा। काले धुएँ के गुबारों के बीच बूढ़ा भगवान अन्तर्धान हो चुका था।

कालू बुदबुदाया, "ये वही है।"

"हाँ सचमुच," भूरे ने सहमति में सिर हिलाया और पूछा, "तो अब कहाँ?"

"वापस अपने फ़िरदौस और कहाँ! अपने जैसे ही बिना पट्टे वाले इनसानों के बीच, जहाँ लाख ज़लालत हो, कुछ ऐसा भी है जो हमें यूँ मरने नहीं देता मेरे दोस्त।"

कहकर कबरे ने नथुने ऊपर उठाए। वापसी के लिए अब वह अपनी गली की टोह ले रहा था।

मॉल, मुहूरत और मुसीबत

सोचो कभी ऐसा हो तो क्या हो...छुट्टी की सुबह हो, सूरज के चढ़ते-चढ़ते आप कुम्भकरण का आदर्श लिए सपनों के सौरमंडल में विचर रहे हों और एकाएक कोई नक्षत्र आफ़त बन आपकी छाती पर चढ़ आए।

तो साहब, किस्सा ऐसी ही एक अभागी सुबह का है। बीती रात जब हम सोए तो अगली सुबह को लेकर कोई टंटा नहीं था। न दफ़्तर, न फाइलें। न फ़ोन, न ऊलजलूल ई मेल। बस इक अदद तकिया था, उसमें शुतुरमुर्ग-सी छिपी अपनी गरदन थी और खरड़ खरड़ खर्राटों की गगन भेदती गूँज कि बस, आफ़त का पैग़ाम लिए श्रीमतीजी ऐन हमारी खोपड़ी के ऊपर आ खड़ी हुईं। उन्होंने एक झटके से तकिया खींचकर जो परे फेंका, हमारे खर्राटों पर लगाम और सौर मंडल की सैर पर एकदम से विराम लग गया।

'हे राम! क्या मुसीबत है! 'बुदबुदाते हमने आँखें खोलने की कोशिश की कि श्रीमती जी ने ध्यानाकर्षण प्रस्ताव की मुद्रा में आज का अख़बार हमारी मिचमिचाती आँखों के आगे लहराया।

हमने ऐसे प्रस्ताव के आकर्षण पर कतई ध्यान न देते हुए उलटे अखबार को ही खींचकर फिर मुँह ढँकने की बेशर्मी की परन्तु श्रीमती जी ने हमारा ये मंसूबा कामयाब नहीं होने दिया और हमें झंझोड़ती हुई बोलीं,

"शर्म नहीं आती इतनी देर तक सोते! आज का अखबार तो पढ़ो! कितना शुभ दिन है।"

"शुभ दिन?" हम चकराए। हमारे लिए तो हर वह दिन शुभ था जिसमें देर तक हमें सोने मिल जाए, दफ़्तर में सोने पर भी बॉस खाने न दौड़े, खाने की टेबल पर

मनपसन्द पकवान मिल जाएँ, भीड़ से लदर-फदर बस में बिना झगड़े सीट मिल जाए और घर वापस आने पर श्रीमती जी का शॉपिंग के लिए कोई मास्टर प्लान न हो।

'आज कौन सा शुभ दिन है?' हम उनींदी खोपड़ी में हिसाब लगा ही रहे थे कि श्रीमती जी ने अखबार को तम्बूरे की तरह हमारे ऊपर तान दिया। फिर हेडलाइंस को अपनी उँगलियों से अंडरलाइन कर हमें लाइन पर लाने की कोशिश करते हुए कहा, "जो सोता है सो खोता है डार्लिंग। ऐश से जीना है तो जाग जाओ। आज पुष्य नक्षत्र है। पूरे दस हज़ार सालों में ऐसा संयोग आया है। आज के दिन खरीदी की जाए तो इतना शुभ होगा कि पूछो मत।"

"अरे! हद हो गई। दो माह पहले ही तो आया था पुष्य नक्षत्र! भूल गईं जब तुमने मीठी-मीठी बातों में आकर जबरन कार खरीदवा दी थी? पता है, कितनी ईएमआई आ रही है?"

उड़ चुकी नींद के बीच हम अचानक फ्लैश बैक में जाने को हुए, जब आसान किश्तों पर लोन के बहाने सफ़ेद हाथी की शक़्ल में एक श्वेत चतुर्चक्रिका ने हमारे घर में प्रवेश किया था और हमारी बुद्धि को घनचक्रिका में बदलते हुए बजट की किश्ती डुबो दी थी।

श्रीमती जी हमें भूत से वर्तमान पर लाती हुई चहककर बोलीं, "वो पुष्य नक्षत्र एक हज़ार साल वाला था। ये वाला दस हज़ार सालों में आया है।"

"मगर दो माह में नौ हज़ार सालों का अन्तर!" हमने उँगलियों पे हिसाब लगाया। फिर गणित की खोई हुई ताक़त को तर्क की असली शिलाजीत से जोश प्रदान करते हुए कहा, "कहाँ तुम इंटरनेट के युग में इन दकियानूसी बातों में पड़ती हो? यह ग्रहों और नक्षत्रों का संयोग नहीं, बल्कि बाज़ार और मीडिया का योग है जो सर्वार्थसिद्धि के बहाने अपना उल्लू सीधा कर रहे हैं।"

"अच्छा! सारे लोग बेवकूफ़ हैं, एक तुम्हीं अकलमन्द हो?"

श्रीमतीजी के साथ एक बात है, जब भी अपन अकलमन्दी की बात करते हैं, कुतर्कमोड में उनके मुँह से तुरन्त यही शब्द निकलते हैं। सो उन्होंने अपना प्रिय कुतर्कास्त्र चलाया फिर बात को सबूतों से पुष्ट करने के लिए झट से टीवी ऑन किया।

आह, क्या दृश्य था टीवी पर! शुभ्र श्वेत वस्त्रों में जन्नत की एक हूर अपने हुस्न के साथ सूत्रधार का भार भी सँभाली थीं। इसके ठीक उलट निकट ही विराजमान

थे, काले भुच्च वस्त्र और डरावने गलमुच्छ वाले ब्रह्मराक्षस-से दिखते एक ऐसे ज्ञानी, जिनके हावभाव और चीख़-चीख़ कर डरा देने वाली अदाओं से ही समझ आता था, यह महाशय ग्रहों और नक्षत्रों के महाज्ञाता हैं और इनके इशारे के बाद ही ग्रह-नक्षत्र अपनी चाल बदलते होंगे। जिस प्रकार चीख़-चीख़कर डरा देने वाली अदाओं से वह पुष्य नक्षत्र का महिमा गान कर रहे थे, उससे ही अंदाज़ा लग रहा था कि वाकई यह नक्षत्र दस हज़ार साल बाद ही आया है, वह भी ख़ास तौर पर हमारी आज की छुट्टी का कबाड़ा करने।

"देख लिया न? विश्वास नहीं हो तो दूसरे चैनल भी देख लो," श्रीमती जी तमतमा कर बोलीं और फिर चैनल बदला।

इस चैनल पर भी वही सौरमंडल और वही पुष्य नक्षत्र। बस, जो महान ज्ञानी थे, वे ब्रह्मराक्षस की तरह नहीं थे। एकदम लकदक थे। गोरे-गोरे मुखड़े पे काला काला चश्मा वाले स्मार्ट बाबा। ऐसा लगता था कि सौरमंडल का सारा प्रकाश इन्हीं के मुखमंडल पर एकत्र हो रहा था। आभा ऐसी कि लगता था, देखकर ही सौर मंडल की तमाम किरणें, दीप्तियाँ और रश्मियाँ पानी भरने लग जाएँ। बड़ी महीन और अध्यात्म से गले-गले तक भरी आवाज़ में महिमा गान ज़ारी था, उसी पुष्य नक्षत्र का।

इतने सबूत बहुत थे। तर्क बेकार थे और कोई चारा नहीं था। ज्ञानी जी ने ही बताया, शुभ मुहूर्त शाम चार बजे से सात बजे तक का है। सो मेम साहब सुबह से ही तैयार होने के महा अभियान में जुट गईं।

दोपहर के दो बजे भीषण सजधज और हाहाकारी मेक अप के बाद जब हमें लगा कि उनकी शक्ल भूलभुलैया की मोंजुलिका से भी डरावनी होने वाली है बल्कि यूँ कहिए कि थोड़ा और मेकअप चढ़ा तो हम उनकी ओरिजिनल शक़्ल ही भूल जाएँगे, लिहाजा हम ने प्यार से कहा, "वल्लाह, क्या लग रही हो, ऐसा न हो तुम्हें देखकर लोग भूल ही जाएँ कि मॉल में आए किसलिए थे!"

इस बात का जादुई प्रभाव पड़ा। श्रीमती जी ने ख़ुश हो दसों दिशाओं से ख़ुद को शीशे में देखा। कुछ सेल्फियाँ लीं और चलने को तैयार हो गईं।

अपन गैरेज़ की ओर बढ़े। एक नज़र नई कार पर डाली फिर मॉल की दूरी, कार में उपलब्ध ईंधन और होने वाली ख़पत की गणना कर मन में कहा, 'कमबख्त बहुत पेट्रोल पीती है। इससे तो स्कूटर भला!'

मितव्ययिता के सिद्धान्त के साथ हमने चलने के लिए स्कूटर बाहर निकाला ही था कि श्रीमती जी की त्योरियाँ चढ़ गईं, "क्या आदमी हो! मेरी नाक कटवाओगे? आज के शुभ दिन इस खटारे पर ले जाओगे?"

एक तो भरे पूरे मेकअप के बाद उनकी अनिर्वचनीय शक़्ल, ऊपर से ऐसे तेवर देख अपन मितव्ययिता के सिद्धान्त और पेट्रोल बचाने वाले फंडे को एकदम पी गए। झट पटरी बदलकर बोले, "जानू, आज शुभ दिन है न। बड़ी भीड़ होगी। फिर पार्किंग में भी झंझट आएगी।"

उन्होंने तुनककर कहा, "बाकी लोग बेवकूफ़ हैं जो कार लेकर भागे जा रहे हैं? तुम्हें पता नहीं, सड़कों पर कितनी डस्ट है। मेरा यह मेकअप, नई साड़ी का क्या होगा, कुछ सोचा है?"

अपने दिमाग का खटका चालू हुआ। मितव्ययिता के सिद्धान्त को परे धकेलते हुए गुणा भाग लगाया। पार्लर में अभी-अभी कराए गए श्रीमती जी के फेशियल, मैनीक्योर और पेडीक्योर का खर्चा दो हज़ार, सड़क पर धूल से इनके खराब हो जाने से फिर इतनी ही चोट का अंदेशा, अभी-अभी खरीदी इस नई साड़ी के धूल में खराब हो जाने से पाँच हज़ार के धूल में मिल जाने का अन्देशा, फिर खड़खड़ करती स्कूटर में साड़ी के इधर-उधर उलझने से सड़क पर गिरकर धूल चाट जाने का अन्देशा!

प्रिवेंशन इज़ बैटर दैन क्योर...अपन ने स्कूटर वापस रखा और नई कार से मॉल की ओर रवाना हो गए।

अब साहब, हाथ स्टीयरिंग पर थे और आँखें रोड पर। मगर दिमाग इसमें था कि अगली खरीदेगी क्या? टोह लेने की गरज से अपन ने कहा, "डार्लिंग तुम्हें तो पता है न, मेरी चप्पल जो हैं न वो टूट गई हैं। तो आज वोई ले लें?"

श्रीमती जी माथा पीटकर बोलीं, "यार तुम न, एकदम बौड़म टाइप बात करते हो। पुष्य नक्षत्र पर कोई चप्पल जूता खरीदेगा? सुना नहीं टीवी पर, पुष्य नक्षत्र का सबसे शुभ प्रभाव ज़ूलरी पर है। इसलिए चलते हैं ज़ूलर्स शॉप। जो मिलेगा ले डालेंगे।"

अपन को काटो तो खून नहीं। जो मिलेगा ले डालेंगे! कहाँ दो-पाँच सौ की चप्पल और कहाँ बीस-पचीस हज़ार की ज़ूलरी। अपन मुँह लटकाकर गाड़ी को हाँकते रहे।

परीक्षा की घड़ी तो तब शुरू हुई जब मॉल पास आने लगा। चारों ओर पों-पों करती कारों की रेलम पेल। ऐसा लग रहा था मानो मॉल वाले की पुष्य नक्षत्र से सेटिंग हो। यानी जो भी शुभ प्रभाव होगा वह इसी मॉल से खरीदी पर होगा।

जैसे-तैसे जाम में उलझते बचते हम मॉल के पास पहुँचे। दूर से समझ आ रहा था कि पार्किंग तो पहले ही फुल हो ली है। इधर मुहूर्त का समय अलग बीत रहा था लिहाज़ा जिसे जहाँ समझ आ रहा था, वहीं गाड़ी खड़ी कर मॉल की ओर भाग रहा था।

श्रीमती जी ने घड़ी देखी और माथा ठोककर बोलीं, "अब सोच क्या रहे हो? गाड़ी इसी जगह पटको और जल्दी चलो अन्दर! मुहूरत निकला जा रहा है।"

हमने बेचारगी से कहा, "मगर यहाँ तो नो पार्किंग का बोर्ड लगा है!"

"अरे, ये सारे लोग बेवकूफ़ हैं जो यहीं गाड़ी पटक कर चले गए। एक तुम ही हो अकलमन्द!"

श्रीमती जी गुस्से में उतरीं और कार का गेट जो भड़ाक से बन्द किया कि अपन तो अपन, गाड़ी का कलेजा तक काँप गया।

मरता क्या न करता। अपन ने कार को उसके हाल पर छोड़ा और तेज़ी से सीढ़ियाँ चढ़ती श्रीमती जी के पीछे-पीछे भागे।

अब साहब, मॉल के गेट पर भीतर जाने के लिए ऐसी मारामारी जैसे सूखा पीड़ित मोहल्ले में पानी का इकलौता टैंकर आ गया हो। सिक्योरिटी गार्ड हाथों में मेटल डिटेक्टर के अलतुए लिये लोगों की तलाशी का वो महाअभियान छेड़े थे मानो चैक कर रहे हों, लोग खाली बटुए लेकर एवेंयी टहलने की गरज से तो नहीं चले आ रहे।

पुरुषों वाले गेट पर कतार बड़ी लम्बी थी। भीड़ देखकर अपन ने सोचा, यार कहाँ टंटे में पड़ो, अपन तो श्रीमती जी का पल्लू पकड़ कर उन्हीं के पीछे घुस जाओ।

कतार छोड़ हम महिलाओं वाली एंट्री में श्रीमती जी के पीछे लग गए। ज्यों ही वह तलाशी कराने भीतर बने केबिन में घुसीं, अपन अकेले रह गए। अचानक एक ऊँची-पूरी छह फुटी जाटणी ने कमीज पकड़कर अपन को पीछे खींच लिया और गुर्राई, "ऐ, किद्धर घुस्सा जा रहा है? औरतों से तल्लासी करवाएगा के?"

हमें सरेआम ऐसी दबंगई पर ताव आ गया। अकड़ कर बोले, "ओ जी, कानून

में ये लिखा है कि औरत की तलाशी औरत ही लेगी। आदमी की तलाशी औरत नहीं ले सकती, ऐसा कहाँ लिक्खा है?"

हुज़ूर, हमारे मुँह से इतना निकला नहीं कि बवाल कट गया। जाटणी एकदम से छाती पर चढ़ गई, "उल्लू दां पट्ठे, तू मेरे को कुनून सिखाएगा?"

उसके साथ वाली भी दौड़ी, "बड़ा बदतमीज़ है। औरतों से तलाशी करवाएगा!"

इसके बाद तो साहब, पता नहीं कहाँ-कहाँ से ढेर सारी बहनजी निकल पड़ीं और हमारी लानत-मलामत में योगदान देने लगीं।

एक बोली, "शक्ल से तो पकी उम्र को हैगो, फिर भी ऐसी हरकत?"

उसके साथ वाली बोली, "बहन जी, बन्दर कितनोइ बुड्ढो काहे ना है जाए, उछल-कूद थोड़ी छोड़त है।"

"बन्दर नहीं, बनमानुस बोलो इसे बनमानुस।" एक और जनाना आवाज़ हमारे चौखटे के आगे आईना दिखाती आई।

हम आश्वस्त थे कि अभी इन दबंग महिलाओं के आतंक से मुक्ति दिलाने श्रीमती जी एकदम सिंघम शैली में दहाड़ती मैदान में कूद पड़ेंगी और पल भर में सबको धूल चटा देंगी, मगर ऐसा कुछ न हुआ। श्रीमती जी तो इस सबसे बेख़बर कभी की मॉल के भीतर जा चुकी थीं।

हम चौतरफ़ा घिरे थे। अगले कुछ पलों में आशिक, आवारा, अनाड़ी, बदमाश, बटेरबाज, बंडलबाज...ब्लां ब्लां ब्लां जैसी बेशुमार उपाधियों से अपन को तोप दिया गया। इसी समय अपनी प्रज्ञा का बल्ब जला, 'काल करे सो आज कर, आज करे सो अब जल्दी निकल ले बेटा, वरना चप्पल खाने का समय शुरू होता है अब।'

अपन ने डबडबाई आँखों से हाथ जोड़कर माफी माँगी। अब ऐसी ग़लती दोबारा न करने की कौल भरी तब उस ख़तरनाक ज़ोन से प्राण छूटे। एक बार फिर हम पुरुषों वाली लाइन में लगे और आधे घंटे की ज़द्दोज़हद के बाद दुर्गम किले की तरह मॉल के गेट से एंट्री पाने में कामयाब हो गए।

अगली जंग भीड़ में श्रीमती जी को ढूँढने की थी। डीजे का कानफोड़ू शोर, ऊपर से मोबाइल नेटवर्क गायब। नानी और भगवान ऐसे ही समय पर याद आते हैं। अपन कभी सीढ़ियों पर, कभी एस्केलेटर पर, कभी इस माले, कभी उस माले दौड़ रहे थे और पुष्य नक्षत्र के ऐसे विपत्तिकारी संयोग को कोसते श्रीमती जी को ढूँढ़ रहे थे कि अचानक वो आ टकराईं।

उन्होंने हाथों में पकड़े ढेर सारे पैकेट हमारे ऊपर लादे और बादलों की तरह फट पड़ीं, "कहाँ रह गए थे? छोटे बच्चों की तरह गुम जाते हो। मैं कुछ खरीद ही नहीं पाई। सारे पैसे और कार्ड तुम धरे बैठे थे। मुहूर्त अलग निकला जा रहा है। ज़रूर इसमें तुम्हारी कोई चाल है।"

उन्होंने पैकेटों के साथ ऐसे अनेक आरोपपत्र हमारे ऊपर लाद दिए। आसपास निकलते लोग इस दृश्य पर मुस्कराए और हमारा कलेजा चीरते आगे बढ़ गए।

हमने घड़ी देखी। मुहूर्त निकलने में अब भी दस मिनट का समय शेष था सो सीधे श्रीमती जी का हाथ पकड़ ज्वेलर्स शॉप की ओर भागे।

श्रीमती जी के तेवर कुछ नरम पड़ते ही हमारी जान में जान आई। यहाँ भी भीड़ की विकट स्थिति थी। मुहूर्त निकल न जाए, इस जल्दबाजी में श्रीमती जी ने जो नेकलेस सामने पड़ा, उसे पसन्द कर लिया और हमें बिल चुकाने का फ़रमान जारी कर दिया। बिल चुकाते हमारा दिल डूब ही रहा था कि सेल्समैन ने ढेर सारे इनामी कूपन पकड़ाकर हमारे डूबते दिल को वापस ऊपर खींच लिया।

श्रीमती जी ने हमारे हाथ से कूपन झटके और चहककर बोलीं, "वाओ, बीएमडब्ल्यू! आई फोन! और तो और सिंगापुर पटाया टूर भी! अपन ने पुष्य नक्षत्र में गोल्ड लिया है न, अब देखना, अपने नक्षत्र कैसा कमाल दिखाते हैं।"

हमारे जलते हुए दिल पर मानो सावन की झड़ी लगी। सिंगापुर के नाम से अपनी लार ही टपक पड़ी। लगा, श्रीमती जी ठीक ही तंज़ करती हैं। वाकई हम ही बेवकूफ़ हैं और बाकी सब अक्लमन्द। कुछ तो चमत्कार होगा ही इस पुष्य नक्षत्र का जो हज़ारों लोग दौड़े चले आ रहे हैं।

अपन ने एक कूपन झपटा ओर ऐसे खुरचना शुरू किया मानो यहीं से पटाया के लिए टेक ऑफ करेंगे।

हमें इस तरह कूपन छीलते देख श्रीमती जी ने प्यार से झिड़का, "अरे मेरे कुच्चू पुच्चू, ये कूपन हैं लौकी नहीं जो इस तरह छीले जा रहे हो। इन्हें प्यार से स्क्रैच करना पड़ता है।" कहकर अगली ने जितने कूपन मिले थे, सबको छीना और फ़िरोज़ी पॉलिश वाले अपने लम्बे-लम्बे नाखूनों से खुरच डाला। जैसे-जैसे वह कूपन खुरचती गईं, हम दोनों के कलेजे भी चाक होते गए। एक-एक कर बीएमडब्ल्यू, आई फोन और पटाया टूर के सारे सपने चूर-चूर होते चले गए।

श्रीमती जी के हाथों में तो फिर भी सोने का नेकलेस और मन में उमंग थी।

हमारे हाथों में सिर्फ़ और सिर्फ़ शॉपिंग के पैकेट और दिल में लुट-पिट जाने की कसक थी।

उनके साथ अपन भी मरे कदमों से मॉल से बाहर आ गए। जैसे-तैसे सड़क पर आए तो देखकर हमारे होश फ़ाख्ता हो गए।

हमारी श्वेत चतुर्चक्रिका ग़ायब थी। समूची सड़क, जो मॉल पहुँचते वक़्त आड़ी-तिरछी गाड़ियों से पटी पड़ी थी, अब हमारी खोपड़ी की तरह सफ़ाचट थी।

हमारी रुलाई फूटने को थी कि अचानक हमारी नज़र ट्रैफिक पुलिस की क्रेन पर पडी जो बड़ी ही निर्दयता से हमारी नई नवेली कार को मुँह के बल टाँगे चली जा रही थी।

हम पागलों की तरह चीख़ते क्रेन की ओर दौड़े। आगे-आगे क्रेन थी और पीछे लटकी हमारी कार। हम कभी लुढ़कती तोन्द को सँभाल रहे थे, कभी खिसकती हुई पेंट को। और हाथों में जो गिरते पैकेट थे वो अलग। क्या सीन था भाई साहब। मत ही पूछिए।

आपको बताते चलें, पुष्य नक्षत्र पर मुसीबतों के ऐसे संयोग अब हज़ारों वर्षों में नहीं, रोज़ आते हैं! यह और बात है कि बाज़ार आपको कभी नहीं बताने वाला, यह उसकी सर्वार्थसिद्धि का युग जो है।

खमीर-सा उठता ज़मीर

जरा सोचिए, क्या हो तब जब वर्षों से सोया ज़मीर एकाएक खमीर-सा उठने लगे। चिकनगुनिया के माफ़िक ज़मीरजगिया जैसा कोई संक्रामक रोग फैले और कई-कई को चपेट ले। कई-कई के बरसों से सोए ज़मीर एक साथ जाग पड़ें। एक का जागे, फिर दूसरे का, फिर तीसरे का और फिर गिनना मुश्किल हो जाए।

ज़मीर जागरण का ज्वार जब-जब आता है तो बड़ी हलचल पैदा करता है। यह जीव विज्ञानियों और रसायनशास्त्रियों के लिए तो अध्ययन का विषय है ही, समाजशास्त्रियों के लिए भी उतने ही चिन्तन का विषय हो सकता है कि ज़मीर का व्यवहार हर बार अलग-अलग क्यों होता है।

यूँ तो रहिमन इस संसार में भाँति-भाँति के लोग की तरह संसार में भी भाँति भाँति के ज़मीर भी पाए जाते हैं। जज़्बाती ज़मीर, फ़ितरती ज़मीर, क़रामाती ज़मीर, खुराफ़ाती ज़मीर, अकड़े ज़मीर, जकड़े ज़मीर, पैरपकड़े ज़मीर...ऐसी तमाम क़िस्में हैं ज़मीर नामक इस विचित्र जीव की। विचित्र इसलिए कि ये कब अपनी अकड़न, जकड़न या पकड़न से मुक्त होकर जागता है, इसका कोई तयशुदा स्टैंडर्ड नहीं देखने में आया। जितने उदाहरण हमें हमारे समाज और चहुँओर देखने को मिलते हैं, उससे तो लब्बोलुबाब यही निकलता है कि ज़मीर के न सोने का टाइम फ़िक्स है, न ही जागने का।

अच्छा भला जागता ज़मीर कब सो जाए या सोते-सोते न जाने कौन सी आहट पर जाग जाए, पता ही नहीं चल पाता। ज़्यादातर तो यह देश, काल और परिस्थिति के हिसाब से ही अपनी निद्रा का प्रबन्धन करता दिखता है।

किसी का ज़मीर जज़्बाती होता है सो चौबीसों घंटे पुलिस की भाँति ड्यूटी

पर रहकर जिस्म, ज़ेहन और ज़ुबान को 'जागते रहो...जागते रहो' का अलर्ट ज़ारी करता रहता है। यह और बात है कि ऐसे सतत जाग्रत ज़मीर यदा-कदा ही देखने में आते हैं।

कुछ ऐसे हैं जिनका ज़मीर 'श्वान निद्रा, बको ध्यानं' के नियम का पालन करता वॉच डॉग की मुद्रा में रहता है। सही वक़्त पर झट्ट जागकर हाँऊ-हाँऊ करने लगता है। मौके पर चट्ट से कूदकर काम होते ही फिर आँखें मूँदकर बगुले की भाँति ध्यानासन ग्रहण कर लेता है। कुछ प्रजातियाँ ऐसी हैं, जिनके चरित्र और गुणसूत्र सरीसृप वर्ग से एकदम ठीक-ठाक मेल खाते हैं। उनका ज़मीर प्राय: शीतनिद्रा यानी हाइबरनेशन में चला जाता है। नेशन फेशन चाहे जितना भी 'हो... हो' का हायगुल्ला करे, ये कठमुल्ला ज़मीर अपना समय पूरा कर ही जागता है। इस प्रकार के ज़मीर की नींद कितनी लम्बी होगी, यह भी ठीक ठाक तय नहीं होता। यह कुछ महीनों से लेकर कुछ साल, बल्कि यूँ कहिए चार साढ़े चार साल तक नहीं जागता। कुम्भकरण की भाँति कर्ण में रुई को डीप इंसर्ट कर ये डीप स्लीप में चला जाता है और फिर निर्लज्जता के ऐसे खर्राटे मारता है कि इसकी अनुगूंज दिग्दिगन्त तक सुनाई देती है। ज़मीर की ऐसी ज़बरनींद जगत की गुहार और विरोध के ढोल नगाड़े में भी नहीं टूटती।

ज़मीर के जागने के कारण भी बड़े विचित्र होते हैं। कभी-कभी तो बड़े-बड़े पहाड़ खड़े हो जाएं, पर ये न जागे और कभी राई का पहाड़ खड़ा होने पर खुद खड़ा होकर अपना ही एक पहाड़ खड़ा कर दे।

ज़मीर हवाओं पर भी बहुत निर्भर करता है। कभी हवा चले तो ये अंधड़ का रूप धर ले। उसी रौ में सबके अन्धे, लूले और लंगड़े ज़मीर को लपेटता चले। कई मर्तबा तो सीन ये कि उबासियाँ लेते अधजागे या उनींदे ज़मीर को भी साँय-साँय बहा ले जाए। ऐसे बह जाने वाले ज़मीर वे हैं जिनके न तो पैर धरातल को पकड़े रह पाते हैं, न ही वे धारा की दिशा के प्रति बहुत जाग्रत मन:स्थिति में होकर खुद को बहने से बचा पाते हैं और हवा के रुख़ से ही अपनी दिशा तय करते हैं।

सबसे ज़्यादा दुखी उस वर्ग के लोग होते हैं जिनके ज़मीर हर वक़्त जागे रहते हैं। तेली का तेल जलने पर इनका ही जी जलता है और यही हैं वे मुल्लाजी

जो शहर के अन्देशे से दुबले होते पाए जाते हैं। ये जज़्बाती वर्ग के ज़मीर होते हैं और प्राय: दुर्लभ होते हैं।

कुछ लोग ऐसे भी तर्क देते हैं कि 'जो सोवत है, सो खोवत है और जो जागत है, सो पावत है।' ऐसे ही लोग क़रामाती ज़मीर के धनी होकर मौक़े के प्रति बड़े जागरूक होते हैं। वक़्त पर ज़रूरत के मुताबिक ज़मीर को जगाकर मनवांछित फल पाते हैं। ये थोड़े भी सहकारी प्रवृत्ति के हुए तो दूसरों के सोए ज़मीर को जगाने का पूरा यत्न करते हैं कि हम तो जाग गए सनम, तुम क्यों सोए पड़े हो! कुछ ऐसे भी होते हैं जो फ्रंटलाइन में चलने के शौकीन होते हैं और 'जो मारे, सो मीर' में यक़ीन रखते हैं। ऐसे लोग अपने ज़मीर को तत्काल जगाकर एक्शन लेते हैं। कुछ इस मान्यता के होते हैं कि 'नहीं लगा तो तुक्का और लग गया तो तीर।' ऐसे लोग जुआरियों की भाँति ज़मीर को दाँव पर लगाते हैं और ऊँट की करवट की प्रतीक्षा करते हैं।

ज़मीर की मुख्तलिफ़ क़िस्मों के अलावा ऐसी नज़ीरें इफ़रात में उपलब्ध हैं जहाँ लोग ही बेज़मीर पाए गए हैं। ऐसे लोग प्राय: सबसे अच्छे होते हैं और 'न नौ मन तेल होगा, न राधा नाचेगी', 'न रहेगा बाँस, न बजेगी बाँसुरी,' और 'कोउ नृप होउ हमहिं का हानी जैसी क्रान्तिकारी मान्यताओं का पोषण करते हैं। 'सबसे भले वे मूढ़, जिन्हें न व्यापे जगत गति' भले शास्त्रों में कहा गया है, मगर आपको बताएँ, बिना ज़मीर वाले ये लोग मूढ़ नहीं, सबसे ज़्यादा अक्लमन्द होते हैं और यही वज़ह है कि वे सबसे सुखी होते हैं।

उलटे लटकते हम और सीधा होता उल्लू

ख़बर क्या थी, साक्षात वायरल होता वीडियो ही था। सीन कुछ यों था कि एक पेड़ था। पेड़ की डाल पर एक बन्दा एकदम उलटा लटक रहा था। ठीक बेताल की तरह। यों वह बेताल नहीं था, क्योंकि उसके गले में एक कैमरा भी लटक रहा था। विलोम मुद्रा में बेताल की अदा से लटक वह विचित्र जीव चित्र ले रहा था। उस चित्रजीवी के ऐन नीचे भी एक बन्दा था जो निश्चित ही विक्रम नहीं था। विवाह के माध्यम से जीवन के महान अनुत्तरित प्रश्नों की खोज में प्रस्थित होता वर था। वर अकेला नहीं था। प्रश्नोत्पत्ति हेतु प्रस्तुत होने जा रही वधू उसके साथ थी। अद्‌भुत ओज और ख़बरिया खोज से भरा पोज था यह। द्वाराचार से पूर्व ग़ज़ब नवाचार।

नवाचार के ऐसे विकट नमूने और आज के नवांकुरों की लवातुर टीनभावना देख मैं हीनभावना से भरा पड़ा हूँ। कुछ नया न कर पाने की कसक गला मसक रही है। वही मुँह में पान का बीड़ा ठूँसे, कमर में पिलपिलिया सी कटार खोंसे बौड़म की तरह घोड़े पर बैठे और पहुँच गए आम हिन्दुस्तानी दूल्हों की नाईं दरवाज़ा ए इम्तिहान पर। हें हें करते वरमाला डाली और दफ़्तर की आम फाइलों की तरह हो गए जनता के अवलोकनार्थ प्रस्तुत!

मेरे पास गरियाने के लिए अपनी आउटडेटेड आत्मा के अतिरिक्त कुछ नहीं है। सो मैं आत्मा पर सवार हो जाता हूँ। ऐन वैसे ही जैसे बेताल विक्रम के कन्धे पर।

मैं प्रश्न करता हूँ, "बता, तूने मुझे भी ऐसा ही कुछ नया और अनोखा करने के लिए जगाया क्यों नहीं? मैं भी कुछ करता और इस सोशल चरचराटे में शामिल हो अमर हो जाता।"

मेरी धिक्कार पर धक्क हो आत्मा समझाती है, "तू नहीं समझता राजन। तब धाक के लिए नवाचार व्यर्थ था क्योंकि तब बाज़ार नहीं था। तू कैमरामैन को उलटा लटकाकर या उसे पानी में ही क्यों न डुबोकर फोटो खिंचवा भी लेता तो भी कुछ ख़ास नहीं होने वाला था। एल्बम में तेरा एक फोटो और चस्पां हो जाता और इतिहास बन वहीं दफन हो जाता। अब समय बदल गया है राजन। तू अभागा टेलीग्राम के युग का जीव है और अब युग इंस्टाग्राम का है। इन दो युगों के बीच बाज़ार आ गया है और अब वही सब तय करता है। तेरी शादी किससे हो, कब हो और शादी में क्या-क्या हो, यह बात तेरे फूफाजी नहीं, बाजार तय करता है अब क्योंकि बाज़ार रिश्तों से बड़ा है। अगले के घर में भले शौचालय की व्यवस्था न हो लेकिन दुल्हन को हेलीकॉप्टर में लाने की पूरी व्यवस्था है इस बाज़ार के पास। रस्मों को इवेंट में बदला है इसने राजन। 'कुछ कुछ होता है' को 'सब कुछ हो जाने दो' में बदल देने का जन्तर प्री वैडिंग के बाजार ने ही दिया है। याद कर, बारातियों का स्वागत पान पराग से करने से शुरू हुआ था ये बाज़ार और आज स्वैग से सबका स्वागत करने नित नवाचार का आह्वान कर रहा है।"

आत्मा चुप हो जाती है लेकिन मुझे प्रश्न का उत्तर मिल गया है। मैं पुनर्बुद्ध हो विरुद्ध भी अब बिलकुल साफ़ देख पाता हूँ। एकदम शुद्ध सत्य। बाजार नें हम सबको उलटा लटका रखा है और खुद अपना उल्लू सीधा कर रहा है। हम कैमरामैन की तरह उलटा लटके दाँत निपोर ख़ुश हो रहे हैं और बाजार ठहाके मार रहा है। यह और बात है कि हमारे दाँत तो फेसबुक और इंस्टाग्राम पर दिख रहे हैं, मगर बाजार के ठहाके नजर नहीं आ रहे क्योंकि बाजार के दाँत सिर्फ और सिर्फ खाने के हैं। दिखाने वाले दाँत तो हमारे आपके पास हैं न।

भक्त, भगवान और मुस्कान

किस्सा कुछ यूँ है कि भोर का वक्त है। मुर्गा बाँग देने उठ भी नहीं पाया है कि भक्त चौंककर उठ बैठा है। उसके माथे पर पसीना और शरीर में कम्पन है। उसने अभी-अभी एक भयानक सपना देखा है जिसका लब्बोलुआब यह है कि उसकी ग़लती से दफ़्तर में बॉस का तीसरा नेत्र खुल गया है और बॉस टेबल पर चढ़ तांडव कर रहा है। वह टेबल पर रखी फ़ाइलें और पेपरवेट उठा-उठा कर मार रहा है। जो पेपरवेट उसने अभी-अभी उठा के मारा है वह सीधा भक्त के माथे पर आकर पड़ा है और तभी घबराकर उठा भक्त पसीने-पसीने हो माथा सहला रहा है और टटोल भी रहा है कि जो पेपरवेट आकर पड़ा है, उसका गूमड़ किधर को उठा है।

सपना बुरा है लिहाजा वह बाजू में सोई पत्नी को नहीं सिर्फ़ भगवान को याद करता है। याद ही नहीं करता, हमेशा की तरह भगवान के पास भागता भी है।

यों भी भक्त की दिनचर्या देखिए। वह सुबह-सकारे उठता है। स्नान के पहले ही भगवान के सामने जा खड़ा होता है। भगवान ड्राइंगरूम के एक कोने में विराजे हैं। विराजे क्या हैं, चिपके हुए हैं। यूँ कहिए, चिपकाए हुए हैं। भक्त ने पुराने कैलेंडर में से फाड़कर भगवान की फुल साइज़ फ़ोटो अलमारी के ऊपरी खंड में चिपका रखी है। वैसे ये बात तो उसे बचपन से पता है कि भगवान कोने-कोने में हैं। मगर ऑफ़िशियली एक कोना ज़रूरी है सो घर का यह कोना भगवान का बना रखा है। यहीं वह धूप बत्ती, ऊदबत्ती, फल-फूल जलाता-चढ़ाता है और संकट निवारण की गुहार लगाता है।

प्रायः सुबह उठते ही पहली अँगड़ाई के दौरान उसे ध्यान आता है कि आज किस दिस संकट खड़ा होने जा रहा है। वह भगवान के पास भागता है। हे जगबन्धु,

परमेश्वर, कृपानिधान, संकट मोचक, विघ्नहर्ता जैसे तमाम शब्द इसी वक़्त उसके ज़ेहन में आते हैं।

सुबह के सपने के हिसाब से आज सबसे विकट संकट दफ़्तर में खड़ा दिख रहा है। बॉस तांडव कर रहा है। वह चेहरे पर यथासम्भव रिरियाहट के साथ बड़े ही करुणा भाव से बुदबुदाते हुए भगवान से कहता है—हे करुणानिधि, कृपा करो। त्रुटियों को क्षमा करो। आज का दिन बस अच्छे से निपट जाए। स्टाफ़ के सामने भद्द न पिट जाए।

भगवान फ़ोटो में मुस्कराते हैं। भगवान को मुस्कराते देख भक्त आश्वस्त होता है। उसे लगता है मानो भगवान ने तथास्तु टाइप कुछ कह दिया हो। कह दिया हो कि वत्स चिन्तित न हो, मैं हूँ न। स्नान के बाद वह पुनः भगवान के समक्ष आ खड़ा होता है। बल्कि दफ़्तर जाने से पहले जितनी बार वहाँ से गुज़रता है, कनखियों से, सीधी नज़रों से या चोर निगाहों से भगवान की ओर देख मन-ही-मन हाथ जोड़ता है। हर बार यही बुदबुदाता है कि प्रभु, बचा लेना।

बॉस के चेम्बर में घुसने तक वह भगवान को याद करता है। 'हे हरि, राखो लाज मोरी' वह बुदबुदाता है।

हरि लाज रखते हैं क्योंकि भीतर बॉस को अपनी स्टेनो से ठिठोली करता पाता है। भक्त के प्राण लौटते हैं। बॉस स्टेनो के साथ ज़ारी ठिठोली में उसे भी शामिल करता है। ऐसा होते ही हरि मनमंदिर से आउट हो जाते हैं और छरहरी स्टेनो उसमें दाखिल हो जाती है। नरहरि छवि तज छरहरी छवि वह हृदय में सहेजता है और 'हे हरि, राखो लाज मोरी' की जगह 'हे लाजो, तुम ही हो प्राण मेरी' गुनगुनाता घर लौटता है।

अलमारी में विराजे भगवान विचारते हैं, भक्त सीधा उसी के सामने प्रकट होगा। हाथ जोड़ कहेगा, प्रभु तूने लाज रख ली, लेकिन देखता है, भक्त को वक़्त नहीं। भक्त के सामने पत्नी है और वह पत्नी के साथ ठिठोली कर लेने को उद्यत है।

स्टेनो अभी भी हृदय में है भक्त के। सोने से पहले वह ड्राइंगरूम के सोफ़े में धँसता है। फेसबुक पर छरहरी की छवि बार-बार निहारता है। एकाएक उसे स्मरण आता है कि कोने में विराजे नरहरि सब देख रहे हैं। भले ही हमेशा की तरह मुस्करा रहे हैं मगर उसे लगता है, वह क्रोध से घूर रहे हैं। लगता है, भगवान के उठे हुए हाथ में शंख नहीं, पेपरवेट है जो वह अभी उसकी खोपड़ी पर मारने वाले

हैं। वह ग्लानि से भर जाता है। कानों को सॉरी टाइप मुद्रा में हाथ लगाता है और बीच का परदा खींच निष्फिक्र हो जाता है। अब ठीक है। नरहरि गए उस तरफ़ और छरहरी रह गई इस तरफ़। निश्चिन्त हो अब वह स्टेनो की प्रोफ़ाइल में गहरे उतरता है। फोटो पर फ़ोटो। अ...हा...हा। एक से बढ़कर एक पोज़। आकर्षक। उत्तेजक। बीच में पटल पर बोदे से पति को देख मन खट्टा होता है। कमबख़्त कैसे उससे चिपकी लिख रही है 'फ़ीलिंग फैबुलस'। भक्त के हृदय पटल पर उभरता है 'फ़ीलिंग जेलस'। तभी मानस पटल पर मंत्र उभरता है 'सार सार को गहि रहे थोथा देय उड़ाय'। वह बोदे पति को थोथा मान उड़ा देता है फिर सार-सार स्टेनो को गहरे गहता है।

अगली सुबह वह उठता है। उसे याद आता है आज परीक्षा की घड़ी है। साल भर के किए-धरे का प्रेजेंटेशन है। वह भगवान के सामने खड़ा होता है। रिरियाता है। प्रभु, कैसे भी हो आज बचा लो। प्रेजेंटेशन बस अच्छे से निपट जाए। भगवान मुस्कराते हैं। भक्त निश्चिन्त होता है। भगवान की मुस्कराहट वाली छवि को बचने की सौ फ़ीसदी गारंटी मान वह दफ़्तर रवाना होता है।

चूँकि भगवान टेक्निकली कोने-कोने में हैं लिहाजा उन्हें दफ़्तर के कोने-कोने की ख़बर है। यह भी कि भक्त सहज होते ही भगवान को एक ओर उड़ाकर किस कोने का सार आज गहने जा रहा है। सो भक्त के जाने के बाद भी भगवान के चेहरे पर मुस्कान आती है। यों यह ख़ास मुस्कान आती क्यों है, स्वयं भगवान ही जानते हैं।

हलक़ का दारोग़ा

नीम चढ़ा करेला देखा है आपने? नहीं न? यदि केवल कहावतों में सुना हो तो एच.डी. साहब को देख लिया जाए। वे ऐन ऐसे ही थे। नीम चढ़े करेले। शक़्ल भले करेले-सी न हो, मगर त्योरियाँ उनकी बारहमासी सख़्ती के कड़वे नीम पर चढ़ी रहने वालीं। उनके नाम एच फुलस्टॉप, डी फुलस्टॉप में एच का फुल फ़ॉर्म क्या है और डी का क्या, यह महत्त्वपूर्ण नहीं है। महत्त्वपूर्ण यह है कि वह स्वयं इसका फुल फॉर्म क्या बताते थे। उनके हिसाब से एच का एक ही अर्थ था और वह था, हाईली और डी का डिसिप्लिंड के अलावा तो और कोई अर्थ था ही नहीं। इस प्रकार वह ख़ुद को हाईली डिसिप्लिंड कहलवाना पसन्द करते। यह बात और है कि पीठ पीछे लोग एच से हलक़ और डी से दारोग़ा बताते हुए उन्हें हलक़ का दारोग़ा कहते। हलक़ का दारोग़ा, यानी जो हलक़ से नीचे निगलने न दे। मुँह में निवाला डालो और वह हलक़ में हाथ डालकर खींच ले। ख़ब्त की हद तक सख़्त रहने वाले हलक़ का दारोग़ा यानी एच.डी. साहब में अनुशासन कुछ यूँ कूट-कूट कर भरा था कि वह आए दिन मातहतों की खोपड़ी आचरण संहिता की ओखली में दिए रहते और ऑफ़िस मैनुअल के मूसल से तब तक कूटते रहते जब तक कुट-पिट कर मातहत नौकरी से टें न बोल जाए। ऑक्टोपस की तरह उनकी आठों भुजाएँ लोगों की गरदन दबोचने और मरोड़ने में मुब्तिला रहतीं। कब किसे निलम्बित कर दें, किसे नौकरी से बाहर, पता नहीं। लोग कहते हैं, एक बार कुत्ते की पूँछ सीधी हो जाए लेकिन हुज़ूर की भृकुटियाँ कभी सीधी नहीं हो सकतीं।

ऐसा नहीं कि अनुशासन ही उनमें कूट-कूट कर भरा हो। जितना लोग जानते थे, भरने वाले ने ईमानदारी भी उनमें उतनी ही ईमानदारी से कूट-कूट कर भरी

थी। यह बात और है कि कूटने की यह प्रक्रिया कुछ ऐसी हुई थी कि उन्हें ख़ुद को छोड़कर सारी दुनिया बेईमान नज़र आती। ऐसे में मातहतों के सामने रोज़ यह विवशता होती कि बेचारे रोज़ अपनी छाती फाड़-फाड़कर दिखाते और अपनी ईमानदारी का सबूत पेश करते।

बँगले से रवाना होने के पहले वह कार का गेट खोलते ड्राइवर पर खोजी नज़र डालते। ड्राइवर की दाढ़ी बनी है या नहीं, सफ़ेद वरदी धुली और बाक़ायदे इस्तिरी की हुई है या नहीं, घूर कर देखते। कोई ग़लती न पाकर उन्हें बड़ी चिढ़ होती, 'कमबख़्त बड़ा चालाक और चौकन्ना है, पहले से सब जानता है लिहाजा कोई मौक़ा ही नहीं आने देता दबोचे जाने का!'

तब वह दबोचने के दूसरे मार्ग खोजते जो उन्हें शीघ्र मिल भी जाते। मसलन, यदि ड्राइवर सामान्य चाल से गाड़ी चला रहा होता तो टोकते कि इतनी मरी चाल से क्यों चला रहा है और ज़रा भी तेज़ चलाता तो झट खोपड़ी पर चढ़ बैठते कि किसी पर चढ़ा ही देगा क्या!

दबोचकला में दक्ष एच.डी. साहब की निगाहें दफ़्तर पहुँचते ही चपरासी पर जा ठहरतीं। जब सब कुछ ठीक मिलता तो उन्हें एकाएक पोर्च के ऊपर लगे बल्ब पर या कोने में लगे बिजली के मीटर पर या इधर-उधर जहाँ अच्छे-अच्छे खाँ की निगाह न जा पाए, मकड़ी का कोई जाला नज़र आ जाता। तब उनके चेहरे पर वही मुस्कान आती जिसे देखकर बाकियों की मुस्कान फुर्र हो जाती। चपरासी की तो जो होती तो होती ही। जिस दिन सब कुछ ठीक नज़र आता, उन्हें बड़ी कोफ़्त होती। कमबख़्त कैसे मातहत हैं, टोकने का कोई मौका ही नहीं देते। फिर यह सोचते दफ़्तर में कदम रखते, स्साले हैं तो बेईमान ही, कभी न कभी कोई तो आएगा ही लपेटे में।

कई दिन ड्राइवर या चपरासी तो पकड़ में नहीं आए, मगर एक रोज़ बड़े बाबू ज़रूर पकड़ में आ गए। वह उस कम्पनी से लिफ़ाफ़ा ले बैठे जिसका टेंडर यूँ भी पास हो चुका था और लिफ़ाफ़ा मात्र शुक्राने का था। ले तो बैठे, मगर बैठे- बिठाए अपनी जाँच भी बिठवा बैठे। हाहाकार मच गया दफ़्तर में। जिन लोगों का मुँह कम्पनी वालों ने मीठा करा दिया था, उनकी फूँक सरक गई। एच.डी. साहब हलक़ में हाथ डालकर मीठा भी न निकाल लें! यों हलक़ से मीठा तो न निकाला गया मगर बड़े बाबू की जेब में हाथ डालकर लिफ़ाफ़ा ज़रूर निकाल

लिया गया और इसके साथ ही बड़े बाबू का अपना मुस्तक़बिल आप लिफ़ाफ़ा बन्द हो गया।

एच.डी. साहब का बस चलता तो मात्र निलम्बित न करते। एक वार में खचाक से नौकरी उड़ा देते। बर्ख़ास्तग़ी के हाथी के पैरों तले कुचलवा देते। मगर नियम क़ायदों के बन्धन कुछ ऐसे थे कि उनसे बाहर जाना उन्हीं की नज़र में ठीक नहीं था। उनका मानना भी ऐसा था कि जब तक फाइल सबूतों से भर-भर कर मोटी न हो जाए, तब तक जाँच वाली फ़ीलिंग ही नहीं आती। उनके मान से फ़ाइल का एक-एक पन्ना ऐसा पुख़्ता होना चाहिए जो अपचारी को आरोपी और आरोपी को अपराधी सिद्ध कर दे। सीधे लटकाने वाले तख़्ते तक घसीट दे। और तब लटकाने के क्रम में वह छोटा-मोटा नहीं, बड़े दंड के रूप में कुछ ऐसा प्रसाद दे सकें कि अगले की सात पुश्तें काँपे न काँपे, हुज़ूर की अपनी श्रीवृद्धि में एक नया अध्याय अवश्य जुड़ जाए।

सो जाँच ख़त्म होने को थी। बस आर्टीकल तीन सौ ग्यारह के तहत बड़े बाबू को सुने जाने की मज़बूरी बाकी थी। फिर तो हस्बेमामूल अनसुनी कर बड़े बाबू को नौकरी से नौ दो ग्यारह करना ही था।

एच.डी. साहब दफ़्तर में घुसे तो बाहर बड़े बाबू फँदे के कसे जाने से पहले वाली सकपकाहट में बैठे मिले। एच.डी. साहब ने एक नज़र उन्हें घूरा और गालों की दाहिनी कमान पर हलाक़ कर देने वाली मुस्कान धरते चेम्बर में जा बैठे। सामने जाँच की मनमोहिनी फ़ाइल थी। गवाहों के बयान और तमाम सबूतों के मद्‌देनजर फ़ैसले को तैयार। अन्दर की बात यह कि वह स्वर्ग में होते तो अप्सराओं का नृत्य भी उन्हें उतना न लुभाता, जितना यहाँ जाँच की फ़ाइल में नत्थी इबारतें लुभाती थीं।

एच.डी. साहब जब ऐसी जाँच की फ़ाइलों पर निर्णय करने बैठते तो स्वयं को संसार में अलग पाते और परमानन्दित होते। ख़ुद को राजा विक्रमादित्य मान लेते और जिस कुरसी पर बैठते, उसे बत्तीस पुतलियों वाला सिंहासन। हर निर्णय के बाद ये पुतलियाँ एक-एक कर आतीं, उनके प्रशस्ति गान में जुट जातीं और नतीज़तन सख़्ती की कुछ नई ख़बतें उन पर सवार हो जातीं।

फ़ाइल के कुछ मारक पन्नों पर इबारतों का मोहक नृत्य देख उन्होंने घंटी

बजाई। इशारा पाते ही बड़े बाबू भीतर घुसे और अठारह डिगरी की ठंडक वाले दो दो एसी के बावज़ूद पसीने से लथपथ हो गए।

एच.डी. साहब ने फ़ाइल में नज़रें गड़ाए ठंडे स्वर में पूछा, "श्री एस एन पांडे, उच्च श्रेणी लिपिक, एम आई राइट?"

"सर।"

"नौकरी उच्च श्रेणी की और काम निम्न श्रेणी का?"

"नहीं सर"

"नहीं? यू मीन, रिश्वत लेना ऊँचे स्तर का काम है?" एच.डी. साहब ने एक नज़र उन्हें घूरा फिर फ़ाइल के पन्ने पलटते कहा, "तुम्हारा सर्विस रिकॉर्ड तो कहता है, तुम बड़े ईमानदार हो?"

"जी सर।"

"जी सर?"...साहब का अहं चोट खा गया। ईमानदारी के उदाहरण तो सिर्फ़ उनके खाते में हैं। ये बेईमान कहाँ से ख़ुद को ईमानदार कहलवा रहा है! फिर व्यंग्य से मुस्कराए। बोले, "मुझे पता है, मुझसे पहले के अधिकारी कितने ईमानदार थे। तुम सब मिलकर खाते थे, इसीलिए तो रिकॉर्ड बढ़िया बनवा रखा है। है न?"

"नहीं सर, बीस साल की नौकरी में एक भी ग़लती नहीं हुई। यह ग़लती पहली बार हुई है।"

बड़े बाबू की आँखों से टपटप आँसू गिरे तो एच.डी. साहब बोले, "ग़लती तो ग़लती होती है और ये देखो तुम्हारी फ़ाइल। सब सच बोल रही है। ऐसे में बर्ख़ास्त करने के अलावा और कोई दंड नहीं है।"

उन्होंने फ़ाइल पर अपना निर्णय लिखा और बड़े बाबू को बाहर जाने का इशारा किया। चेम्बर में निस्तब्धता छाते ही एच.डी. साहब राजा विक्रमादित्य के रोल में आ गए और प्रिय पुतलियों की प्रतीक्षा करने लगे।

अगले ही पल उनके सिंहासन से निकल कर एक पुतली टेबल पर आ बैठी।

एच.डी. साहब ने पुतली से पूछा, "तुम कौन?"

पुतली बोली, "मैं ईमानदारी हूँ राजन। मैं तुम्हें धन्यवाद देना चाहती हूँ कि तुमने हमेशा की तरह आज भी मेरी लाज रखी और ईमानदारी को सबसे उच्च स्थान दिया। पूरी दुनिया बेईमानों से भरी पड़ी है और तुम कभी अपने सिद्धान्तों से नहीं डिगते।"

इतना कहकर पुतली लुप्त हो गई।

इसके तुरन्त बाद दूसरी पुतली टेबल पर आ बैठी।

एच.डी. साहब ने पूछा, "तुम कौन?"

पुतली बोली, "राजन मैं सच्चाई हूँ। तुमने सच्चाई का साथ दिया इसलिए मैं तुम्हारा वन्दन करती हूँ।"

इतना कहकर पुतली लुप्त हो गई।

अगली पुतली ने अपना नाम कर्तव्यनिष्ठा बता कर कहा, "हे राजन्, आपने हमेशा मुझे प्राथमिकता दी इसलिए मैं आपका अभिनन्दन करती हूँ।"

इस बार अनुशासन नामक पुतली की बारी थी। पुतली अहसान भरे स्वर में बोली, "राजन, मुझे प्रसन्नता है आपने अपने जीवन में मुझे सदैव सर्वोच्च स्थान प्रदान किया। मैं आपका यह उपकार हमेशा याद रखूँगी।" कहकर पुतली लुप्त हुई तो अगली पुतली प्रकट हुई, "राजन, मैं न्यायप्रियता हूँ। मुझे आपके न्याय पर गर्व है। आपने जो भी न्याय किया वह बिल्कुल सही किया।" इतना कहकर यह पुतली भी लुप्त हो गई।

एक और पुतली प्रकट हो बोली, "राजन, मैं श्रेष्ठता हूँ। तुममें सख़्ती, मातहतों से दूरी और स्वयं को श्रेष्ठ मानने का जो गुण है वह अद्वितीय है। एक अफ़सर में मातहतों को ठीक रखने के जो गुण होने चाहिए, वह सिर्फ़ तुम्हारे भीतर ही हैं।"

पुतली के लुप्त होते ही एच.डी. साहब एक-एक पुतली को याद कर उनकी कही बातों का स्मरण करते अपनी ईमानदारी, निष्ठा, न्यायप्रियता और कठोरता पर मुग्ध होने लगे। उन्होंने फ़ाइल पर लिखी बर्ख़ास्तग़ी पर एक नज़र डाली फिर फ़ाइल एक ओर सरका आनन्द से टेबल पर बिछे शीशे में अपना अक्स देखा। कुछ पल उनकी निगाहें अपने अक्स पर स्थिर रहीं, फिर वह चौंक गए।

"रुक जाओ राजन," कहती अक्स के भीतर से एक पुतली प्रकट हुई। उसका चेहरा तमतमा रहा था।

पुतली बोली, "राजन, तुम कौन?" एच.डी. साहब हैरान हो गए। यह कौन सी पुतली आ गई! ब्लडी इंडिसिप्लिंड पुतली। उलटा उनसे ही पूछ रही है, तुम कौन? उनका वश चलता तो अभी सस्पेंड कर देते इस पुतली को।

"मुझे नहीं पहचानतीं?" एच.डी. साहब गर्व से बोले, "मैं उच्च श्रेणी अफ़सर।"

पुतली उनकी आँखों में आँखें डाल बोली, "उच्च श्रेणी अफ़सर और काम निम्न श्रेणी का?"

"क्या बकती हो? तुमने सुना नहीं इन पुतलियों को?"

"ये सब झूठ बोल रही हैं। सच तो यह है कि तुम भी उतने ही भ्रष्ट और मौकापरस्त हो राजन।"

"मैं और भ्रष्ट?"

"हाँ राजन। तुम भ्रष्ट।"

"असम्भव। जिसकी ईमानदारी पूरे महकमे में उदाहरण है, वह भ्रष्ट?"

"अपनी बेईमानी के उदाहरण भूल गए राजन?"

"मेरी बेईमानी?"

"ओह, तो तुम्हें सचमुच याद नहीं, तुम्हारी बेटी को मेडिकल में एडमिशन कैसे मिला?"

"उसकी योग्यता से।"

"योग्यता?" पुतली ने ठहाका मारा, "उसे सिफ़ारिश से एडमिशन मिला राजन, सिफ़ारिश से। वह भी उसी कम्पनी की सिफारिश से, जिससे उपकृत होने पर बड़े बाबू बर्ख़ास्त हो गए। वाह राजन वाह! धन्य है आपकी ईमानदारी।"

"श...श...श...धीरे बोलो," एच.डी. साहब ने एक बार दरवाज़े की ओर देखा, कि किसी ने सुना तो नहीं फिर अपने हठ पर लौटते बोले, "बड़े बाबू ने रिश्वत ली थी। मैंने कभी नहीं ली।"

"रिश्वत नहीं ली, मगर अपने पद का लाभ उठाकर रिश्तेदारों को फ़ायदा पहुँचाया, वो क्या है राजन? ऐसे एक नहीं, तमाम उदाहरण हैं मेरे पास, कहो तो गिनाऊँ?"

एच.डी. साहब ने सिर पकड़ लिया फिर पूछा, "तुम हो कौन?"

पुतली ठहाका लगाकर बोली,

"मैं तुम्हारी आत्मा हूँ जिसकी तुम कभी सुनना नहीं चाहते। आज मैं चीख़-चीख़कर कहती हूँ, तुम भी उतने ही भ्रष्ट हो राजन, उतने ही भ्रष्ट हो।"

पुतली ऐन उनके आगे आकर गुर्राई, "राजन, तुमने आज तक सिर्फ अपने आनन्द के लिए लोगों को कष्ट दिए। अपनी ख़ब्त में जाने कितनों के मुँह से निवाला छीना है। तुम क्रूर और निष्ठुर भी हो राजन।"

पुतली हटने को तैयार न थी, फिर व्यंग्य से बोली, "मैं भी तुम्हें राजन पुकार बैठी! सच यह है कि तुम कोई राजन वाजन नहीं हो।"

"तो फिर मैं कौन हूँ?"

"शुक्र है, तुमने जानना तो चाहा कि तुम कौन हो। जाओ, दरवाज़े से कान लगाकर सुनो, अभी पता चल जाएगा।"

एच.डी. साहब उठे। चेम्बर के दरवाज़े पर कान सटाया।

दरवाज़े के उस ओर का दृश्य कुछ यों था कि बड़े बाबू दफ़्तर के कर्मचारियों से घिरे सुबक रहे थे और अन्दर घटित वाकया बयाँ कर रहे थे। ज्यों ही उन्होंने सज़ा के तौर पर उन्हें बर्खास्त कर दिया जाना बताया, कर्मचारियों ने चेम्बर की ओर मुँह कर थू किया और चिल्लाए, "हलक़ का दारोग़ा।"

इतना सुनते ही मानो ततैयों के छत्ते पर पत्थर लगा हो। चेम्बर में हज़ारों पुतलियाँ एच.डी. साहब के चारों ओर चक्कर काटती चीख़ने लगीं,

"हलक़ का दारोग़ा ऽऽऽ"

"हलक़ का दारोग़ाऽऽऽऽऽ"

"हलक़ का दारोग़ा ऽऽऽऽऽऽऽऽ"

"हलक़ का दारोग़ा ऽऽऽऽऽऽऽऽऽऽऽ"

"हलक़ का दारोग़ा ऽऽऽऽऽऽऽऽऽऽऽऽऽऽऽऽ"

एच.डी. साहब पर मानो दौरा-सा पड़ गया और सर पकड़ वह सोफ़े पर धम्म हो गए।

कोटि की रोटी का प्रश्न

मुन्ने की स्कूल में पीटीएम है। कल से सन्देसे आ रहे हैं, भूल न जाने के। मिस का भी मैसेज हैं, डोंट मिस। मैं दफ़्तर की मीटिंग मिस कर सकता हूँ, मगर स्कूल की नहीं। एक दफा नौकरी मिल जाए मगर एडमिशन नहीं मिलता बिना एड़ियाँ घिसे। सो बड़ी ही हड़बोंग में मैं स्कूल आ पहुँचा हूँ।

चहुँदिश पीटीएम का उत्सवी किन्तु उत्साहविहीन वातावरण है। क्लास के अन्दर बाहर भीड़ मची है। एक कोने में यूनिट टेस्ट की कापियाँ रखी हैं। पेरेंट्स देख लें अच्छे से, इसलिए। हम कॉपियाँ बस उलट-पुलट कर पा रहे हैं। टू टू ज़ा फोर वाली भाषा अपने पल्ले नहीं पड़ती। मुन्ना पढ़ाकू है। उसकी अंग्रेज़ी देख हम दंग हैं, मगर यूनिट टेस्ट में नम्बर कम देख फ़िलहाल मुन्ना दंग है। नाराज़ मिस दाँत मिसमिसा रही है और मॉरल साइंस पर मेरी निरामिष पत्नी को अंग्रेज़ी में चबा रही है। चबाई जा रही पत्नी "मैम...मैम" करती अब्बू खाँ की बकरी से ज़्यादा मिमिया रही है। अंग्रेज़ी उसके बूते से बाहर है लिहाज़ा वह हिन्दी को यथासम्भव सरस और शुद्ध कर हीनभावना को छिपाना चाह रही है मगर रीस चुकी मिस को रस भरी हिन्दी रास नहीं आती।

यों मैं समझता हूँ कि मिस मन ही मन कुढ़ रही होगी हिन्दी में ही...'यही हिन्दी अभी इनका मुन्ना बोल रहा होता न, तो साले के दो लपाड़े लगाती यहीं... गधा कहीं का।'

हिन्दी पर मिस हम सबको गधा फैमिली का प्राणी घोषित कर देना चाहती है। पत्नी का प्रयास ज़ारी है, "मैम...मैं...मतलब...मुझे...माने...मुन्ना..." मगर मिस

की अंग्रेज़ी इतनी तेज़ है कि वह हिन्दी के इस सायास अनुप्रास और मिठास को साभास रौंद देती है।

पत्नी को आँखें झुकाते देख मैं 'एक्चुअली...एक्चुअली' कह स्पष्टीकरण-सा देता हूँ, मगर गले में ख़राश फँस आती है। रौंद देने वाली अंग्रेज़ी में मैं भी कच्चा हूँ सो गरदन झुका लेता हूँ। रौंद डालने वाली हर बात में मैं कच्चा हूँ। ऐसा ही साला यह मुन्ना निकल रहा है। उल्लू का पट्ठा!

मैं निगाह घुमाता हूँ। सर्वत्र एक-सा मज़ा है। तमाम सुपरमॉम मम्मा और माचोमैन पप्पा अपने लख्तेज़िगर के सामने लताड़े जा रहे हैं। पास ही खुले बरामदे में अलग तमाशा ज़ारी है। मुद्दा फ़ीस न पटाने का है मगर लगान न चुकाने-सा माहौल है। बुधिया-सा पिटापिटाया बाप पेशी पर खड़ा है। खोपड़ी पर हेड मिस्ट्रेस है। ज़मींदार सी हनक में। गोया नालिस ही कर डालेगी। बाप बताना चाह रहा है, एक बेटा कोटा में है। फ़ीस बहुत है। लोन बहुत है। मगर बेकार। खुले में लाज का लोटा यों लतियाया जा रहा है मानो हड़काया जा रहा बाप खुले में हाजत करता दस्तयाब हुआ हो। कमर और झुकने लगी है उसकी। लगता है लोट ही जाएगा।

मैं अपनी दुनिया में लौटता हूँ तो मिस की आँखों में कोई महान और रौंदने वाला इशारा देखता हूँ। रौंदने चपेटने वाले ऐसे इशारे मैं जल्द समझता हूँ, 'ट्यूशन की क्लास शुरू होने वाली हैं उनकी। मुन्ना भी आ जाए वरना...' मुझे अनायास मोहल्ले के पप्पू चपेटे की याद आ जाती है। अभी चन्दा लेने आया था। उसकी आँखों में भी ऐसे ही रौंद देने वाला इशारा था, 'झाँकी शुरू होने वाली है। हज़ार से कम न देना, वरना...।' चपेटे एक झटके में नाक काट देता है। सब जानते हैं। शरीफ आदमी की सबसे नाजुक कमाई कुल ज़मा नाक ही तो है। 'मेरे सामने प्रश्न कौन बनेगा करोड़पति नहीं है। नाक के ऊपर कोटि की रोटी का प्रश्न है...' क्या बनेगा मुन्ना?'

इन तमाम सुपरमम्मा और माचोपप्पा की क्रमशः झुकती काया देख मुझे लगता है गोया करियर का एक विशाल कोल्हू है जिसमें इन्हें नाथ दिया गया है और उसी नाक से बच्चों को नत्थी कर लटका दिया गया है। थैली में सिलिकॉन वैली का चारा आगे-आगे है और ये बेचारे घूम रहे हैं अहर्निश।

मैं बिना लाइफलाइन वाली अपनी मिडल क्लास पर फास्टेस्ट फिंगर फर्स्ट

वाला क्रम सोच रहा हूँ। नाक को ऊँची रखने सबसे पहले आँखें झुकना, फिर गरदन झुकना, इसके बाद कमर का झुकना और अन्त में चुके हुए बाप का लोट जाना। मेरा समय भी शुरू हो चुका है अब।

"कब से भेजना है मुन्ने को?" मैं पूछता हूँ और अपनी नाक सहलाने लगता हूँ।

हाई डेफ़िनिशन दुम का लेटेस्ट वर्ज़न

बॉस के चेम्बर से बाहर आ चौबे जी ने मुझे फिर टोका है। इस बार दुम के लिए टोका है। यूँ टोकाटाकी वह हमेशा करते रहते हैं। मगर मेरे भले के लिए। मेरे शुभचिन्तक हैं। ग़लती मेरी है। मैं ही उनकी टोक वाणी पर उतना कान नहीं धरता जितना वह चाहते रहे हैं।

पहले पहल उन्होंने मुझे मेरी लम्ब्रेटा स्कूटर को लेकर टोका था, "यार, लोग नई काइनेटिक होंडा लिये फिरते हैं और तू है कि बाबा आदम द्वारा नीलाम की गई लम्ब्रेटा पर टिका है!"

मैंने ख़ुद को लम्ब्रेटा के मोह से मुक्त किया। उस दौर की शान, काइनेटिक ले आया। मगर कुछ ही समय बाद उन्होंने मुझे फिर टोका, "यार कुछ तो ज़माने का ख़याल करो। लोग मारुति में इठलाते घूमते हैं और एक तुम हो, अभी तक इस मरियल काइनेटिक पर टिके हो।" मैं मारुति 800 ले आया।

आप समझ गए होंगे, इसके बाद उन्होंने मुझे मारुति 800 के लिए ही टोका होगा। बिल्कुल सही। मैं जब ख़ुद ही होंडा सिटी ले आया तो वह बेचैन हुए। किस्मत की बात। उनकी नज़र मेरे काली-सफ़ेद स्क्रीन वाले मोटरोला फ़ोन पर पड़ी। ज़ाहिर है, उनकी निगाह में मोटरोला भी बाबा आदम द्वारा इस्तेमाल कर फेंक दिया गया मोबाइल ही था।

"यार हद हो गई, होंडा सिटी में चलते हो और टिं...टुं...टां की कानफोड़ू रिंग वाला सस्ता मोबाइल वापरते हो!"

मैं रंगीन स्क्रीन वाला फोन लाया तो जल्द ही उन्होंने इस बात के लिए टोक

दिया कि यार टच स्क्रीन वाले इतने फ़ोन आ गए और मैं अब भी वही बाबा आदम वाला...।

वैसे सही बताऊँ, अभी जो व्यंग्य आप पढ़ रहे हैं, उसे मैं यदि एंड्रॉयड पर बोलकर सहेज पाया हूँ तो इसके पीछे भी चौबे जी ही हैं। मैंने बताया था न कि वह मेरे कितने बड़े शुभचिन्तक हैं। उनका मानना है कि हर दो-पाँच माह में नया वर्ज़न आ जाता है। ऑर्डनरी मेमोरी की जगह एक्सपेंडेड मेमोरी वाला। खाली रियर की जगह फ्रंट कैमरे वाला हाई डेफिनिशन मोबाइल। इसके साथ वो फीचर वाला तो उसके साथ ये फीचर वाला, सो हमें अपडेट होते रहना चाहिए।

कुछ रोज़ पहले उन्होंने बताया कि ट्रिपल कैमरे वाले मोबाइल के लेटेस्ट वर्ज़न भी आ गए हैं मार्केट में और मुझे जल्द ही बाबा आदम के इस 5 मेगा पिक्सल कैमरे और 32 जीबी मेमोरी वाले आउटडेटेड फ़ोन को पानी में फेंक देना चाहिए।

मैं मुग़ालते में था कि वह आज भी मुझे मोबाइल के लिए ही टोकेंगे। मगर बॉस के कमरे से बाहर आते ही उन्होंने मुझे दुम को लेकर टोका, "कैसी दुम है यार तुम्हारी, हिलती ही नहीं? अच्छा ख़ासा प्रोजेक्ट गवाँ दिया! मुझे देखो, ज़रा सी हिलाई और बन गया काम," कहते हुए वे अपनी अदृश्य दुम पर प्यार से हाथ फेरा। चूँकि हमेशा की तरह उन्होंने बाबा आदम को बीच में नहीं लाया, लिहाज़ा मुझे यह सोचकर ख़ुशी हुई कि बाबा आदम भी दुम नहीं रखते रहे होंगे वरना यह तय था कि मेरी न हिलने वाली दुम भी बाबा आदम की दुम ही कहलाती। ऐसा नहीं कि दुम मेरे पास न हो। बेशक है। ख़ूब हिलती भी थी किसी ज़माने में। शादी के पहले क्लास की लड़कियों के आगे हिलती थी। शादी के बाद कुछ साल बीवी के आगे भी हिली। फिर उमर के साथ पता ही नहीं चला, कमबख़्त कब विचारों की ख़राबी आ गई। नतीज़ा ये निकला कि रीढ़ मज़बूत होती गई मगर ज्यों-ज्यों रीढ़ मज़बूत होती गई, दुम उतनी ही कमज़ोर होती गई। कमज़ोर क्या हुई, डेफिशिएंसी का शिकार ही हो गई। हम दुबे के दुबे रह गए। वह भी आउटडेटेड वर्ज़न वाले।

चौबे जी ठीक उलट रहे। नौकरी में आते ही उन्होंने जान लिया कि रीढ़ जितनी कमज़ोर होगी, दुम की दुमकार उतनी ही बढ़ेगी। वह रीढ़ को जितना कमज़ोर करते गए, उनकी दुमकार उतनी ही बढ़ती गई।

देखिए न, उन्होंने अभी-अभी बॉस के आगे रिज़ल्ट ओरिएंटेड दुम हिलाई थी और परिणाम जानना चाहेंगे? प्रोजेक्ट हथियाकर वह प्रसन्नचित बाहर निकले

हैं। उन्हें चौबे से छब्बे के वर्ज़न में बदलते देख दुम की महत्ता पर मेरे दिमाग़ का पुनर्जागरण होने को है।

मन कह रहा है, इस कमबख़्त रीढ़ को उखाड़कर फेंक। अपडेट होने के लिए चौबे जी की शरण में जा। पूछ उनसे कि क्या वो उनकी तरह ही तुझे भी हाई डेफिनिशन वाली दुम का कोई लेटेस्ट वर्ज़न सजेस्ट कर सकते हैं? कोई ऐसा वर्जन, जिसमें 'लो कॉम्पिटेंसी? डोंट वरी', के साथ दुम हिलने की मैक्सिमम फ्रीक्वेंसी और मैक्सिमम आउटपुट वाला फीचर शामिल हो।

मन आज रीढ़ को परे धकेल दुम को बाहर खींच निकालने पर आमादा है और चौबे जी की भाषा में ही बोल रहा है, "यार, छब्बे न बन पाए न सही, दुम के दम पर दुबे से चौबे बन जा, इसमें हर्ज ही क्या है।' दिमाग़ का पुनर्जागरण होते ही मैं मुस्कराता हूँ और ऐसा पाकर आश्वस्त होता हूँ कि मेरी दुम एकाएक सरोकारी दिशा में हिलने लगी है।

पुराने पीपल के नए भूत

गाँव का एक बियाबान छोर। छोर पर पीपल के दो बूढ़े पेड़। दोनों पेड़ों पर एक-एक भूत। जितने पुराने पीपल, उतने पुराने भूत। बरसों से रहते, जब पेड़ पर लटके लटके ऊब जाते तो उड़कर एक-दूसरे के पास आ जाते। खूब हँसते और आपस में बतियाते ये दोनों भूत।

किसी रोज एक पीपल तले कुछ आदमी आए। झुंड की शक्ल में। कुछ ने पीपल के नीचे अगरबत्तियाँ जलाईं। कुछ ने लोबान का धुआँ किया। इस पीपल का भूत तो ऊपर मज़े से लटक रहा था। लटक क्या रहा था, मस्ती में ऊँघ ही रहा था। लोबान और अगरबत्तियों का धुआँ ऊपर तक आया तो नाक में सुरसुरी हुई।

छींकते-छींकते भूत ने आँखें मलीं तो नीचे देख धक्क रह गया। देखा, कुछ लोग पेड़ के नीचे हरा कपड़ा बाँध रहे थे। कुछ पीपल पर ही चढ़ आए थे और इस उस डाल पर झटपट हरी-हरी झंडियाँ बाँधने लगे।

भूत की हैरानी का ठिकाना न रहा। झट नीचे कूदा और घबराकर पूछा, "ए रुको, तुम लोग कौन हो? यह सब क्या कर रहे हो?"

जवाब में एक गुस्से से बोला, "दिखाई नहीं देता! यह मौलवी साहब हैं। सलाम करो इन्हें।"

भूत 90 डिग्री पर झुकता सलाम बजा कर बोला, "आदाब अर्ज है हुजूर, मगर यह सब क्या है?"

मौलवी साहब दाढ़ी पर हाथ फिरा कर बोले, "यहाँ हमारे पुरखों का वास है।"

भूत पुनः हैरान हुआ, "मैं तो यहाँ सैकड़ों सालों से हूँ और अकेला हूँ। यहाँ सिर्फ मेरा और मेरा वास है।"

मौलवी साहब के साथियों की त्योरियाँ चढ़ीं। बोले," बकवास मत करो, क्या मौलवी साहब झूठ कहते हैं।"

मौलवी साहब उन्हें शान्त करते बोले, "शान्त हो जाओ, शान्त हो जाओ।"

फिर आप भूत से मुखातिब हुए, "यह बता, इतना अरसा हो गया तुझे भूत बने। आज तलक़ तू किसी को लगा या नहीं?"

भूत चक्कर में पड़ा। कुछ याद न आया। न में मुंडी हिलाई तो मौलवी साहब हँसे, "तब तो हम इनसान ही ठीक हैं तुझसे।" फिर गुर्राकर बोले, "अब ज्यादा चूँ चपड़ मत कर। जैसा हम बताएँ वैसा कर, वरना धूनी जला-जला कर तेरे दिमाग़ का भूत उतार देंगे। अब तू सिर्फ़ और सिर्फ़ हमारे मज़हब के लिए काम करेगा वरना तेरी ख़ैर नहीं।"

भूत डर गया। एक बार भूत को आदमी लग बस जाए तो इसके अलावा कोई चारा भी कहाँ था।

अब वहाँ आए दिन मजमे जुटने लगे। हर ज़ुमे खूब अगरबत्तियाँ लोबान जलते। कुछ दिन भूत परेशान रहा। जब ज़्यादा दुखी होता तो चुपके से दूसरे पीपल पर जा पहुँचता। उस पीपल वाले भूत से दुखड़ा रो लेता।

दूसरा भूत दिलासा दे कहता, "छोड़ दे उस पीपल को। मेरे साथ इसी पीपल पर आ जा। एक से दो भले। जब तक ऊपर वाला किसी और योनि में नहीं भेजता तब तक यहीं रह लेंगे मज़े से।"

इस भूत ने तय किया कि यही ठीक रहेगा। उन दोनों का जनम-जनम का साथ है। एक साथ रहेंगे तो सुरक्षा भी रहेगी वरना इन आदमियों का क्या भरोसा! भूत आदमी पर यों तो लगते नहीं, लग भी गए तो उतर जाते हैं। मगर आदमी कभी भूत को लग जाए तो फिर कुछ नहीं पता, क्या कर डालें उनका।

इधर उसने जब तक उस पीपल पर जाना तय किया, तब तक एक खूता और शुरू हो गया। ज्यों ही उसने दूसरे पीपल की ओर उड़ान भरनी चाही कि तभी नज़र उस पीपल की ओर आते कुछ और लोगों के झुंड पर पड़ी।

झुंड ने आते ही खूब सारी धूप जलाई और अगरबत्तियाँ निकालकर पीपल के नीचे लगा दीं।

धुएँ से जब नाक में दम हो गया तो इस पीपल का भूत जागा। परेशान होता हुआ नीचे कूदा। देखा, कुछ लोग वहाँ खड़े भगवा झंडे बाँध रहे थे।

भूत बड़ा हैरान हुआ। घबराकर बोला, "कौन हैं आप लोग? यहाँ क्या कर रहे हैं?"

कुछ लोग गुस्से से बोले, "शठ, तुझे दिखाई नहीं देता, पंडित जी साहब पधारें हैं। प्रणाम कर इन्हें।"

भूत ने साष्टांग प्रणाम किया फिर बोला, "मगर यह सब क्या है सरकार?"

पंडित जी चुटिया पर हाथ फिराते बोले,

"यह बड़ी पवित्र जगह है।"

"सो तो है," भूत बोला, "मुझे ही देखिए, इतनी शान्ति से रह रहा हूँ।"

पंडित जी बोले, "यही तो कष्ट है। अब तू तनिक परे हट, मुझे देखने दे, हमारे कौन-कौन पूर्वज वास करते हैं इस पीपल में।"

ये भूत भी चक्कर में पड़ा। बोला, "प्रभु, सैकड़ों वर्षों से तो मैं अकेला ही रह रहा हूँ। यहाँ और किसी का वास नहीं है।"

पंडित जी के चेलों ने दूसरे पीपल की ओर इशारा कर बाँहें चढ़ाईं, "दुष्ट, तू उनका एजेंट है क्या? हमारे पंडित जी साहब झूठ बोलते हैं क्या?"

पंडित जी बोले, "शान्त हो जाओ...शान्त हो जाओ," फिर भूत की तरफ़ घूम मुस्कराते हुए बोले, "तुम्हें भूत का मूल गुण पता है कि नहीं?"

भूत को कुछ समझ न आया। कन्धे उचका दिए तो पंडित जी बोले, "भूत का मूल गुण है, आदमियों पर लगना। तुम आज तक किसी पर लगे या नहीं?"

भूत ने बड़ी मासूमियत से न में मुंडी हिलाई। पंडित जी मुस्कराए और बोले, "देखो, भूत के लिए भूतपना बनाए रखना जरूरी है। मान लो, हमने एक बार सबको बता दिया कि तुम वैसे वाले भूत नहीं हो जैसे भूत होते हैं तो तुमसे डरेगा कौन!"

"मगर मैं तो चाहता हूँ मुझसे कोई न डरे।"

"मूर्ख, हम तो चाहते हैं। देखो, सभ्य समाज में भूत का डर बना रहना बहुत जरूरी है," पंडित जी बोले, "अब तुम ज्यादा बातें न बनाओ। आज से तुम्हारा नया जीवन शुरू। अब तुम सिर्फ और सिर्फ हमारे लिए ही काम करोगे। वरना समझ लेना, बड़ा बुरा हश्र होगा तुम्हारा।"

भूत और भी डर गया। चेलों ने चटपट एक आश्रम वहाँ खेंच डाला। हवन पूजन और न जाने क्या-क्या शुरू हो गया। भक्त आने लगे। भीड़ बढ़ने लगी।

भूत जब भी अपने साथी भूत के पास जाने की सोचता, पंडित जी के चेले धूनी लिए सामने अड़ जाते और बेचारा भूत मन मसोसकर वापस अपनी डाल पर लटक जाता। यही हालात दूसरे भूत के थे। दो हंसों के जोड़े की तरह ये जोड़ा भी बिछड़-सा गया। इतने क़रीब रहते हुए वे चाहकर भी मिल न पाते।

अब नज़ारा ये हुआ कि हरे पीपल पर हर जुमे को और भगवा पीपल पर हर मंगल को मेला लगने लगा। जल्द ही मंगल और जुमे के मेले रोज़ाना के जमावड़े में तब्दील हो गए। उधर मौलवी साहब लोगों को बाक़ायदा भूत लगाते उतारते, इधर पंडित जी। मौलवी साहब और पंडित जी का खौफ़ ऐसा था कि ये दोनों भूत उनके इशारे पर ही भक्तों को लगने लगे। उसी खौफ़ से उतरने भी लगे। बेमन से आदमियों को लगते दोनों भूत ये सब देखकर हैरान थे कि यार भूत तो ऐसे लगते ही नहीं जैसे ये बता रहे हैं। ये तो एवेंयी लगा भी रहे हैं और आप ही उतार भी रहे हैं।

कुछ ही रोज़ में आसपास के इलाकों में समाँ ये बन्धा कि जिनके बाप-दादों को कभी भूत नहीं लगे, उन्हें भूत लगने लगे।

कल तक जो भूत बरसों से यूँ ही लटके-लटके डाल तोड़ रहे थे, उन्हें लगने और उतरने का नया रोज़गार मिला। चेलों को भी लोगों को धर्म की बत्ती देकर चमकाने और धमकाने का परम्परागत रोज़गार मिला। गाँव भर के ठलुए भी धूप बत्ती, अगरबत्ती, लोबान, खील-बताशे, चना-चिरौंजी के प्रसाद की दुकानें लगाकर रोज़गार पा गए।

दोनों भूत मनुष्य योनि की ऐसी मूर्खताओं पर हँसते और सोचते, न जाने कितने पाप किए होंगे इन्होंने तब जाकर मनुष्य बने, इससे तो अपन भूत ही भले। वे अपनी भूत योनि को धन्य मानने लगे।

देखते-देखते वहाँ एक पीपल के तले मज़ार और दूसरे पीपल के तले मढ़िया तन गई। ये दोनों तने तो आपस में तनातनी भी बढ़ी। किसका ऊपर वाला ज़्यादा तेज़

पुकार पसन्द करता है, इसके नित नए प्रयोग होने लगे। मैं बड़ा कि तू, इसके दिखावे होने लगे। भूत आपस में तो मिल ही नहीं पा रहे थे, लगने-उतरने में ही समय बीत जाता। सरकस के रिंग मास्टर की तरह पंडित जी और मौलवी साहब धूनी का कोड़ा फटकारते और बेचारे भूत वही करते जिसका उन्हें हुक़्म मिलता।

इधर मौलवी साहब, उधर पंडित जी दोनों अपने हुक़्म पर लगते-उतरते इन भूतों को देख प्रसन्न थे। ऐसे होने चाहिए भूत, वे मन में कहते और अपनी-अपनी पीठ भी ठोंकते।

समय बीता। इधर पीपल तले भक्तों में भी तनातनी होने लगी। चाहे जब आपस में लड़ जाते। ज़रा-ज़रा सी बात पर भिड़ जाते। एक रोज झगड़ा इतना बढ़ा कि तलवारें निकल आईं। खूब ख़ून खच्चर मचा। इधर भी लाशें, उधर भी लाशें। न मौलवी साहब बचे, न पंडित जी। चारों और सन्नाटा मच गया। पहले की तरह निचाट भाँय भाँय।

पुराने दिन वापस आते ही दोनों भूत बड़े प्रसन्न हुए। अच्छे दिन लौट आए उनके। बहुत दिनों बाद एक-दूसरे से जो गले मिले तो एक-दूसरे को छोड़ा ही नहीं। भुतहा माहौल की फीलिंग भी कम आनन्ददायक थोड़ी होती है। वे एक बार फिर आपस में पूर्व की भाँति हँसने-बतियाने लगे। इधर कुछ ही समय बीता कि उनकी ख़ुशी का ठिकाना न रहा जब उन्होंने देखा, उनके पीपलों पर और भी बहुत सारे नए भूत लटक आए हैं। कहाँ वह लाउड स्पीकरों पर रात-दिन चलने वाला कानफोड़ू शोर, कहाँ यह नव भूतों का कलरव। नाना प्रकार की भूतिया चहचहाहटें।

दोनों भूतों ने नए भूतों को गौर से देखा तो चौंक पड़े। ये तो वही हैं जो अभी-अभी आपस में मारकाट मचाकर मर गए थे और यहाँ देखो, कैसे मिल रहे हैं, जन्म जन्मान्तर के दोस्त हों जैसे। उन्होंने ऊपर की ओर देखा और बुदबुदाए, "देखो ईश्वर की महिमा, इन्हें भूत बनाकर भेजा भी तो इन्हीं पीपलों पर जिनके तले ये एक-दूसरे के खून के प्यासे हो रहे थे।"

दोनों भूतों ने अपने-अपने पीपलों पर पंडित जी और मौलवी साहब के भूतों को भी खूब पहचान लिया। ये दोनों तब प्रसन्न और हैरान रह गए जब उन्होंने देखा, पंडित जी और मौलवी साहब के भूत पास आकर एक ही डाल पर लटक गए। पंडित जी का भूत बोला, "दोस्त, यहाँ तो समय काटे नहीं कटेगा।"

मौलवी साहब का भूत बोला, "सच कहते हो भाई, लेकिन नया माहौल है, जल्द ही अच्छा लगने लगेगा।"

"भाई, तू जब मन हो मेरे पास आ जाया करना। एक ही डाल पर साथ लटकेंगे, बड़ा मज़ा आएगा। यों समझ ले, मेरा पीपल, तेरा पीपल।"

पंडित का भूत गले मिलकर बोला, "और मेरा पीपल तेरा पीपल।"

दोनों बूढ़े भूत प्रसन्नतापूर्वक उनकी गलबहियाँ देखते रह गए।

वे जानते थे, भूतों और मनुष्यों में एक अन्तर यह भी है, भूतों के पाँव उलटे होते हैं, मगर दिमाग़ सीधा जबकि मनुष्यों के...। उन्होंने एक बार ऊपर की ओर देखा और बुदबुदाए, "हे ईश्वर, अब कोई मनुष्य हम भूतों को न लगे।"

अभी जब यह ख़ैर मनाई जा रही थी कि उन्होंने सफ़ेद झक कपड़ों में एक भीड़ को अपनी ओर आते देखा। भीड़ ने गुस्से से गलबहियाँ करते इन भूतों को देखा, फिर चेहरों पर यथासम्भव मुस्कान लाते हुए कहा,

"मान्यवर, यह सब क्या तमाशा है? आप लोग भूत होकर एक-दूसरे का हाथ थामे हो, यहाँ हम इनसानों को एक नहीं होने देते! "

इसके बाद तो गज़ब ही हुआ। चारों ओर धुआँ ही धुआँ छा गया। यह धुआँ मिर्च वाली उस धूनी से भी तेज और असह्य गन्ध लिये था। भूत बेचैन हो उठे। यह गन्ध उनसे एक पल सहन न होगी। इससे पहले कि सफेद भीड़ उन्हें लगे, वे एक साथ फड़फड़ाए और आपस में मज़बूती से एक-दूसरे का हाथ थामे वहाँ से उड़ चले।

एक अवकाश की अकाल मौत

एक ख़बर ने अभी-अभी हलचल मचा दी थी इन गुमटीनुमा दफ़्तरों में। दफ़्तरों के आसपास पाई जाने वाली चायपान की दफ़्तरनुमा गुमटियों, कैंटीनों पर भी। आप कहेंगे, दफ़्तरनुमा गुमटियाँ! वो कैसे? दरअसल, वो ऐसे कि मूल्य आधारित व्यवस्था में जो नियम आधारित काम दफ़्तर में नहीं निपट सकते, वे वज़न आधारित पद्धति के आधार पर यहाँ आसानी से सम्पन्न हो सकते थे।

तो इन्हीं गुमटीनुमा दफ़्तरों के मध्य चाय-समोसे की एक दफ़्तरनुमा कैंटीन और उसके चारों ओर इस ख़बर पर विमर्श में डूबा बतचपल बाबुओं और नितचपल चपरासियों का समूह। कोने में टूटी टाँग वाली टेबल पर रखा बक्सानुमा टीवी। उस पर सूबे के किन्हीं नेताजी के महाप्रयाण का मुस्कान के साथ चीख़-चीख़कर ऐलान करती एक अत्याधुनिक एंकरनी। घड़ी बतला रही है, लंच होने में बीस मिनट शेष हैं। आदत के मुताबिक बहुत सारे बाबू, चपरासी और कुछेक बेचैन अफ़सर चायातुर हो भागते हुए कैंटीन आ चुके हैं। इस दुखद समाचार की ख़ुशी कुछ, जो चेहरे पर छिपा सकने में असमर्थ हैं, के यहाँ-वहाँ से फूटी पड़ रही है। कुछ ऐसे भी हैं जो प्रकटतः शोक धारण किए हैं और मन में आसन्न छुट्टी के सुखद उल्लास को बाहर निकलने से किसी तरह रोके हुए हैं।

मझौले दरजे के अधेड़ अफ़सर अकारथसिंह की आँखों में अजीब भाव उभर आया है जो क्षण भर को शोक प्रकट करता है और अगले ही पल पाला बदल कर छुट्टी की उस सूचना की प्रतीक्षा करता है जैसे कोई लॉटरी निकलने वाली हो। दिक्कत यह है कि टीवी पर एंकरनी केवल नेताजी की जीवनी को लेकर कसीदे काढ़ रही है मगर कमबख़्त छुट्टी की घोषणा को लेकर कहीं कुछ नहीं बोल रही।

"भाई, इतने बड़े महापुरुष का निधन हुआ, छुट्टी की घोषणा क्यों नहीं हो रही?"

वह सब्र न कर सके।

"सब्र करो भाई, सरकार के घर देर है, अँधेर नहीं।" धीरज बाबू बोले।

"भइया अब तो अँधेर ही अँधेर है। कोई छुट्टियों की बात ही नहीं करता।"

"सच है भइया," सेक्शन इंचार्ज अलालवती भारी मन से बोलीं, "न जाने छुट्टियों को किस कमबख़्त की नज़र लग गई है। जो अफ़सर आता है, कहता है काम ही पूजा है अतः सिर्फ काम करो। अरे भइया, मान लिया, काम ही पूजा है, मगर हम सुबह-सुबह घर में दो घंटा करते तो हैं पूजा। जरूरी है क्या कि काम करो, तभी प्रभु प्रसन्न होंगे!"

छुट्टी जैसे रसपूर्ण विषय पर छिड़े इस वार्तालाप में अब कई कर्मचारी स्वतः खिंच आए थे। धीरे-धीरे उनकी पीड़ा भी कैंटीन के पटल पर प्रस्तुत हुई।

"हद हो गई भाई। पता नहीं, ऊपर वाली कुरसी पर जो आता है, लट्ठ लेकर छुट्टियों के पीछे पड़ जाता है। फ़रमान जारी करता है, ये छुट्टियाँ कम करो, वो छुट्टियाँ कम करो। कोई आता है तो किसी महापुरुष की जयन्ती का गला घोंट डालता है तो कोई पुण्यतिथियों के ही प्राण ले डालता है। त्योहारों के पीछे तो वैसे ही हाथ धोकर पड़े रहते हैं। अइसे होता है क्या सुशासन?" सुआरथसिंह ने स्टूल पर आसन जमाते हुए हथेली रगड़ी और चट्ट से सुशासन को चूने में चपेट लिया।

"वक़्त वक़्त की बात है मियाँ, हमारा देश तो वैसे ही जलसे-त्योहारों का देश है। तवारीख़ के पन्ने पलटाओ ज़रा, एक समय वो था जब कैलेंडर उठाओ तो नज़र उसमें छपी फोटुओं पर नहीं बल्कि उसमें तारीख़ों की लालिमा पर जाती थी। लाल रंग यानी छुटटी। छुट्टी यानी दफ़्तर के टंटों से मुक्ति।"

"सही है भइया, मैं तो नए साल की शुरुआत ही इन लाल तारीख़ों को गोले में घेरने से करता था। गोलों को देख मेरा मन-तन डोले, मेरा मन डोले' करने लगता था। जब इन गोलों की कतार दिखती थी तो शिमला की वादियाँ और गोवा की लहरें एक साथ हिलोरें मारने लगतीं थीं। मगर अब सब ख़त्म।"

"यार अपने ये जो नेता हैं न, वो विदेशों की बड़ी नकल करते हैं। अब अमेरिका के दफ़्तर में कोई दस घंटे काम करता है तो क्या हम भी करने लग जाएँ? वहाँ छुट्टियाँ कम हैं तो हमारी भी छुट्टियों में कटौती कर मारो, ये भला क्या बात हुई!"

"वही तो। अब देखो न, इतने बड़े महापुरुष का निधन हुआ, न स्कूलों की छुट्टी, न दफ़्तरों की। चलो मान लिया, स्कूलों की नहीं करी तो नहीं करी, बच्चों को पढ़ना ज़रूरी है मगर हम लोगों की छुट्टी में क्या बुराई है भाई! हम भी दफ़्तर की चख-चख से मुक्ति पाते। मरे गिरे पे शोक तो मनाना चाहिए न! अब दफ़्तर में इतने हल्ला पों में भला कोई शोक मनाएगा? जैसे ही शोक की सोचो, जनता के चार आदमी खोपड़ी पे आ टपकेंगे, बाबूजी हमारी फ़ाइल कब होगी? बाबूजी हमारा नक्शा कब पास होगा? हद है यार! लोगबाग को अपने कामों की पड़ी है। कोई दुनिया छोड़ गया, इन्हें अपनी ज़मीनें, अपने नक्शे दिख रहे हैं। अरे कायदे से छुट्टी हो तो कायदे से शोक मनाएँ। कहीं झील-तालाब के किनारे एकान्त में अपनी पत्नी के साथ बैठकर स्वर्गवासी महापुरुष के महान कार्यों का स्मरण करें या कम से कम घर पर ही टीवी पर देख-देखकर दुखी हो लेवें।"

"ठीक कहते हैं सुआरथसिंह जी, मगर बच्चों की छुट्टी भी होनी ही चाहिए। उनकी छुट्टी नहीं होती तो अपने काम भी तो अटक जाते हैं। कहीं आ-जा ही नहीं पाते। फिर छुट्टी न मिलने से तो बच्चों का दुख और बढ़ ही जाता है। अब दुखी ही होना है तो छुट्टी मिलने पर और तरीके से दुखी हो लेते। मेरा तो मानना है कि महापुरुषों के प्रति उनके मन में और भी सम्मान जाग जाता। वे जब भी पब्जी और सोशल मीडिया से ब्रेक लेते तो महापुरुष के समाज में योगदान पर चिन्तन करते। शोकमग्न होते। अब सोचिए ज़रा, बच्चे स्कूलों में किताबों से सर मारते और यहाँ हम दफ़्तर में फाइलों से सर पीटते क्या ख़ाक शोक मनाएँगे भला! ऐसे में दिवंगत आत्मा को शान्ति मिलेगी क्या?" कहते हुए अकारथसिंह गहरे विषाद में डूब गए।

किसी ने व्हाट्सएप्प के सन्देसे टटोले, किसी ने फेसबुक के, मगर बेकार। अँखियाँ थक गईं टीवी पर टिकाए। कान पक गए जाने वाले के पुण्यकार्यों का ब्यौरा सुनते-सुनते, मगर छुट्टी की ख़बर नहीं आई तो नहीं आई। सबने एक बार पुनः चाय पीकर सरकार को कोसा और अवकाश की अकाल मौत पर शोक में डूब गए।

भारतीय रेल और गरियाने की परम्परा

सफ़र के दौरान गरियाने के लिए कुछ और न मिले तो भारतीय रेल को गरियाने से अच्छा कुछ नहीं होता। आप गरियाने की कला में थोड़ा भी निष्णात हैं तो स्टेशन के बाहर गाड़ियों की रेलमपेल को लेकर, सींगों पर धरकर आपको टेक ऑफ कराने को आतुर गायों को लेकर, मात्र एक धक्के में पटरियों पर लैंड करा देने को तैयार भीड़ को लेकर, डब्बे में 'सबसे पहले, सबसे तेज़' वाली पावन भावना के साथ घुसने की जद्दोजहद को लेकर या ब्लां-ब्लां ब्लां टाइप किसी भी बात को लेकर आप रेलवे को मुफ़्त में गरिया सकते हैं।

अच्छा, जैसे-तैसे आप अपनी बर्थ पर पहुँच भी गए न तो ज़रूरी नहीं, आपकी बग़ल में जो शख़्स बैठा है, वो अपनी जुबान को शहद की हाँडी में डुबोकर ही लाया हो। हो सकता है, वह अव्वल दरजे का खब्ती, चउव्वल दरजे का खड़ूस और परले दरजे का उजड्ड हो। तिस पर भी यदि उसे नीचे वाली बर्थ का पट्टा मिल गया हो तो सम्भव है अकड़ में वह 'किम जोंग उन' जैसों को भी पीछे छोड़ने वाला हो। हो सकता है, वह बर्थ के मामले में रजनीकान्त का बाप निकले। मतलब ये कि उसका बस चले तो बर्थ को लपेट काँख में दबा ले। अटैची में भरकर ताला मार दे। आधी बर्थ को बिछा ले और आधी को ओढ़ ले और ग़लती से भी बर्थ कोई छू न ले, इसकी इमरजेंसी लगा दे।

तो साहब, किस्सा कुछ यों है कि दिल्ली में हम भी रेलवे को गरियाते हुए ही 'शान ए भोपाल' में लदे थे। यों सबसे पहले हमने लुटियन को गरियाया था कि दिल्ली के लिए इतना किया, एक नज़र सराय काले खाँ की ओर भी मार लेते तो गाँठ से क्या चला जाता। कम अज़ कम इन कमबख़्त ओला वालों, रेहड़ी वालों

और माल ढोते छोटे हाथियों की किच-किच से तो बच जाते। इसके बाद हमने लूट-लूटकर बेहाल कर देने वाले कुलियों को लेकर, धक्का मारकर एकदम पटक ही देने वाली बहनजियों को लेकर, बीच प्लेटफ़ॉर्म पर अपने सुकुमार कन्हैया को सूसू कराती सुपरमैया को लेकर और फिर तमाम ऐसी-वैसी बातों के लिए रेलवे को गरियाया था।

बहरहाल, *'गली-गली गरियाएँगे, देश को आगे बढ़ाएँगे'* वाली परम्परा का पालन करते हम न सिर्फ़ ट्रेन में चढ़ चुके थे, वरन एक गुस्ताख़ी भी कर बैठे थे। वो ये कि बर्थ तो हमारी बीच वाली थी मगर खिड़की वाली सीट खाली देख आम हिंदुस्तानियों की तरह हमारी भी लार टपकी और हवाखोरी की गरज से हम वहाँ जा बैठे।

दिल्ली की उमस से हैरान हो इधर हम ने खिड़की से हवा का एक झोंका चुराया ही थी कि एक हजरत आँधी के माफ़िक घुसे और ऐन हमारी छाती तक चढ़ आए। चढ़ क्या आए, सीधे गुर्रा ही पड़े, "अरे खाँ, खाली करो मियाँ यहाँ से..."

अपन ने खिड़की से बाहर कूदते दीदों को वापस अपनी जगह भरा और गुर्राहट की दिशा में दौड़ाया तो पाया, क़िबला हम पर ही गुर्रा रहे थे। गुर्रा क्या रहे थे, ये कहिए कि बेदख़ली का रुक्का थमाते आलमपनाह हमें एकदम ही सीटबदर कर देने का फ़रमान सुना रहे थे। यह ठीक ऐसा ही था—

हाथ पहुँचे भी न थे ज़ुल्फ़ तक मोमिन,
हथकड़ी डाल दी ज़ालिम ने ख़ता से पहले।

हमने जी में ज़ालिम के दीदार की हसरत लिये ऊपर को देखा तो पाया, ऐसा करना एकदम आसान नहीं था। उनकी छोटी सी मगर घुटी हुई खोपड़ी, उसके ऐन नीचे ग़ुम हुई गर्दन और उसकी निचली मंज़िल पर हड़प्पा के विशाल मृदभांड को मात देती उनकी तोन्द हमारे आधे वजूद को यों आच्छादित किए हुए थी कि हम चक्कर में पड़ गए की यार ये तोन्द है या मनुआ भांड की टेकरी।

हम जब पूरे पीछे को खिसके और अपनी पिपहरी सी गरदन को एकदम जिराफ़ के माफ़िक ऊपरी सीट तक लम्बी कर चुके तब हम उनकी दरियाई काया के दीदार कर पाने में सफल हो पाए।

हमें उज्बकों की तरह ताकते देख वह एक बार पुनः गुर्राए, "अरे खाँ, तुम्हें समझ नई आ रिया क्या, ये खिड़की वाली सीट हमारी है। खाली करो मियाँ फौरन।"

आह! अरे खाँ, अरे मियाँ वाली क्या शीरीं ज़ुबान। अपन समझ गए, भाई अपनेई इलाके का है और पक्का भोपाली है।

अपन भी ज़ुबान को भोपाली चाशनी में डुबोकर शराफ़त से बोले, "भाई मियाँ, थोड़ी ठंड रख लो, अपन तो सीट खाली देख ऐसेई बेठ गए थे। अपन कौन से हज़रत ए दाग़ हैं कि जहाँ बेठ गए, बेठ गए। अब आप आ गिये हो तो उठ जाते हैं।"

अपन साहब, चन्द इंच बाईं बाजू खिसककर अपने तय नम्बर पर आ गए। हज़रत ए आग का पारा कुछ नीचे गिरा। वह पीछे घूमे। उन्होंने बर्थ पर तशरीफ़ रखी। तशरीफ़ रखते ही, बस ये मान लीजिए, जैसे अर्थक्वैक आता है न, वैसे ही बर्थ क्वैक आया। 8.9 की तीव्रता वाला। असर ऐसा कि अपनी बर्थ तो चटकी ही, बगल वाले कूपे से जुड़ी बर्थ से भी लम्बी चरमराहट उभरी। एक हाहाकार सा मचा और फिर कुछ पल को शान्ति छा गई।

अब क़िबला ने एक गहरी साँस ली और शरीर को ढीला छोड़ा। इसका नतीज़ा यह हुआ कि उनकी तोन्द बर्थ से नीचे को लुढ़क गई। उन्होंने दोनों हाथों से उसे समेटा और फिर एक हाथ से उसे थाम दूसरे हाथ से अपनी पिद्दी सी अटैची को उठाया। एकाएक उन्हें कुछ ख़याल आया और अटैची को ठिकाने लगाने के लिए उन्होंने नीचे झाँका।

अब साहब, आपको क्या बताएँ, हमारी एक गुस्ताख़ी और पकड़ ली गई। बर्थ के नीचे खूँटी से जो बड़ी सी अटैची बँधी थी वो हमारी ही थी।

उन्होंने हमारी ओर घूमकर आँखों ही आँखों में सवाल किया मानो असबाब की मिल्कियत जानना चाहते हों। हमने भी आँखों ही आँखों में जवाब दिया कि जो अन्दाज़ आपने लगाया है, वह गलत नहीं है। यों यह एकदम ग़ैर इरादतन कब्ज़ा था मगर हमारी आँखों से उत्तर पाकर वह पुनः उखड़ गए। एकबार फिर उनका पारा ऊपर को चढ़ा।

हमारी ओर गुस्से से देख उन्होंने एक हाथ झटककर मक्खी सी उड़ाई और उसी बनैले सुर में काटने को दौड़े, "अरे खाँ, ये अटैची भी हटाओ यहाँ से, खाली करो फौरन।"

हम सफ़ाई देते बोले, "भाई मियाँ, शादी से लौट रिये हैं। ये अटैची नहीं, बीवी का साड़ी भंडार है। इतनी भारी अटैची को बर्थ के नीचे घुसा पाना और ठस्सम ठस्स हालात में जंजीर से बाँध पाना भी उतना ही कठिन है जितना इतवार की शाम जिन्सी चौराहे या रोज़ीना शाम अग्रवाल पूड़ी भंडार के सामने से निकल पाना। कभी कमबख़्त खूंटी खिसक जाती है तो कभी जंजीर। जैसे-तैसे इसे यहाँ-वहाँ से दबा पुचका के हम बाँध पाए हैं। इस अबला अटैची ने आपका क्या बिगाड़ा है, इसे तो बख़्श दीजिए हुज़ूर।"

हुज़ूर भी ऐसे कि मानो खार खाकर खजूर पर चढ़े हों। उँगली हमारे दीदों की ओर तान पुनः टिडुआए, "अरे खाँ, तुम लोगों को कुछ कानून-वानून पता है कि नहीं। जिसका जो नम्बर है उसका सामान वहीं रखा जाएगा। खाली करो मियाँ यहाँ से।"

"खाली करो, खाली करो...ये ख़ाली दिमाग़ इनसान क्या मदाख़लत दस्ते का सरदार है? इन्तिहा हो गई इम्तिहान की!

अब हमारा भी माथा चढ़ा। चढ़ा क्या, एकदम 'अत्ता माझि सटकली' मोड में आ गया। अगले की उठी हुई उँगली हमारे दिमाग़ को ऐसे सटकाते घूमने लगी गोया गोलमाल थ्री में अजय देवगन के माथे को। उँगली को घूमते देख हमारे भीतर से आवाज़ आई, 'पकड़ ले, जकड़ ले, तोड़ दे, मरोड़ दे इस उँगली को और निकाल दे इसकी अकड़।' अपनी साहब, भुजाएँ फड़कने लगीं और 'चट्ट देनी मार देली, खींच के तमाचा...' वाला थपाड़ागान फ़ौजदारी पर मजबूर करने लगा।

इत्तिफ़ाक़ देखिए, जैसे आप अंग्रेज़ी सीखते समय पढ़ते रहे होंगे न, "ऐज सून ऐज़ रामू रीच्ड द स्टेशन, द ट्रेन लेफ़्ट।" ऐसा ही कुछ हुआ, माने ऐज़ सून ऐज़ द माथा सटका और द फ़ौजदारी होने को हुई कि हमारी आत्मा टप्प से बीच में कूद पड़ी और नतीज़ा ये निकला कि कूपे में क़यामत आते-आते रह गई।

हमने अब बड़ी मुश्किल से निबटते अपनी अटैची हटाई तो उन्होंने खुश होकर अपनी अटैची अपनी सीट के नीचे टिका दी।

एक बार फिर हद दरजे की माथाफोड़ी के बाद हम अटैची को अपनी सीट के नीचे बाँध पाए।

हालाँकि हमने इस खुन्नस में रेलवे को अवश्य गरियाया कि कमबख्तों ने बर्थ के नीचे इतनी जगह क्यों नहीं बनाई कि बीवी की साड़ियों से लदा एक अदद ट्रंक

आसानी से आ सके। हिन्दुस्तानी औरतों के साज सिंगार की आदत का इतना ज्ञान भी नहीं इन रेलवे वालों को। कैसा अँधेर है!

इधर हमारे उस बक्से के अपनी जगह पहुँचते और ख़ुद की अटैची सही जगह आते ही जनाब का पारा नीचे उतर आया। यों अकड़ का भाव चौखटे पर यथास्वभाव स्थापित रहा और वह जंघा पर दुःशासन मुद्रा में एक हाथ रखे कनखियों से व्यंग्य दृष्टि हम पर डालते रहे।

उनकी चिढ़ाती हुई आँखों को देख हमारा मन कर रहा था, अभी के अभी हम अपनी आत्मा को चार लातें लगाएं और गरियाएँ, 'कमबख़्त, तूने ऐन मौके पर मेरा हाथ पकड़ लिया। मामला सलटाने के चक्कर में अच्छे भले सटके माथे को पलटा दिया।'

मगर अपनी आत्मा भी जो है न वो कम ज़बर न थी और ऐज़ सून ऐज़ हमने आत्मा को लात लगानी चाही, आत्मा टप्प से मुस्कराकर बोली, 'बावले न हो मलय बाबू। हिकमतअमली में बड़ा दम है लिहाजा गम खाओ और समय की प्रतीक्षा करो।'

हमने समय की प्रतीक्षा शुरू की और सच बताएँ, समय बड़ा बलवान होता है ये घड़ी ने ही सच किया। दस मिनट बाद ही ऐज़ सून ऐज़ घड़ी ने दस बजाकर बत्ती बुझने का समय बताया, अपन चट्ट से उबासी लेते हुए भाई मियाँ के सामने जा खड़े हुए।

जिस बखत हम भाईमियाँ के सामने खड़े हुए, उस बखत भाईमियाँ खिड़की के जंगले से चोंच टिकाए कुछ सीटी जैसी आवाज़ निकालने की कोशिश कर रहे थे। यों जिस प्रकार वह अपने थार के पठार से विस्तीर्ण गालों में खूब हवा भरकर सीटी बजाने का उपक्रम कर रहे थे, उसे देखकर लगता था, सीटी नहीं, शहनाई की तान निकलेगी और वह भी माशाअल्लाह ऐसी कि ख़ुद बिस्मिल्लाह खान भी हैरान रह जाएँगे।

बहरहाल, मौसीक़ी के इस आलम में इससे पहले कि वह शब-ए-नग़्मा बिस्मिल्लाह कर पाते, अपन ने उनको खटखटाया।

ख़लल पाकर वह चौंककर पलटे।

हमने घड़ी की ओर इशारा कर बताया कि "जहाँपनाह, कानून के मुताबिक दस बजे हम अपनी बीच वाली बर्थ खोल सकते हैं और अब घड़ी बता रही है कि दस बज चुके हैं, लिहाजा कानून के पालन में सहयोग करते हुए जहाँ कानून ने आपके लिए जगह मुक़र्रर कर रखी है वहाँ पनाह ले ली जाए अन्यथा कानून की तौहीन अपन से भी बरदाश्त नहीं होगी।"

वह सन्नाटे में आ पड़े। मानो मौसीक़ी की किसी महफ़िल में भगदड़ मच गई हो। तस्दीक़ करने जनाब ने आप भी घड़ी देखी। वाकई दस बजे पाए तो आसपास के यात्रियों के चेहरे देखे। पाया कि लगभग सारे यात्री अब मोबाइलों में घुसी मुंडियाँ ऊपर उठाकर उन पर ही व्यंग्य से मुस्करा रहे हैं। बात क़ानून की थी।

जब मन ही मन उन्होंने क़ानून के तमाम सफ़ों के तमाम फ़िकरे और तमाम फ़िकरों की तमाम नज़ीरें खंगाल ली और ऐसी कोई क़ानूनी काट उन्हें सूझ नहीं पड़ी जिसके दम पर वह हमें काट खाने दौड़ पाते तो उनके चेहरे पर सर पीटने वाले भाव आए।

बेदख़ली का रुक्का अब हमारे पास था। एकदम कानूनी तौर पर लिहाज़ा अकड़ पर उनकी पकड़ एकदम ढीली पड़ गई। ज़र्द चेहरा लिये जनाब मन मारकर उठ खड़े हुए और हमें बर्थ खोलकर उस पर चढ़ते देखते रहे। कुछ देर वह यूँ ही खड़े रहे फिर हारकर दो पाटन के बीच घुस रहे।

अब अगला सीन सुनिए जो ख़ासा दिलचस्प था। दरअसल, हम तो अपनी बर्थ पर लेट रहे लेकिन हमारे ऐन नीचे यानी दो पाटन के बीच बड़ी देर तलक अफ़रा तफ़री मचती रही। वो ऐसे कि थोड़ी-थोड़ी देर में हमारी बर्थ से सटकर घुटो हुई एक खोपड़ी बड़ी ही बेचैनी में कभी ऊपर होती तो कभी कछुए के सिर की भाँति वापस बर्थ के अन्दर घुस जाती। फिर कहीं से झाँकती, फिर भीतर हो जाती। आप लोग तो समझदार हैं न...समझ ही गए होंगे, यह बेचैन खोपड़ी किसकी थी। मगर पिक्चर तो अभी बाकी है दोस्त। एक मज़े की बात तो और सुन लीजिए। उत्तरी और दक्षिणी गोलार्ध को एक करती, उनकी तोन्द इससे कहीं अधिक बेचैनी का शिकार हो डोडो सी मटकती रही। कभी वह बर्थ से नीचे गिरती, कभी बामशक्कत समेट ली जाती।

कुल ज़मा ये कि भाईमियाँ का मुँह तोन्द के माफ़िक ही लटक रहा था और लाख समेट पर भी समेटने में नहीं आ रिया था।

हमने दस बजे के क़ानून की जो गुगली डाली थी न, उस पर आसपास के सारे यात्री बुगली वुगली वू के साथ हमें थम्स अप कर रहे थे और भाइमियाँ की अकड़ शट डाउन हो चुकी थी।

सुबह-सुबह आउटर के पास वो चुपचाप उठे और अपनी सूखी सी शकल में बग़ैर किसी से आँख मिलाए दरवाज़े की ओर बढ़ गए।

हाँ, चलते-चलते उन्होंने एक खा जाने वाली नज़र ज़रूर हम पर डाली। हो सकता है, उन्होंने रेलवे को गरियाया हो,

“हद हो गई, ये रेलवे वाले भी कमबख़्त न जाने केसे-केसे मरदूदों को टिकट बाँट देते हैं।”

रहिमन जिह्वा बावरी

उन नाकारा वैज्ञानिकों की हम क्या कहें जो बरसों की खोज के बाद यह नहीं जान पाए कि जीभ और दिमाग में एका क्यों नहीं है। हमारे शास्त्रों में जीभ को यूँ ही अरुन्धति नहीं कहा गया है। अपनी चपल चाल से यह अच्छे अच्छों को धता बताती है। रहीम बरसों पहले कह गए थे—

रहिमन जिह्वा बावरी, कहिगें सरग पताल,
आपु तो कहि भीतर रही, जूती खात कपाल।

याद करिए अपना बचपन, जब कक्षा में आपकी बगल से कागज का एक टोही विमान माटसाब की खल्वाट खोपड़ी की ओर टेक ऑफ करता था, उड़ानेवाला एक ओर दुबक परमहंस बन जाता था और थप्पड़ आपके गाल पर लैंड होता था। ऐसी ही परमहंसनी है यह परम् प्रपंचिनी, महाठगिनी। चहुँओर पाए जाने वाले ठीक उस विघ्नसंतोषी की तरह जो आप तो माहौल बिगाड़ने में छल बल से आगे रहे और पिटने-पिटाने की नौबत देख जाने किस बिल में बिला जाए बल्कि छुपे-छुपे सामने वाले को जुतियाए जाते देख मजे भी ले। कुल जमा यह जीभ है बड़ी प्रवंचनी जो दिमाग को भी नाथ ले। यह बाज वक़्त कर्म ही ऐसे करती है और मौके की ताक में रहती है। झपट्टा मारकर बात को पकड़ बात के हलक से बात निकाल और बात ही बढ़ाने वाली है यह बतंगिड़ी। ज़रा चूक की नहीं कि यह औकात पर आई। इसका एकदम भरोसा नहीं कि रनवे से रोज फिसलते विमानों की तरह ये कब फिसल जाए। कब दिमागी इंजन से ब्रेकअप कर पटरी से उतर जाए और रिश्तों की अच्छी भली यात्रा ख़तरे में पड़ जाए, पता नहीं। रहीम के युग में एक जीभ ही

थी ख़तरा। अब रामरहीम के युग में मोबाइल नाम का नया खूता पैदा हो गया। तिस पर भी एंड्रॉयड। यानी दोहरा ख़तरा। आप बावरी जीभ को तो एक बार बाँध भी लो, मुँह में दही जमा कर ही बैठ जाओ मगर मुआ मोबाइल कब क्या रायता फैला दे, आप क्या कहना चाहो और क्या कह जाओ, राम जाने। फ़लाने के जन्मदिवस पर फूल गुब्बारों के साथ भेजी बधाई उँगली के फिसलते ही ढिकाने की वाल से झाँकती इंतकाल की किसी इत्तिला पर धाँय से चिपक कब कहर बरपा दे, खुदा जाने।

कभी-कभी तो ऐसा ग़ज़ब हुआ कि लेने के देने पड़ गए। एक आला वक़्ता को चने के झाड़ पर चढ़ाने की गरज से हमने लिखना चाहा, 'अहा, क्या बोलते हैं आप! हम सब आपको सुनना चाहते हैं!' की पैड पर उँगली की फिसलन का नमूना देखिए, s की जगह d चिपक गया और जो संदेश सम्मानीय वक़्ता महोदय तक पहुँचा वह था, 'अहा, क्या बोलते हैं आप! हम सब आपको धुनना चाहते हैं,' बताइए भला! सिर धुनने के अलावा कुछ और शेष रहा क्या।

अब जमाना बदल गया है साहब।

'बातन हाथी पाइए, बातन हाथी पाँव' वाली पुरानी बात अब नहीं रही। अब हाथी तो मिलने से रहा मगर, ज़रा बात बिगड़ी नहीं कि सामने वाला छाती पर चढ़ने को हाल तैयार है। जिस मानव मन को चंचल कहा गया है, मुझे तो वह चंबल का बीहड़ ज्यादा लगता है। कहीं राग के रूमानी और अलमस्त टीले हैं तो कहीं खटराग की गहरी खन्दकें। अनजाने में हमारी कहित या चैटित कौन सी बात पर कब, कौन खुन्दक की बन्दूक उठा बागी हो जाए, खुन्नस की कौल भर अबोले के अबूझ बीहड़ में कूद जाए, ठिठोली से ही ठेस लगा ले या दिल रखने को की गई दिल्लगी दिल पे ले ले, पता नहीं। कुल जमा सुरक्षा सावधानी में ही है, वरना कभी भी आपकी वाल पर बवाल पक्का है और कपाल पर जूती का जलवा भी।

कोउ मृत होउ, हमहि का हानी

मौक़ा उठावने का था। भवसागर से जो तरा था, मन्नी बाबू उसी की लायक़ सन्तान थे। इस नाते वह कई बार चिन्ता प्रकट कर चुके थे कि उनके पिता कब से धरे हैं। अब जाकर वह तरे थे और मन्नी बाबू को चिन्ता से मुक्त कर गए थे। मन्नी बाबू का प्रिय वाक्य था—

चाह गई चिन्ता मिटी मनुआ बेपरवाह,
जिनको कछु ना चाहिए वे साहन के साह।

मनुआ बेपरवाह हो न हो, मन्नी बाबू दुनिया से पूरी तरह बेपरवाह थे। जिस कुर्सी की चारों टाँगे घी में और टेबल कढ़ाई में हों, ऐसी कुर्सी पर वह बरसों से बैठ रहे थे। जिस नस्ती में घी सूखा होता, उसे वह नियमों, उपनियमों, पत्रों और परिपत्रों के अटपटे दलदल में धँसा देते। मुक्ति की चाह में छटपटाता आसामी उन्हें मुक्त हस्त से पटाता और तब लटपटाए मन्नी बाबू झट उसे चिन्ता मुक्त कर देते। दफ़्तर में आप तब तक ही चिन्तित रहते, जब तक इस प्रकार एक न एक उँगली घी में न डूब जाए। चाह पूरी होते ही वह पूरी तरह परमहंस बन जाते और शाहन के शाह बने घर लौटते।

यों वह काम के बीच कभी भी घर लौट सकते थे। इक बंगला बने न्यारा योजना के तहत उनके मकान का निर्माण साल भर से जारी था लिहाज़ा ज़रूरी कामों के उनके पास इफ़रात बहाने थे। जब मौका होता, उन्हें पिताजी के सीरियस

होने का फोन आ जाता। वह पितृ सेवा हेतु व्याकुल हो उठते। यह बात दीगर है कि सूचना देने वाली की मधुवाणी जब वायुमंडल का अतिक्रमण कर हमारे कानों में घुलती एवं घोल में डॉक्टर की जगह कॉन्ट्रैक्टर और ट्रीटमैंट की जगह रेत, गिट्टी और सीमेंट निकलता, सब जान जाते उनकी आकुलता का हेतुक क्या है।

लब्बोलुबाब ये कि उनकी एक टाँग दफ़्तर में तो दूसरी टाँग घर पर होती। वह पलकों पर धरे घर और ठेंगे पर धरी नौकरी को उसी चपलता से एक साथ साध लेते जिस प्रकार मन्दिर में एक आँख से भगवान को और दूसरी आँख से देहरी पर रखी चप्पलों को साध लेते थे।

आँख भर आने वाली महीनों की ऐसी विकट साधना के बाद मन्नी बाबू का मकान तैयार हुआ था और जब गृह प्रवेश का उत्सव सामने धरा था, तभी धरा पर धरे उनके पिता किए धरे पर पानी फेरते मुक्त हो गए थे।

सो मौक़ा इसी उठावने का था और अब जिस गली में मैं चौपहिया दोपहिया वाहनों के महासागर में जूझता, भवसागर को कोसता आगे बढ़ रहा था, वहाँ दूर से मन्नी बाबू के सपनों का महल 'मधु निलयम' नजर आने लगा था।

महल के सामने ही हमारी परम्परा के मुताबिक गली के बीचोबीच टेंट कनात लगाकर श्रद्धांजलि का इन्तज़ाम था। मौके के हिसाब से चौखटे पर मनहूसियत को चेंपकर मैं शामियाने की ओर बढ़ा कि भीतर से विलाप स्वर के स्थान पर प्रलाप स्वर और रुदन के स्थान पर कहकहे सुनाई दिए तो मैं ठिठका। शामियाने के आख़िरी छोर पर फूल मालाओं के बीच जाने वाले का फ़ोटो था, उसकी ओर कुछ मुँह और कुछ पीठ किए सात-आठ झुंड सफ़ेद गादियों पर 'कोउ मृत होउ, हमहि का हानी' वाले भाव से गपिया रहे थे। और मौक़ा होता तो इनमें से कुछ निश्चित ही ताश पत्ते भी खेल रहे होते मगर अभी मौक़ा शोक का था सो केवल हँसी-ठट्ठे से ही काम चला रहे थे। इस शोकाकुल रसरंग को देख जैसे मैंने अन्दाज़ लगाया कि हो न हो, ये जाने वाले के चचेरे, ममेरे या फुफेरे टाइप क़रीबी हैं, कदाचित उन्होंने भी मेरे लटके मुँह को देख अन्दाज़ लगा लिया कि आने वाला भी मन्नी बाबू के दफ़्तर वालों में से ही एक है।

उनमें से एक ने अभी-अभी किसी विनोद पर निपोरे गए लहसुनिया खीसों को वापस मुँह में भरा। आँखों के इर्द-गिर्द चिपके आमोद को प्याज के छिलके

की तरह उतारा फिर गम्भीर मुद्रा के साथ अँगूठे से ऐसा इशारा किया जिससे समझदार व्यक्ति समझ जाए कि जिससे आपको रीत निभानी है, वह इस वक़्त ऊपर है। उनके पास पसरे सज्जन ने तनिक और सहयोग की मुद्रा अपनाते बाईं हथेली उठाकर इशारा दिया कि समझ आ जाए, वह कहना चाह रहे हैं, पहले आप भी उधर ही हो आइए।

जिस वक़्त मेरे जैसा कूढ़मगज इस बात को लेकर किंकर्तव्यविमूढ़ था कि नीचे रहे या ऊपर प्रस्थान करे, मन्नी बाबू आप ही भागते हुए नीचे आ गए।

मैंने चेहरे पर 'बड़ा दुख हुआ' वाले भाव से शोक प्रकट करने का यत्न किया कि छज्जे ऊपर भाभी जी प्रकट हुईं और मधुवाणी के साथ चहकीं, "भाईसाहब, आप भी ऊपर आ जाइए न, सब लोग यहीं हैं।"

मन्नी बाबू किंचित मुस्कुराए, फिर बोले, "हें हें हें...सभी लोग मकान देखने ऊपर ही गए हैं," इतना कह वह अति व्याकुल हो गए, बल्कि मेरा हाथ ही थामकर अपने मकान की ओर बढ़ गए। मुझे लगा, मानो शामियाने के भीतर से उनके पिताजी आवाज़ दे रहे हों, 'अरे मन्नी, इधर तो सुन ले ज़रा,' मगर मन्नी बाबू अनसुनी कर वैसे ही आगे बढ़ गए जैसे उन्हें इसकी आदत रही हो।

वह हॉल में घुसते हुए बोले, "आप ही का घर है जी, चले आइए।"

हॉल के एक कोने में भगवान विराजे थे। मैंने मन्नी बाबू के आग्रह पर उनके घर को अपना घर और भगवान को सबका भगवान मानते हुए जूते उतारने का यत्न किया तो पुनः बड़े आग्रह के साथ वह बोले, "अरे, पहने रहिए...पहने रहिए जी, चलता है।"

मैंने भगवान की ओर इशारा कर अपनी दुविधा ज़ाहिर की। वह चट से आगे बढ़े और भगवान के आगे बिछी दरी समेटकर उन्हें इशारा भी कर दिया कि हे प्रभु, वैसे तो सब आपका ही है मगर जहाँ एक-एक वर्ग फुट भूमि चार अंको की कीमत रखती हो, वहाँ आपको आपकी हद में रखना हमारी मज़बूरी है।

चन्द सीढ़ियाँ चढ़ते ही भाभी जी नमूदार हुईं जो यकीनन हमें लेने ही आ रही थीं। वे मन्नी बाबू को उलाहना देकर बोलीं, "अरे भाईसाहब को लिफ़्ट से लाना था न, आप भी बस..."

उन्होंने वाक्य अधूरा छोड़ दिया लेकिन 'आप भी बस' में क्या-क्या लक्षणाएँ छिपी हैं, मैंने अन्दाज़ लगा लिया।

पहली मंज़िल पर आते ही मैंने पाया कि यहाँ तो दर्शकों का पूरा लॉट ही है। भाभी जी गाइड बन आगे-आगे हैं और कुल मिलाकर दृश्य ऐसा ही खिंच रहा है जैसा अजायबघर में खिंचता है। मैंने चेहरे पर छाई मनहूसियत को थोड़ी सी राहत दी और जिज्ञासु भाव से घर देखने लगा।

घर की भव्यता देख सब दंग थे। छत पर प्लास्टर ऑफ पेरिस की नक्काशी और उनमें जहाँ-तहाँ पोशीदा लक़दक़ एलईडी लाइटें। शक्ल दिख जाए, ऐसी बेहतरीन डिजिटल टाइलें। दीवारों पर चमक ऐसी, मानो इस शोक कम मेगा शो के दौरान अभी प्रकट हो अमिताभ बच्चन कहेंगे, ये वही पेंट, जो सालोसाल चले। पेंट के नाना रंग तुलसीदास देख लें तो कह उठें, तुलसी इस कोठार में भाँति-भाँति के रंग। चारों ओर काँच का ऐसा जलवा मानो अभी ससससा...ससससा...सररररर... करती मस्तानी उनके पीछे से प्रकट हो उठेंगी और कहेंगी, नज़र जो तेरी लागी मैं दीवानी हो गई। सीढ़ी, छत, रेलिंगों में स्टेनलेस स्टील का ऐसा हाहाकारी ठाठ कि स्टील किंग लक्ष्मी मित्तल भी देख लें तो मुँह बाए रह जाएँ। कुल ज़मा मानो घर का कोना-कोना इतराकर कह रहा हो—साष्टा नहीं शाबशे आच्छा।

"यह देखिए, यह हॉल बनवाया है," यों हम सभी जानते थे कि यह हॉल ही है मगर रिवाज के मुताबिक भाभीजी ने ठुमक कर बतलाया।

हमने भी मुंडियाँ हिलाकर अचरज प्रकट किया, "अच्छा, हॉल है?"

"जी, इसके साथ दो बेडरूम भी हैं। उन्होंने रहस्योद्घाटन करते हुए कहा और एक बेडरूम की ओर बढ़ीं जहाँ निचाट अँधेरा था। उन्होंने चट चट चट बिजली के कई खटके एक साथ दबाए, फलतः कमरे में दशाधिक दिशाओं से रोशनी का प्रवाह आरम्भ हो गया। रोशनी के इसी प्रवाह में मैंने पाया कि पलंग पर उनकी कोई रिश्तेदार मनुआ से भी ज्यादा बेपरवाह हो शवासन मुद्रा में खर्राटे भर रही थीं। उनका पूरा खुला हुआ मुँह ऐन आसमान की ओर था और सोलह डिग्री की भीतर जाती वातानुकूलित श्वास एक सौ सोलह डेसिबल पर बाहर फिक रही थी। दोनों हाथ-पैर क्षितिज तक कुछ इस प्रकार विस्तीर्ण थे कि साड़ी चढ़कर घुटनों तक आ गई थी और बाकी ब्लाँ ब्लाँ ब्लाँ...ख़ैर छोड़िए, हम उनका नहीं, घर का मुआयना कर रहे थे।

भाभी जी हमें लिये दूसरे बैडरूम की ओर बढ़ गईं। यह रूम भी उतना ही भव्य था। शुक्र है, यहाँ पिछले बेडरूम जैसी स्त्री भव्य भयावहता के साथ कोई नहीं सो रही थी। उन्होंने यहाँ भी सारे खटके ऑन कर हमारी छातियों पर साँप लोटाने का यत्न किया। मुझे समझ आया कि प्राकृतिक वायु और प्रकाश दोनों के प्रवेश पर मन्नी बाबू ने आपत्ति लगा रखी है और दशाधिक प्रकार की रोशनियाँ तथा वातानुकूलन ही उनके मोक्ष का मार्ग प्रशस्त करेंगे।

भाभी जी ने पुनः हमारे ज्ञान में वृद्धि कर बताया, "यह बैडरूम है जी। लैटरीन बाथरूम भी अटैच्ड बनवाया है," कहते हुए वह आगे बढ़ीं और झटके से बाथरूम का जो दरवाजा खोला कि भीतर मानो तूफान आ गया। एक नंगा नौनिहाल नाक में उँगली डाले कमोड पर ऐन उसी अदा के साथ बैठा था जिस अदा से गाँव की गलियों में या मैदान में ऐसे मौके पर वह पाया जाता होगा। अकस्मात दरवाजा खुलने की इस आपात स्थिति में वह भौंचक रह गया और उचककर कमोड पर खड़ा हो गया। इससे पहले कि वह नंगा ही दौड़ लगाकर बाहर आपात हालात पैदा कर देता, भाभी जी ने झट से दरवाजा बन्द कर दिया फिर खींझती हुई बोलीं, "इनका भतीजा है। गाँव से आया है न तो थोड़ा..."

उन्होंने जानबूझकर 'इनका' और 'गाँव से' पर जोर दिया ताकि बालक के जाहिलोचित आचरण से वे साफ बरी हो जाएँ। मन्नी बाबू "बच्चा है, बच्चा है" कहते झेंपकर रह गए।

पहली मंजिल के मुआयने के बाद दूसरी मंजिल भी बाकी थी। भाभी जी हमें लिफ्ट से चलने का आग्रह करती स्वयं लिफ्ट में प्रवेश कर गईं। उनके आग्रह पर बाहर खड़े हम ग्यारह जनों ने पहले दो लोगों की क्षमता वाली लिफ़्ट को फिर एक-दूसरे की ओर देखा और 'कोई बात नहीं...कोई बात नहीं, सीढ़ियों से आते हैं', कहते सीढ़ियों की ओर बढ़ गए।

भाभीजी लिफ्ट से गई थीं तो जल्दी पहुँच गईं। उन्होंने हमें पुनः सीढ़ियों से लपक लिया और उसी आह्लाद के साथ, जिसमें मोर नृत्य करने लगते हैं और कोयलें कूकने लगती हैं, चहक कर बताया, "ये तीसरी मंजिल है जी।"

मन्नी बाबू सुधार करके बोले, "सेकंड फ्लोर।"

"वही-वही..." उन्होंने घूरकर मन्नी बाबू को देखा फिर अलग-अलग कोणों में पसरे, अधपसरे अपने रिश्तेदारों पर तिर्यक निगाह डालतीं बोलीं, "पूरा घर ही

वास्तु से बनाया है हमने।" ईशान कोण में अलाना, नैऋत्य में फलाना, आग्नेय में ढिमाका और वायव्य में चिमाका...उनका दसदिश ज्ञान और वास्तु के प्रति विकट प्रेम देख हमें अपनी अज्ञानता पर तरस आने लगा। वे ज़हीन भाव से ज़ारी रहीं और हम हीनता का बोध लिये वांरी वांरी होते रहे। मुझे महसूस हुआ, उन्होंने *'आ नो भद्रा: क्रतवो यन्तु विश्वत:'* अर्थात दसों दिशाओं से श्रेष्ठ ज्ञान को अपनी ओर आने देने के सिद्धान्त को वैसे ही आत्मसात किया था जैसे मन्नी बाबू ने लक्ष्मी को आने देने के सिद्धान्त को।

अब उन्होंने कॉमन टॉयलेट का दरवाज़ा खोल उम्मीद की कि महँगी टोंटियाँ, सुनहरे कमोड और बबली बाथटब देख हमारी आँखें फटी रह जाएँ। मगर दरवाज़ा खुलते ही बदबू का जो झोंका आया, उससे आँखें तो नहीं, माथा ज़रूर फटने को हुआ। मैंने पाया कि हम सभी *'साँसों को साँसों में ढलने दो ज़रा'* की अदा से साँसों को थाम अपने सौन्दर्यबोध की परीक्षा ले रहे थे और तब मैं इस नतीजे पर पहुँचा कि पैसे से भव्यता ख़रीदी जा सकती है, सभ्यता नहीं।

भाभीजी एकाएक पीछे मुड़ की मुद्रा में आईं और टुकड़ी के साथ एक-दो-एक करतीं किचन में आ गईं फिर अपनी कंजी आँखों में मन्नी बाबू की शान में प्यार लुटातीं बोलीं, "इन्हें तो हमारी बहुत फिक्र रहती है जी। इसीलिए बेस्ट से बेस्ट मोडूलर किचन बनवाया है। चिमनी भी देखिए, स्टेनलेस स्टील वाली लगवाई है, इतना-सा भी धुआँ नहीं।"

मन्नी बाबू ने लजाकर निगाह नीची कर लीं मगर भाभीजी ने खोजी निगाह हमारे साथ चल रही स्त्रियों पर डाली और देखना चाहा कि इस ऐश्वर्य पर उनके कलेजे से धुआँ निकल रहा है या नहीं।

यथा उम्मीद ईर्ष्या से उन्हें मूर्च्छित होता पाकर वे पुन: ऊर्जित हुईं और डाइनिंग से बाहर लिविंग रूम में आतीं मुदित स्वर में बोलीं, "ये देखिए, सारे फेंगशुई आइटम्स," उन्होंने फ्रिज़ पर विराजे लिटिल बुद्धा, साइड स्टूलों पर रखे कछुओं, बैम्बू ट्री और गोल्ड फिश वाले एक्वेरियम की ओर इशारा कर कहा, "इनसे गुडलक बना रहता है जी।"

मेरी कागदृष्टि यकायक मन्नी बाबू की कुरसी पर चली गई जहाँ नियमों के कछुए, आपत्तियों के टैबू ट्री और ब्लू व्हेल सी महत्त्वाकांक्षाएँ उनका गुडलक बनाने में हर क्षण सहयोग करती थीं।

होम शो अब कदाचित समापन की ओर था तभी वे कोने में पूजा घर की ओर इशारा कर दिव्य भाव से बोलीं, "अरे, ये तो रह ही गया। भगवान जी को भी यहाँ इंस्टॉल कर दिया है।"

मन्नी बाबू, जिनके लिए न पितृ ऋण महत्त्व रखता था, न गृह ऋण, देव ऋण से दबकर बोले, "उन्हीं की कृपा से तो है यह सब कुछ।"

मुझे लगा, उन्होंने ऐसा कह कर भगवान को भी कटघरे में इंस्टॉल कर दिया है और जतला भी दिया है कि प्रभु, कल को कहीं विजिलेंस वाले आ गए तो ज़िम्मेदारी तुम्हारी भी कम नहीं रहेगी।

भाभी जी अब बालकनी की ओर बढ़ीं। शायद वह बाल्कनी के ठाठ दिखाना चाहतीं थीं कि उनकी निगाह सात-आठ लोगों की नई मंडली पर पड़ी जो मौक़े के लिहाज़ से शोकचाल में पांडाल की ओर बढ़ रही थी। उनके मुखमंडल पर पुनः नवीन आभा प्रदीप्त हुई।

वे मन्नी बाबू की ओर घूमीं, "अरे देखिए न, नीचे अगरवाल साहब वगैरा आ गए हैं। उन्हें भी ऊपर ही ले आइए सीधे।"

मन्नी बाबू नवोत्साह से सीढ़ियों की ओर प्रस्थित हुए तो भाभी जी नवोलाहने के साथ बोलीं, "अरे आपको कभी अक्ल आएगी कि नहीं। लिफ़्ट से जाइए न, इतनी महँगी लिफ़्ट देखने के लिए लगवाई है क्या?"

अतिरिक्त झेंप को यथासम्भव प्रदर्शन से बचाते मन्नी बाबू अतिरिक्त उत्साह से लिफ़्ट में समा गए और पुनः नीचे गिरने लगे।

मुझे महसूस हुआ, मन्नी बाबू कितनी तेज़ी से उन उठे हुए लोगों में शामिल हो गए हैं जिन्हें अपने नीचे गिरने में भी गर्व नज़र आता है। काँच की आरपार दिखने वाली उस लिफ़्ट में मैं मन्नी बाबू को भी आरपार देख पा रहा था और सोच रहा था कि यह बेपरवाह मनुआ हमाम में ही नहीं, सर्वत्र कितना नंगा है।

तोन्द घटाऊ थेरेपी

"अरे, उठो भी! क्या जंगली भैंसे की तरह घरघराते पड़े हो!" अचानक श्रीमती जी की गरज ने हमारे खर्राटों की दौड़ती गाड़ी पर ब्रेक लगा दिए। हमने आँखों को मला। देखा, श्रीमती जी हमारे ऊपर लदीं हमें झंझोड़ रही थीं।

"क...क्या हुआ भाग्यवान, क्यों सुबह-सुबह नींद ख़राब कर रही हो?" हमने बाहर अँधेरा देखकर कहा।

श्रीमती जी ने हमारी गोल मटोल तोन्द में अपना नाख़ून ऐसे चुभाया जैसे सब्जी मंडी में लौकी या कद्दू ख़रीदते वक़्त उसकी औकात मापी जाती है। फिर बोलीं, "ज़रा देखो तो अपनी तोन्द को, कैसे सांड सी चर्बी चढ़ रही है!"

सुबह-सुबह अपने लिए सांड की उपमा सुनकर हमारे हलक का पानी सूखने लगा। हमने ऊपर तक चढ़ आई बनियान को नीचे तक खींचकर सर्वप्रथम अपनी तोन्द को आसन्न नखवार से सुरक्षित करने का प्रयत्न किया, फिर हैरानी से पूछा, "अरे प्रिय तुम्हें हो क्या गया है आज? कहीं नींद में मुझसे कोई गुस्ताखी तो नहीं हो गई?"

"पहले तुम बिस्तर से नीचे उतरो तो कुछ कहूँ।"

श्रीमती जी के तेवर देखकर हम अगले ही पल बिस्तर छोड़ कर नीचे आ गए फिर किसी आज्ञाकारी बालक की तरह खड़े होकर उनके अगले आदेश की प्रतीक्षा करने लगे।

श्रीमती जी ने हमारी भारी भरकम काया पर पैराशूट सी फूली तोन्द को पहले तो घूरा फिर हिकारत से बोलीं, "तुम्हें तो कोई चिन्ता है ही नहीं अपनी बॉडी की।

शीशे के सामने जाकर देखो, कोई तुम्हें वनमानुष न समझ बैठे।"

हमने घिघियाकर सफाई दी, "अरे मगर इसमें हमारा क्या कसूर है? हमारे तो पिताजी, पिताजी के पिताजी और उनके भी पिताजी इससे भी बड़ी तोन्द वाले थे। यह तो खाते-पीते ख़ानदान की निशानी है।"

श्रीमती जी के तेवर ढीले नहीं पड़े। तमक कर बोलीं, "ख़ानदान गया चूल्हे में। अब मैं यह सब नहीं चलने दूँगी। पड़ोस के गरेवाल जी को देखो, कैसे सुबह चार बजे उठकर पार्क में दौड़ लगाते हैं। बॉडी पर चर्बी का नामोनिशान तक नहीं है। और एक तुम हो...छि...,"

श्रीमती जी ने ऐसे नाक-भौं सिकोड़ी जैसे पास में पति परमेश्वर नहीं, कोई गन्दला सा प्राणी खड़ा हो।

अपनी श्रीमती जी के मुँह से गरेवाल की तारीफ़ सुन हम जल-भुन चुके थे। फिर निराशा भरे स्वर में बोले, "तुम ही बताओ जानू, मैं क्या करूँ! अब गरेवाल जैसा गबरू तो बनने से रहा।"

"मैं बनाऊँगी तुम्हें गबरू जवान," श्रीमती जी चहक कर बोलीं।

"वह कैसे?" हमारी आँखें आश्चर्य से फैल गईं।

"तोन्द घटाऊ थेरेपी से," श्रीमती जी ने राज खोला, "बस, तुम्हें आज से छह किलोमीटर की वॉक और जॉगिंग करनी पड़ेगी। फिर आधा घंटा प्राणायाम, बस।'

'मर गए। छह किलोमीटर पैदल चलने के बाद प्राण बचेंगे तभी तो प्राणायाम करूँगा,' हम मन में बुदबुदाए फिर चापलूसी भरे स्वर में बोले, "जानू, आज के बजाय कल से नहीं चलेगा?"

"बिल्कुल नहीं, "श्रीमती जी ऐसे गुर्राईं जैसे हमें खा जाएँगी।

आधे घंटे बाद हम लदर फदर अपनी तोन्द को किसी तरह ढोते सड़क पर थे। श्रीमती जी पीछे-पीछे मन्द गति से स्कूटर पर चलती हमें खदेड़ रही थीं, गोया किसी मवेशी को हाँका जा रहा हो।

सवा किलोमीटर चलने पर ही हमें बुखार चढ़ने लगा। जैसे-तैसे दस-बीस कदम और खुद को ढोया फिर निढाल होकर सड़क पर फैल गए।

श्रीमती जी को शायद हम पर रहम आया। स्कूटी एक ओर खड़ी कर हमें

पुचकार कर बोलीं, "बस, आज के लिए इतना ही काफ़ी है। कल से पूरे छह किलोमीटर..."

हमें गश आने लगा। हिम्मत कर अपनी तोन्द को बटोरा और फिर श्रीमती जी का हाथ थामकर गिड़गिड़ाए, "अब वापस घर तक अपनी स्कूटी पर लिफ्ट तो दोगी न?"

श्रीमती जी ने एकदम से हमारा हाथ झटक दिया और बोलीं, "पागल हो गए हो क्या? पहले अपना डीलडौल तो देखो। मेरी नाज़ुक सी गाड़ी को तोड़ोगे?"

गाड़ी की नज़ाकत देख हमें अपनी बुद्धि पर तरस आया। अगले ही पल श्रीमती जी ने स्कूटी स्टार्ट की और हमें टाटा बाय बाय करतीं घर की ओर फुर्र हो गईं। हम गिरते-पड़ते वापस घर तक पहुँचे। श्रीमती जी इन्तज़ार में दरवाज़े पर खड़ी मिल गईं। कहने लगीं, "लगता है, ज्यादा थक गए हो। थोड़ी देर शवासन करो तो..."

हम फुफकार उठे, "शवासन गया जहन्नुम में। इस तरह पैदल चलवाओगी तो शव ही रह जाएगा मेरा। आसन की क्या ज़रूरत पड़ेगी!"

हमारी फुफकार का श्रीमती जी पर पर्याप्त असर पड़ा। तेवर कुछ ढीले पड़े सो प्यार भरी झिड़की देकर बोलीं, "छि...सुबह-सुबह क्या अपशगुन की बातें करते हो। मैं कोई तुम्हारी दुश्मन थोड़े ही हूँ। मैं तो चाहती हूँ कि तुम्हें इस गन्दी तोन्द से छुटकारा मिले और तुम भी गरेवाल जी की तरह..."

हम मन-मन कुढ़ उठे, 'गरेवाल...गरेवाल,.. हुँह,' फिर बुदबुदाए, 'कभी गरेवाल की घरवाली को भी देखा है, क्या साँचे में ढली है और एक तुम हो पके हुए बैगन की तरह,' मगर अपने विचार श्रीमती जी के समक्ष व्यक्त करने की हिम्मत न हुई तो बोले, "अच्छा, एक कप चाय ही पिला दो।"

श्रीमती जी किचन में गईं और दो मिनट बाद पुनः प्रकट हुईं। उनके हाथों में चीनी के कप की जगह कांच का गिलास देख हमारा माथा ठनका। हमने उनकी ओर देखा फिर पूछा, "यह क्या है? चाय कहाँ है?"

श्रीमती जी बोलीं, "आज से चाय बन्द। अब चाय की जगह आप पिएँगे लौकी का जूस। बहुत पौष्टिक होता है न!"

हमने माथा पीट लिया, "भाग्यवान, ऊपर वाले ने पहले ही इतनी मात्रा में पुष्टता प्रदान की है," फिर नाक बन्द की और जूस को जैसे-तैसे हलक से नीचे उतारकर बोले, "ऑफिस का समय हो रहा है। कम से कम नाश्ता तो लगा दो।"

श्रीमती जी ने झट से नाश्ते की प्लेट लगाई तो हम देखकर उछल पड़े, "अ... अब यह सब क्या है?"

"अब से नाश्ते में ब्रेड बटर और पराँठे बन्द। इनकी जगह अंकुरित चना और मूंग की दाल का नाश्ता होगा," श्रीमती जी ने अपना फ़ैसला सुनाया।

हमने प्लेट को गौर से देखा। बरसाती झींगुरों की तरह लम्बी टाँगों वाले चनों को देख हमें फियर फैक्टर के वीभत्स दृश्य याद आने लगे। किसी तरह बेस्वाद चना और मूँग की दाल निगलकर ऑफिस के लिए भागे।

ऑफिस में घुसे तो रोजाना की तरह आवेदनकर्ताओं की लाइन में रेलम पेल मची थी। इस रेलम पेल में भी न जाने कैसे हमारी आँख लग गई। कुछ देर में शोरगुल और नारेबाजी के स्वर सुनकर नींद टूटी तो हमारे पैरों तले की ज़मीन खिसक गई। सीट के आगे अच्छा ख़ासा मज़मा लगा था। दो-चार नेता हमारी सीट के आगे नारेबाजी करते आसमान सिर पर उठाए थे, कुछ लोग मोबाइल के एंगिल सेट करते हमारा वीडियो बना रहे थे और बॉस उनके हाथ जोड़कर उन्हें शान्त करने का प्रयास कर रहे थे।

हम ने पास जाकर पूछा, "सर जी, क्या बात हो गई?"

बॉस ने हमें खा जाने वाली निगाहों से घूरा, "काम के वक़्त अपनी सीट पर सोते आपको शर्म नहीं आती? आप ही की वज़ह से भीड़ दंगा कर रही है और आप पूछते हैं कि हुआ क्या है! हद है।"

"आई एम सॉरी सर" हम शर्मिन्दा हो उठे। सुबह चार बजे से जगाकर श्रीमती जी के पैदल दौड़ाने से कब नींद ने हमें आ घेरा, पता ही न चला। हम ने प्रण कर लिया कि चाहे जो हो जाए, वॉक पर तो हरगिज़ नहीं जाएँगे अब।

घर लौटते हम ने एलान कर दिया कि अब न तो वॉक पर जाएँगे और न ही जॉगिंग करेंगे। श्रीमती जी ने अपनी तोन्द घटाऊ थेरेपी को फ्लॉप होता देखकर फिर प्रयास किया और बोलीं, "ठीक है, वॉक न सही, कपालभाति और अनुलोम-विलोम तो कर ही सकते हो।"

अगली सुबह सप्रयास हमने प्राणायाम प्रारम्भ किया। कपालभाति की कोशिश

में तोन्द की जो मशक्कत हुई तो हमारी कपाल यानी खोपड़ी ही घूम गई। अनुलोम विलोम के पहले हम खुद ही उलटे पुलटे हो चुके थे।

हार कर हमने श्रीमती जी को सफाई दी, "डार्लिंग, प्राणायाम के पहले पेट की पूरी तरह सफाई जरूरी है और तुम तो जानती हो मैं कब्जियत का पुराना मरीज हूँ।"

श्रीमती जी समझ गईं, भैंस के आगे बीन बजाना बेकार है। चिढ़कर बोलीं, "तो फिर पड़े रहो जंगली भैंसे की तरह घरघराते।"

हमने राहत की साँस ली। ऑफिस में सबके सामने बॉस की डाँट खाने से अच्छा था घर में जंगली भैंसे, सांड या वनमानुष की उपमाओं के साथ अपनी तोन्द को सहलाते हुए जीना। कम से कम सुबह-सुबह उठकर न तो सड़क नापनी पड़ेगी न ही कपालभाति में अपनी कपालक्रिया करानी पड़ेगी।

मगर साहब, हमारी खुशी तीन दिन भी क़ायम न रह सकी। चौथी सुबह श्रीमती जी ने हमें सुबह-सुबह फिर सोते में झंझोड़ा। हम ने हैरानी से पूछा, "अब क्या हुआ भाग्यवान?"

श्रीमती जी बोलीं, "पास में एक नया जिमखाना खुला है। मैंने बात कर ली है उससे। इस तोन्द को शर्तिया ग़ायब कर देगा वह। आप फटाफट तैयार हो जाओ बस।"

इस नई मुसीबत पर हम बेहद घबराए। रिरियाकर बोले, "लेकिन इसका भी तो ख़याल करो, जिम जाऊँगा तो लोग हँसेंगे नहीं मेरे ऊपर?"

"जो हँसता है, हँसने दो।" श्रीमती जी टस से मस नहीं हुईं और हमें जिमखाने तक घसीट लाईं।

जिमखाने में नाना प्रकार के यंत्र देख हमें हिटलर के यन्त्रणा कक्ष की याद हो आई। बदन बिना वार्म अप एक्सरसाइज़ के गरम हो पसीना छोड़ने लगा। तेज संगीत के बीच नई उम्र के छोकरों-छोकरियों ने व्यंग्य-भरी नज़रों से हमारी ओर देखा तो हम मारे शर्म के मानो ज़मीन में गड़ गए।

जिम का ट्रेनर सर्कस के रिंग मास्टर की तरह भयावह था। श्रीमती जी स्पेशल तोन्द घटाऊ पैकेज के तीन हज़ार रुपये पहले ही उसके हवाले कर चुकी थीं लिहाजा ट्रेनर का रुख़ देख लगता था तीन माह के बजाय तीन दिन में ही शर्तिया तोन्द को ग़ायब कर देगा।

ट्रेनर ने पहले हमारा वज़न लिया फिर एक विशेष प्रकार के यंत्र के पास आने के लिए इशारा किया। हम मेमने की तरह काँपते यंत्र के करीब आए कि न जाने आगे क्या हो!

"डरो नहीं, आगे आओ," श्रीमती जी हमारी हिम्मत बढ़ाती हुई बोलीं। हम ने ट्रेनर के आदेश का पालन किया और एक विशेष यंत्र की बेंचनुमा सीट पर पीठ के बल लेट गए। ट्रेनर ने हमारे हाथों में उलटे धनुष सा एक हैंडल पकड़ा दिया जिसके साथ जुड़ी जंजीर में कई-कई बाँट लटक रहे थे। अब ट्रेनर ने हमें हैंडल खींचने का इशारा किया। हमने ज़ोर मारा मगर वज़न उठा न सके तो ट्रेनर ने कुछ पौंड वज़न कम किया।

श्रीमती जी दौड़ीं, "अरे भैया वेट क्यों हटा रहे हो, ज्यादा वज़न नहीं रखोगे तो तोन्द घटेगी कैसे?" कहकर श्रीमती जी ख़ुद ही उत्साह से लपकीं और अचानक ढेर सारा वेट बढ़ा दिया। इधर उन्होंने वेट बढ़ाया, उधर हमारी चीख़ों से सारा जिमखाना गूँज उठा।

"ये आपने क्या किया मैडम जी?" जल्लाद से ट्रेनर का चेहरा भी सफेद पड़ गया। वह घिघियाकर बोला, "जिम विम का चक्कर छोड़िए मैडम जी। आप ज़ल्दी से इन्हें घर ले जाइए।"

श्रीमती जी को काटो तो खून नहीं हमने उठने की कोशिश की, मगर इंच भर भी न हिल सके। जो छोकरे-छोकरियाँ कुछ देर पहले हम पर व्यंग्य से मुस्करा रहे थे, अब हँसते हुए टाँगा टोली कर हमें किसी प्रकार घर तक पहुँचा गए जहाँ एक चटाई बिछाकर हमें भी उस पर बिछा दिया गया।

श्रीमती जी शर्मिन्दा थीं कि उनकी तोन्द घटाऊ थेरेपी का दूसरा अध्याय भी फ़्लॉप हो गया। अब उनका लक्ष्य तोन्द घटाना न होकर हमारी कबाड़ हुई कमर को पटरी पर लाना हो गया। लिहाज़ा वह हमें तन्हा छोड़ मुकम्मल इलाज़ की खोज में निकल पड़ीं।

घंटे भर में श्रीमती जी एक यमराजनुमा पहलवान के साथ पुन: अवतरित होकर बोलीं, "जानूँ, अब बस एक झटके में तुम ठीक हो जाओगे।"

पहलवान ने हमें चटाई पर औंधे बैगन की तरह पटका फिर हमारी पीठ पर

सवार हो गया। हम दर्द और झेंप के मिश्रण से रिरियाकर बोले, "भ...भाई साहब, यह कौन सी विधि है इलाज की?"

"चुप रहो," पहलवान ने हमें डपटा फिर हमारे हाथ जकड़ कर जो झटका मारा, हमारी करुण चीख़ सारे मोहल्ले में गूँज गई।

पहलवान हमें ऐसे ही पड़ा छोड़ श्रीमती जी से बोला, "मैडम जी, कल सुबह देखना। पट्ठा कैसे उठकर दौड़ लगाएगा," कहकर पहलवान जी ने श्रीमती जी से पाँच सौ का नोट झटका और दाँत निपोरकर चला गया। इस झटका थेरेपी से हम दौड़ लगाना तो दूर, उलटा हिलने डुलने से भी महरूम हो गए।

चौबीस घंटों से हमें यों ही पड़ा देख श्रीमती जी को हमारी हालत पर तरस आ रहा था। उन्होंने अपनी सखियों के कई व्हाट्सएप्प ग्रुपों पर हमारी इस हालत में फोटो पोस्ट की और एकाएक वह चहकती हुई आईं, "मिल गया सही इलाज़। बस आखिरी बार मेरी बात मान लो। तुम शर्तिया ठीक हो जाओगे।"

"वो कैसे?" हम ने पड़े-पड़े जानना चाहा।

"गरेवाल जी के यहाँ काम करने वाली बेनामीबाई को जानते हो न?"

"हाँ मगर..." हमारा दिमाग़ घूमा।

श्रीमती जी ने राज खोला,

"बेनामीबाई उलटी पैदा हुई थी।"

"अरे उलटी पैदा हुई हो या सीधी, इससे मेरी कमर का क्या सम्बन्ध है?"

"वही तो ख़ास बात है। मुझे व्हाट्सएप पर मिसेज़ गरेवाल ने बताया है कि उलटे पैदा हुए लोगों की लात लगवाने से सारा दर्द भाग जाता है।"

"अरे, तुम कहना क्या चाह रही हो?"

श्रीमती जी चहककर बोलीं, "मिसेज़ गरेवाल ख़ुद ही बेनामी बाई को साथ लेकर आ रही हैं। बस बेनामी बाई आपको एक लात लगाएगी और..."

"नहीं ऽऽऽऽ..." श्रीमती जी के अन्धविश्वास पर हम जोर से चीख़ कर बेहोश हो गए। पहले तोन्द घटाऊ थेरेपी, फिर पहलवान की झटका थेरेपी और बेनामीबाई की लात मार थेरेपी...हाय, हमें तो लगता है दो-चार रोज हम यूँ ही औंधे पड़े रहे तो तोन्द यों ही घिस जाएगी।

आपका क्या ख़याल है?

लकी नक्षत्र : पुष्य नक्षत्र

कलिकाल का प्रभाव ऐसा है हर तीसरा आदमी अख़बार या टीवी पर दिन की शुरुआत ही इस जिज्ञासा से करता है कि आज राहु किस दशा में बाहु फैलाकर चपेटने को तैयार है और केतु किस दिशा में जाने पर संकट का हेतुक बन जाएगा। कौन सा कदम पहले बढ़ाएँगे तो ब्रह्मांड से पुष्प वर्षा होगी, कौन सा कदम नाश का कारण बनेगा। कौन से गुंताड़े से अलाना ग्रह शान्त होगा और कौन सी जुगत फलाने नक्षत्र को चमका देगी।

यों ग्रह-नक्षत्रों के फटे में अपनी टाँग की पहुँच थोड़ा कम ही है। अव्वल तो आज तलक अपने पल्ले पड़ा ही नहीं कि आसमान में ग्रह कितने होते हैं और नक्षत्र कितने। बचपन गें भूगोल की क्लास में राहु और केतु हमारे कर्ण मर्दन का हेतुक ही इसीलिए बने रहे कि कौन ग्रह किससे छोटा होता है और कौन किससे बड़ा, कभी पल्ले ही नहीं पड़ा। बचपन बीत गया, मरकरी और जुपिटर उतने ही रहे जितने तब थे, मगर अपन बड़े हो गए। जितने बड़े होते गए, इसी अन्तर्दशा को साधने में पड़े रहे कि छोटे बड़े की दौड़ में कहीं अपन छोटे न पड़ जाएँ। अपना इससे भी कोई वास्ता नहीं पड़ा कि कौन सा ग्रह किसके चक्कर लगाता है और क्यों लगाता है। पृथ्वी सूरज के चक्कर लगाए या सूरज पृथ्वी का चक्कर, अपन की बला से। अपना वास्ता पड़ा ही ऐसे क्षुद्र ग्रहों से जिन्होंने काम पड़ने पर ख़ूब चक्कर लगवाए। जिन्होंने शनि का रूप धरे सिद्ध कर दिया कि नीचे वाले का काम पड़े तो स्वत: क्रूर ग्रह बन तब तक उसे चक्कर लगवाओ जब तक अगले को चक्कर न आ जाएँ।

लब्बोलुबाब यह है कि तारामंडल के क्षेत्र में अपनी पैठ न कभी थी और न

रहेगी। पैठ देखनी हो तो साहब, बाज़ार की देखिए। कारपोरेटी पंडितों और मार्केटी मीडिया की देखिए जिन्होंने ग्रह और नक्षत्रों के क्षेत्र में एकदम बाजारोचित ढंग से अपनी नाक फँसाई। जिस देश में *'ज्योतिषं वेदानां चक्षुः'* अर्थात ज्योतिष को वेद का नेत्र माना गया है, उसी देश में बाज़ार ने लोगों के नेत्रों में सपने झोंककर करोड़ों नक्षत्रों में से एकमात्र लकी नक्षत्र को खोज निकाला और वह है पुष्य नक्षत्र। पुष्य नक्षत्र को बाज़ार ने ऐसा चमकाया कि सौरमंडल में बाकी सारे ग्रह और नक्षत्रों का आभामंडल ही फ़ीका पड़ गया। दसों दिश, यत्र तत्र सर्वत्र बस एक ही नक्षत्र की धूम रह गई और वह है, पुष्य नक्षत्र। ये पुष्य नक्षत्र भी आम पुष्य नक्षत्र नहीं होता। जब भी बाज़ार इसे आपके मस्तिष्क में परिभ्रमण करने के लिए भेजता है, यह हजारों-लाखों वर्षों में पड़ने वाले संयोग से बना पुष्य नक्षत्र होता है। वो भी ऐसा, जो ज़ेबें ढीली करते ही आप पर कृपा बरसाने बादलों की तरह फटता है। जिसके शुभ मुहूर्त में शॉपिंग करते ही आपके बिगड़े हुए ग्रह और नक्षत्र ऐसे पलटी खा जाते हैं, मानो रास्ते पर लतियाए जा रहे पत्थर को पारस मणि छुआ दी गई हो। पुष्य नक्षत्र पर शॉपिंग प्लान करते ही आपका भाग्य करवटें लेने लगता है। जेब में नोट भरकर या क्रेडिट कार्ड को लुटा देने का संकल्प ले मॉल में प्रवेश करते ही भाग्य अठखेलियाँ करने लगता है। चारों ओर से फर-फर झड़ते पुष्य नक्षत्र ऑफर पर आपके वॉलेट की वाट लगते ही भाग्य है कि ठाठें मारने लगता है।

लिहाजा, पुष्य नक्षत्र और ऐसे तमाम चमत्कारी आकाशीय संयोगों पर जागिए। यह न सोचिए कि साल में चार-छह बार किस चमत्कार से ऐसा पुष्य नक्षत्र आ जाता है जिसका संयोग ही हजारों या कई लाख वर्षों में पड़ता हो। यह बात हम जैसों पर छोड़िए जो हर बात में कुतर्क करने पहले खड़े रहते हैं। आप तो जेबों में नोट भरकर मॉल और सजे-धजे शोरूमों की ओर दौड़िए। सोना-चाँदी, कपड़े-लत्ते, बर्तन-भांडे, कार-स्कूटर, फ्लैट या इक बँगला न्यारा, जो खरीदना हो, ले डालिए। चादर और पैर वाले दकियानूसी फंडे को भूलकर चार्वाक के फंडे को अपनाइए। यानी जब तक जियो, सुख से जियो। कर्जा ले-लेकर घी पियो। पुष्य नक्षत्र पर बाजार आसान किश्तों में आपको घी पिलाने नहीं, वरन समूचा डुबो देने हेतु बाँहें फैलाए है।

तीन निठल्लों की कूड़ाकथा

लॉक डाउन का समय। दुनिया थिर। तीनों साथ बैठे थे। रोज़ की तरह पन्नियों और कूड़े के टीले पर। निठल्ले। इनकी औरतें घर-घर बरतन कपड़ा करतीं। कमाई इनके काम आती। हर शाम नियम से मयकशी करते तीनों सरकार को कोसते। पुलिस को गालियाँ देते।

पहले ने कहा, "यार, भूख के मारे मरे जा रहे हैं।"

दूसरा बोला, "कब से गला गीला नहीं हुआ, वो अलग।'

तीसरा बोला, "साला ये लॉक डाउन! सब रोक रखा है सरकार ने। एक ही दिन की छूट देते, दो-चार के बटुए उड़ा लाता।"

एकाएक हूटर की आवाज़ गूँजी और तीनों ये गए कि वो गए। पहला अपनी झोपड़ी में घुसा और दीदे निकाल नाले के पल्ले पार झाँकने लगा।

'फिर आ गए साले खदेड़ने', वह झुँझलाया, फिर चौंका। गाड़ी तो आकर खड़ी हो गई है! कुछ एलान-सा हो रहा है। सिपाही चोंगे पर बता रहा है, खाना लाए हैं मोहल्ले भर के लिए।

उसे एकबारगी कानों पर विश्वास न हुआ। 'पुलिस के हाथ से रोटियाँ! सुना तो यही था कि पुलिस बस लाठियाँ देती है, रोटियाँ नहीं।' हैरानी से मुँह बाए वह भीतर दौड़ा। झट औरत को जगाया फिर भूखे सोते बच्चों को। जाओ रे ज़ल्दी, खाना बँट रहा है।

सब दौड़े। मोहल्ला दौड़ पड़ा। वह भी दौड़ा। उसके साथी भी, जो कई बार

पकड़े गए हैं। कोई जेबकटी में, कोई सिर फुटाई करने में। वे सब दौड़े जो रात-दिन पुलिस को गरियाते हैं, पत्थर फेंकते हैं। यों गालियाँ वह भी रोज़ देता है मगर आप नहीं जानता, क्यों।

भूख का ताप ऐसा कि कब नम्बर आए! विकट बेचैनी। खाना सामने हो तो और विकल। चिल्लपों के बीच सोच में डूबा वह लाइन में बढ़ रहा था, 'मैं क्यों गालियाँ देता हूँ! मुझे तो कभी पकड़ा भी नहीं।' फिर आप बुदबुदाया, 'दूसरे देते हैं सो वह देता है। ग़लत क्या?'

लाइन में बाजू वाले को देख याद आया, उसे भी थाने बुलाया गया था पूछताछ को, जब इस कसाई ने औरत को पीट-पीट अधमरा कर दिया था। यों उसने ख़ूब देखा था अपनी आँखों से सब। मगर थाने जाकर साफ़ मुकर गया। मोहल्ले के और लोगों की तरह। 'क्यों मुकर गया मैं? मेरी गवाही पे तो सात साल टँग जाता वह'। एक पल वह सोच में पड़ा। ख़ुद को कोसने को हुआ कि उसका नम्बर आ गया।

वरदी में मुँह पर मास्क बाँधे वे खुले दिल से बाँट रहे थे। देखकर लगता था, कई रात से सोए न हों मगर यह भी लगता, हर एक को भोजन देने के बाद उनके चेहरे और खिल जाते हों। सन्तोष सा भर जाता हो थकी, रतजगी आँखों में।

हेड साहब ने डब्बा उसकी ओर बढ़ाया। अपराधबोध से एकबारगी उसके हाथ काँपे। निगाह मास्क के भीतर से यकायक बाहर आती मुस्कान और सन्तोष भरे चेहरे पर पड़ी।

'लो भाई, ज़ल्दी लो, अभी बहुत लोग बकाया हैं' आवाज़ पर छन्न से उसकी तन्द्रा टूटी। डब्बा लपक वह टीले पर आ बैठा। निसफ़िकर हो दोनों साथी भी। डब्बों को जल्द खोल देने की हड़बड़ में।

पहला धीरे-से बोला, "यार, हम भूखे मर रहे थे। आज ये न आते तो क्या होता!"

दूसरा बोला, "हुँह! बोतल लाते तो और बात थी।"

तीसरे ने बेकल हो डब्बे से रोटियाँ हेड़ीं और कहा, "मूरख हो तुम लोग। टोह लेने आए हैं स्साले कि कौन-कौन फ़रारी काटता घरों में छिपा है।"

भूख से दहकती अँतड़ियों के बीच रोज़ की तरह कोसते ही तीनों दिलों में ठंडक पड़ी और फिर अपार सन्तोष के साथ वे रोटियाँ तोड़ने में जुट गए।

हेलीकॉप्टर में बारात

चमचमाती कारों के बेड़े में दुल्हन को ले बारात गाँव के बाहर खेत पर आ पहुँची है। भारी चिल्ल-पों के साथ खेत के चारों ओर गाँव के लोगों की भीड़ है। अंडी बच्चों से लेकर बूढ़े तक इस भीड़ का हिस्सा हैं। खेत को ख़ूब ठोक-पीटकर पक्का किया गया है। गचागच गोबर से लीपकर हेलीपैड मान लिए गए इस स्थान पर एक हेलीकॉप्टर शोभायमान है। बारात इसी हेलीकॉप्टर से जाएगी। दूल्हा, नई-नवेली दुल्हन, दूल्हे के माँ-बाप सबसे आगे खड़े हैं। बारात के रूप में यही चार जने उड़ने को तैयार खड़े हैं।

ब्याह के पूर्व की टर्म एंड कंडीशन प्रथा के तहत दूल्हे की ज़िद पर बीएमडब्ल्यू नामक लम्बी कार दी जा चुकी है। दूल्हे का बाप प्रगतिवादी है। गाँव और देश की बदलती तस्वीर देखना चाहता है। ऊँची सोच के साथ वह नाक को भी पहाड़ सी ऊँचाई देना चाहता है। उसकी ज़िद है कि बारातियों का स्वागत पान पराग से हो न हो, विदाई वायु मार्ग से ही होनी चाहिए। नई-नवेली बहू का चरचराटा इतना तो हो कि तीनों लोकों तक ख़बर जाए। लड़के वालों का क्या है, इससे लड़की वालों का ही मान बढ़ेगा सो लड़की का बाप भारी मन से उतना ही भारी भाड़ा चुकाकर हेलीकॉप्टर ले आया है।

दूल्हे का सारा परिवार कुछ न कुछ काटता है। बाप का एक पैर राजनीति में तो दूसरा ठेकों में है। वह लीज़ पर पहाड़ काटता है तो लगे हाथ मज़दूरों का पेट भी। दूल्हे की माँ चाँदी काटती है और दूल्हा समय काटता है। दूल्हे की माँ यों दकियानूस है। बेटे की बारात में माँ का जाना ठीक नहीं मानती। लेकिन वह आधुनिक सिर्फ़ इस ख़याल से हो गई है कि समधी के ख़र्च पर चीलगाड़ी में उड़ेगी।

यही कारण है कि वह न केवल बारात में आई है वरन् बैकलेस चोली और लो वेस्ट घाघरे में नाची भी है।

दूल्हा अपने माँ-बाप और दुल्हन समेत हेलीकॉप्टर में सवार हो चुका है। उड़नखटोले में बैठते दूल्हा और उसके माँ-बाप के दिल बल्लियों उछल रहे हैं मगर हेलीकॉप्टर के ऊपर उठते ही कलेजा मुँह को आने लगा है। माँ-बेटे ने रेवा मैया का जाप करते एक-दूसरे को थाम लिया है।

हवा में आकर वे संयत होते हैं। आनन्द से बाहर झाँकते हैं। चींटी से दिखते लोग और खिलौनों सी गाड़ियाँ। वाह...मुँह से निकलता है।

दूल्हा पायलट की ओर देख लड़ियाता है, "अंकल जी, हवा में एकाध कलाबाज़ी खिलवाओ न।"

पायलट अंकल मुस्कराता है। आयेदिन बारातें लाता-ले जाता है। उसे ऐसी मूर्खताएँ सुनने की आदत हो गई है मगर दूल्हे का बाप चीख़ता है,

"पागल है? पिछली बार तूने जीप को कैसी कलाबाज़ी खिलाई थी। पलटा ही दिया था।"

दूल्हा खीसें निपोर देता है। उसे याद है कैसे जीप को कलाबाज़ी खिलाते में मज़दूरिनें पलटकर उसकी गोदी में गिरी थीं। दुल्हन दुबककर शान्त बैठी है। दूल्हा चाहता है कि हवा में एक कलाबाज़ी खिले तो दुल्हन भी वैसे ही गोद में आ गिरे। कितना मज़ा आए।

गाँव पास आ रहा है। दूल्हे का बाप चाहता है, गाँव को ऊपर से देखे। वह हेलीकॉप्टर मुड़वाता है। बचपन का मेरा गाँव कितना बदल रहा है। उसका अपना दिमाग़ कलाबाज़ी खा जाता है। पहाड़ एक-चौथाई तो काट डाला, कुछ साल में साफ़ ही कर देगा। हगिया तालाब पूरकर वहाँ बढ़िया अटैच टट्टी वाले घर बना दिए, अब आगे नदी पर नज़र डालेगा। रेत का कारोबार और हाथ आ जाए तो रेवा मैया की पहाड़ जितनी ऊँची प्रतिमा बनवाए। दूल्हे की मैया के दिमाग़ में कुछ और ही चल रहा है। वह चाहती है कि काश, यह चीलगाड़ी अपनी हो जाए।

"ड्राइवर साहब, यह चीलगाड़ी कित्ते की आती होगी?" वह जानना चाहती है।

"बहुत महँगी," सुनकर वह पति की ओर घूमती है, "क्यों जी, ये पहाड़ पूरा कट जाए तो हम नहीं ले सकते ऐसी चीलगाड़ी?"

दूल्हे का बाप विचार में पड़ता है। जीप, ट्रैक्टर और डम्परों के अलावा इतनी

ऊँचाई तक सोच गई ही नहीं कभी। वह अपनी टुच्ची सोच पर लज्जित होता है। गो कि दूल्हे की माता की सोच बहुत ऊँची है। वह जानती है पहाड़ कटने में बरसों लगेंगे। इतनी प्रतीक्षा कौन करे। उसके पास फ़ौरी उपाय है। वह लाड़ले को उलाहना देती है, "लल्ला तुमने अपनी जिद्द में फालतू में इत्ती लम्बी कार माँग ली। गाँव के कीचड़-खच्चा में साइकिल तो चल नहीं पाती, कार कहाँ से चलेगी?"

लल्ला चिढ़ते हैं, "यार मम्मी, तो क्या साइकिल माँगते हम?"

"साइकिल नहीं, चीलगाड़ी माँगनी थी।" वह फुसफुसाकर कहना चाहती है लेकिन हेलीकॉप्टर की गड़गड़ में भी आवाज़ बहू के कानों तक चली ही जाती है।

"तुम समधी जी को पुटिया लो न, पहली विदा में एक चीलगाड़ी दे दें बस, फिर कुछ नहीं चाहिए।" पति के कान में ज्ञान फूँक वह नीचे झाँकती है जहाँ बदलते भारत की तस्वीर देखने ढेरों रिश्तेदार और गाँव वाले जमा हैं। भीड़ आसमान में चक्कर काटती इस चीलगाड़ी को देख तालियाँ पीट रही है। पहले बैलगाड़ियों, फिर ट्रैक्टर ट्रालियों और इसके बाद जीप-कारों में जाती बारातों के बाद आज वह दिन आया है जबकि बारात हेलीकॉप्टर से आकर इतिहास बना रही है। उत्साही युवा मोबाइलों से वीडियो बना रहे हैं तो आसपास के मीडिया वाले भी कैमरे आसमान में उठाए चक्कर काटते इस हेलीकॉप्टर की लाइव रिपोर्टिंग कर रहे हैं। गाँव में विकास का नया आयाम उतर रहा है।

दूल्हा, उसका बाप और माँ छाती फुलाए देख रहे हैं इस अद्भुत दृश्य को। यों नज़रें नीची किए दुल्हन भी देख रही है चीलगाड़ी में बैठे गिद्धों और बदलते भारत की तस्वीर को। सोच रही है, बैलगाड़ी से चीलगाड़ी तक के सफ़र में बहुत कुछ बदल गया है लेकिन गिद्ध आज भी वही हैं।

जो अड़ गया सो चढ़ गया

यदि आपने *'सींकें होकें घुसें, मूसर बनकें कढ़ें'* वाली महा मोटिवेशनल उक्ति को नहीं सुना है तो आज से गाँठ बाँध लें इसे, क्योंकि कितना भी बड़ा मोटिवेशनल गुरु हो वह आपको कभी नहीं बताएगा यह महामंत्र। आपको तो पता ही है हर आदमी जहाँ है वहाँ से एक सीढ़ी ऊपर चढ़ने के लिए क्या नहीं कर रहा। मगर भाईसाहब, चढ़ पाना हर एक के भाग्य में नहीं होता। जिसे हम निम्न नाम से जानते हैं उस स्तर पर कोई मिलता ही नहीं, यदि हमारी शानदार परम्परा नहीं होती चढ़ते हुए की टाँग पकड़ कर वापस पटक लेने की। जिनकी टाँग पकड़ में आ गई, वे वापस नीचे टपके ही इसलिए उन्होंने पकड़ बनाना नहीं सीखा। अड़ना ही नहीं सीखा। अकेले चढ़ने से काम नहीं चलता जनाब। तमाम ऐसे आए और चले गए जिन्हें बड़े पापड़ बेलने पर चढ़ने का मौक़ा तो मिला लेकिन अपने ही किसी ख़ास ने ऐसी टँगड़ी अड़ाई कि वे कब पुच्छल तारे की भाँति लुप्त हो गए, किसी को पता ही नहीं चला। लिहाज़ा यदि आप जी में थोड़ा भी चढ़ने की तमन्ना रखते हैं तो आपके लिए पहला मंत्र यह है कि चढ़ें थोड़ा, मगर अड़ें ज़्यादा। चढ़ते ही एकदम से अड़ जाएँ। रुकिए, उदाहरण से समझाते हैं। मान लीजिए, बग़ैर रिज़र्वेशन आप भीड़ के बीच ट्रेन में चढ़ने में सफल हो गए तो ज़रूरी है कि सबसे पहले जहाँ-जहाँ सम्भव है, अपना कब्ज़ा जमाएँ। ऊपर की, नीचे की या चाहे जहाँ की, आधी मिले या पूरी, जो बर्थ दिखें, उन पर रुमाल, गमछा, झोला, अटैची जितने अदद आपके पास हैं, उन्हें फेंककर अपना झंडा फहरा लें। एक बार में तीन-चार सीटें फ़तह करने के बाद जहाँ बेस्ट ऑफर की तरह कुछ एडऑन मिले, मतलब हवादार खिड़की, खुशबूदार पड़ोस या ऐसा ही कुछ और, वहाँ एडजस्ट हो जाएँ और साधिकार अड़

जाएँ। प्राधिकार की कतई न सोचें। ये कमज़ोरी की निशानी है। टिकट और रिज़र्वेशन जैसी फ़ालतू की बातों के बारे में सोचना वैसे भी हमारे देश में शोभा नहीं देता। कुछ उनसे सीखिए जो रेलगाड़ियों की छतों पर चढ़कर सफर करते हैं और जब डब्बे की छतों पर बैठे-बैठे बोर हो जाते हैं तो इंजन पर भी चढ़ने और अकड़ कर बैठने में संकोच नहीं करते। सो ऐसी फ़िज़ूल की बातें दिमाग से एकदम निकाल दीजिए। जहाँ भी हों, चढ़िए और बढ़-चढ़ के चढ़िए। जितना भी चढ़ने में सफल हों, अड़ जाइए। यदि कोई थोड़ी भी तीन-पाँच करता है तो भले अकड़ जाइए, मगर पकड़ न छोड़िए। पकड़ छोड़ी तो उखड़ जाएँगे। जनाब जड़ से भी जाएँगे और ज़मीन से भी। दो कौड़ी के न रह जाएँगे आप। जीवन का आनन्द लेना सीखिए। प्लेटफार्म पर यदि आप दौड़कर, कूदकर, लूमकर या लटककर डिब्बे में चढ़ने में सफल हो गए हों तो भले सींक की भाँति जगह बनाते चढ़े हों, चढ़ते ही मूसर बन जाइए। बेशक गेट पर ही ऐसे अड़ जाइए कि क्या मजाल जो दूसरा ऊपर चढ़ जाए। फिर देखिए आनन्द। कैसे गिड़गिड़ाते लोग रिरियाते हुए ज़रा सी जगह पाने को आप की चिरौरी करते हैं। पीछे-पीछे दौड़ते हैं। सच बताएँ, जनरल टाइप के लोग ऐसे ही होते हैं रिरियाते, मिमियाते। सोचिए, जब तक आप ख़ुद चढ़ने और अड़ने में पीछे थे, तब आप नहीं थे ऐसे ही दीन-हीन? सो, अड़नवीर बनिए और कुछ देर ऐसे रिरियाते, मिमियाते लोगों की दयनीयता का भी आनन्द लीजिए।

शादी-ब्याह के गदर भोज में तो महानुभाव आप शामिल हुए ही होंगे न? कभी इस पर ग़ौर फ़रमाया या सिर पीटा आपने कि शिष्टाचार के तमाम चोंचले पालने के बाद भी आपके हाथ में कितना आया और ग़दर मचा देने वाले अड़नवीरों के हाथ में कितना? इसीलिए ये मंत्र आज गाँठ बाँध ही लीजिए। गदर भोज में सफलता अच्छे अच्छों के बस का रोग नहीं। वे ही सफल हो पाते हैं जो अड़ना जानते हैं। जिनकी चौकस निगाहें बावर्चीख़ाने से खाने की मेज के सफ़र पर टिकी होती हैं और पंजे झपट्टे के लिए कुलबुलाते रहते हैं। गरम पूड़ी आवें या गचागच शीरे में गदबदाती गुलाबजामुनें, सब उनकी पकड़ में। जो बुड़बक की तरह संकोच नाम की चमगादड़ को चेहरे पर चेंप के नहीं रखते बल्कि आते हुए थाल पर बाज की तरह झपट्टा मारते हैं और माल ठिकाने पर पहुँच पाए, उससे पहले ही हड़प लेते हैं। इतना ही नहीं, उतनी ही फुर्ती से गड़प भी कर लेते हैं। लिहाजा जो न केवल ऐन पकवानों की मेज तक चढ़ आए बल्कि प्लेट हाथ में पकड़कर वहीं अड़ जाए

और वक़्त ज़रूरत लड़ भी जाए, ऐसा हैरतअंगेज व्यक्तित्व होना चाहिए आपका। समय की माँग है, जो सबसे आगे, वही सबसे तेज। वही चश्मेबद्दूर, वही चंगेज। सो ऐसा तेज़ धारण कीजिए कि आपादमस्तक आपके रोम-रोम से अड़ियलवीरता फूटे। ऐसा अड़नवीर बनिए कि दूसरे आपकी पकड़ हिला न पाएँ। बनिए तो ऐसे अड़ियलशिरोमणि कि सामान्य किस्म के लोग एक्सक्यूज मी...एक्सक्यूज मी का राष्ट्रीय शिष्टाचार निभाते रह जाएँ मगर आप टस से मस न हों। लोग अपने आप कुढ़कर आगे बढ़ जाएँगे। उनकी कुढ़न पर बिल्कुल ध्यान मत दीजिए। हमारे देश में ऐसे लोगों की कुढ़न पर ध्यान देना बड़ी ही अनप्रोफेशनल टाइप की चीज़ है। शिष्टाचार के लपेटे में यदि आप ज़रा भी बहके तो दन्न से उखड़ जाएँगे फिर सम्भव है, आप वापस चढ़ ही न पाएँ। एक बार ईंट खिसकी सो खिसकी। राशन की क्यू में लगे हतभागी हितग्राहियों की भाँति अपने भाग्य को कोसते और बमुश्किल हाथ लगी अधजली रोटी को नमक के साथ चाबते रह जाएँगे। लिफ़ाफ़े में बन्द ब्यौहार से भी गए और माल सूँतने के आनन्द से भी गए। दोहरी चोट बड़ी पीड़ा देती है साहब। यों ऐसी अनगिन चोटें आपने दफ़्तर में भी सही होंगी। कितने बार कलेजा कचोटा होगा जब आपने ठीक बगल की सीट वाले को देख सोचा होगा, कमबख़्त सींक की तरह नौकरी में आया था, देखते-देखते मूसर को मात देने लगा। आप वहीं हैं और अगला कई-कई सीढ़ियाँ चढ़ता गया और ऐसे अड़ता गया कि पकड़ अंगद के पाँव से ज़्यादा मज़बूत हो गई। है न? सो आप कुढ़-कुढ़ कर समय ख़राब मत कीजिए। *सन्तोषं परमं सुखं* जैसी फ़िज़ूल की बातों को मक्खी की तरह उड़ाइए और बाज की तरह अपने व्यक्तित्व को विस्तार दीजिए। उड़िए और अड़िए। चढ़िए और अड़िए। अड़ने को अपना एक्स फैक्टर बनाइए। एक-एक कर सीढ़ी चढ़िए और अड़ कर बैठ जाइए। चार सीढ़ियाँ चढ़िए और ठाठ से अकड़ जाइए। आप पूछेंगे, इसका क्या मंत्र है! यह हम आपको नहीं बता रहे। सब जानते हैं कि जिसने मज़बूत सा खूँटा पकड़ रखा है, वह चढ़ भी रहा है, अड़ भी रहा है और भरपूर अकड़ भी रहा है। देखा है आपने कभी किसी मज़बूत पकड़ वाले को उखड़ते? नहीं न? तो जड़ मत रहिए। 'जो अड़म सो चढ़म और जो चढ़म सो अड़म', ख़ाली जाप मत कीजिए इस मंत्र का, बल्कि नित नियम से अभ्यास में भी ले आइए। फिर देखिए कैसे कंकड़ से पत्थर और पत्थर से पहाड़ बनते हैं। समय केवल चढ़नवीर और अड़नवीर का है भाईसाहब। उखड़ जाने वाले क्या ख़ाक जिया करते हैं!

बस कर बकासुर

ज़माने की होड़ में केवल पड़ोसी नहीं, उसका कुत्ता भी आपको हीनभावना से भर सकता है। यों जब पड़ोस और पड़ोस के भी पड़ोस में पले मुख़्तलिफ़ नस्ल के कुत्तों की भौंक का हाहाकार मुसल्सल आप पर तारी हो तो ख़ुद नासमझ रहते हुए भौंक को केवल भौंक समझना ही समझदारी है। यदि आपने नासमझी न बरती और भौंक के अर्थ निकालने शुरू कर दिए तो आपको समझ आएगा, कुत्ते केवल भौंक नहीं रहे। आपको देख कुछ बतिया रहे हैं। जल्द ही आपके सामने रहस्य का एक परदा उठेगा और आपको समझ आएगा, कुत्ते वास्तव में बड़ी ही कुत्ती टाइप की चीज हैं। वे आपसे बतिया ही नहीं सकते, भौंक-भौंक में आपसे लड़िया सकते हैं, आपको उकसा सकते हैं और तो और आपको गरिया भी सकते हैं।

ऐसी ही एक भौंक में छिपी साज़िश की बू देखिए। जब-जब हम घर के दरवाज़े पर आते, पड़ोसी का कुत्ता न जाने कैसे हमारी बू सूँघ लेता। बिना पड़ोसी के छू किए वह उछल-उछल कर हमें घूरता। भौंकता। फिर बागड़ पर दोनों पंजे टिका भौंकते-भौंकते आसमान को सिर पर उठा लेता। एक दफ़ा हमने इस भौंक को समझने का यत्न किया। जल्द ही हम जान गए कि यह भौंक ख़ाली भौंक नहीं है, इसके पीछे बड़ी साज़िश है और यह नामुराद इस गुन्ताड़े में है कि कैसे तो भी एक कुत्ता हम भी पाल लें। कई दफ़ा हमें समझ आया कि वह रिरियाकर हमारी चिरौरी सी करता है, 'पाल ले भाई, कुत्ता ही तो पालने को कह रहा हूँ।'

बाजदफ़ा समझ आया कि वह भौंक-भौंक कर उलाहना दे रहा है, 'यार, कौन टाइप के आदमी हो! इत्ती अच्छी कॉलोनी में बिना कुत्ते के रह रहे हो, लाज नहीं आती?'

कई बार तो हमें यह भी बू आती, पट्ठा ज़वानी से मज़बूर हो ख़ुद की जुगाड़

जमाना चाह रहा है और भौंक-भौंक कर अपनी गोटियाँ बिठाना चाह रहा है। उसके इसरार, मिन्नतों और उलाहनों पर हम अख़बार में मुँह छिपाए भीतर घुस जाते तब भी वह हार न मानता। कभी हम खुन्दक में आकर आँख दिखा देते तो अगला बदला लेने की कौल भर लेता। आधी रात को हमारी खिड़की की तरफ थुथनी किए मोर्चा थाम लेता और ए के सैंतालीस की नाईं भौंक का रैपिड फ़ायर खोल देता। बर्स्ट फ़ायर के माफ़िक वह भौंकता और अड़ीबाज़ी करता ऐसा भौंकता मानो क़सम खा ली हो, जब तक हम कुत्ता नहीं पाल लेंगे, चैन नहीं लेने देगा।

जब साहब, पानी सर से ऊपर गुज़र गया और उलटे हमें ही कमीनगी से भरे उस कुत्ते से आँख मिलाने में शर्म आने लगी तो हमने ठान लिया कि बहुत हुआ, अब हम भी कुत्ता पालकर रहेंगे। हाँ, इस मरदूद के दिमाग़ में यदि अपनी किसी जुगाड़ का इरादा है तो कुतिया हम हरगिज़ नहीं पालेंगे। इसकी मुराद को ठेंगे पर धरकर लाएँगे तो कुत्ता ही, वो भी ऐसा कटखन्नाट जो इस नालायक को नानी याद दिला दे।

एक बार जब ठान लिया कि कुत्ता पालना ही है तो हमने इंटरनेट की कई कुकुरदीर्घाओं में भटकना शुरू किया। तमाम कुकुरविज्ञानियों से ज्ञान लिया। ज्ञान के कई-कई बयान पाने के बाद जो छान हाथ में आया वो ये था कि कुत्ता पालना है तो नस्ल की ओर देखना, पैसा टका की ओर मत देखना।

हमने तय किया कि पैसे टके का मुँह नहीं देखेंगे। मुँह देखेंगे तो बस कुत्ते का ताकि पड़ोसी के कुत्ते का मुँह बन्द हो जाए और हमारे कुत्ते को देखने वालों के मुँह भी खुले के खुले रह जाएँ।

खोज-खोज में बब्बू भाई पिल्ला वाला नाम के एक ऐसे डॉग डीलर का ठिकाना मिला जिनकी लूसियाना नाम की कुतिया ग़ज़ब ढा रही थी और उसने हाल ही में दो-चार नहीं, आठ-आठ पिल्ले जने थे।

हमारे पहुँचते ही बब्बू भाई पिल्ला वाला ने लूसियाना को लिपटाकर, चिपकाकर ख़ूब दुलारा फिर अंग्रेज़ी में हुक़्म दिया, "कम ऑन लूसियाना कम... ब्रिंग द बास्केट।"

लूसियाना झट दौड़ी और पास पड़ी टोकरी उठाकर उनके हाथों में रख दी। उन्होंने ख़ालिस अंग्रेज़ी में कुछ और हुक़्म मसलन ब्रिंग द बॉल, ब्रिंग द फलाना, ब्रिंग द ढिमाका दिए। लूसियाना लपक-लपक कर तामीली करती रही और हम उज्बकों जैसे पलक झपकाते ऐसा अजब गजब चमत्कार देखते रहे।

बब्बू भाई ने लूसियाना की ज़च्चगियाना क्षमता को सलाम करते हुए उसकी अंग्रेज़ियाना समझ पर तारीफ़ों के ऐसे-ऐसे कसीदे काढ़े कि हमें लगा, लूसियाना की टीचरी में वह शहर भर के कुत्तों को अंग्रेजी सिखवाने की कोचिंग न खुलवा दें। हमने यह कह उनका उत्साह दोगुना कर दिया कि कुत्तों की भौंक की थोड़ी-बहुत समझ ख़ाकसार को भी है और इत्ती देर में जो समझ पाए हैं, उसके हिसाब से लूसियाना केवल अंग्रेज़ी समझती ही नहीं, बल्कि अंग्रेज़ी में भौंक भी अच्छा ख़ासा लेती है।

बब्बू भाई दाँत निकालकर बोले, "हें हें हें...अब इतनी अच्छी अंग्रेज़ी तो अपने को आती नहीं।"

तो साहब, बाँकी, सजीली और ख़ालिस अंग्रेज़ीदां लूसियाना की तमाम ख़ूबियों पर एकदम लहालोट हो जाने के बाद हमने जब आठों पिल्लों के दीदार की गुज़ारिश की तो बब्बू भाई ज़र्दा थूकते यूँ हँसे मानो हमने कोई बड़ी ही वेबकूफ़ी भरी बात कह दी हो। कहने लगे, "मियाँ, आप हो किस दुनिया में? इत्ती देर थोड़ी लगती है अपने यहाँ। सात पिल्ले तो लोगबाग पहले ही मुँहमाँगे दामों पर ले जा चुके। अब ख़ाली एक ही बचा है, वो भी आपकी क़िस्मत से।"

ज़र्दा चाबते बब्बू भाई ने लोगों की डिमांड पूरी न कर पाने पर अफ़सोस ज़ाहिर किया फिर पिल्ला लाने भीतर की ओर बढ़ गए। उनके हिसाब से पिल्लों की डिमांड इतनी ज़्यादा थी कि लोगों का वश चलता तो लूसियाना जनने वाली है, यह जानकर ही उनके घर के बाहर टेंट तम्बू गाड़कर क्यू में लग जाते कि कब ज़च्चगी सम्पन्न हो और वह अंग्रेजी में भौंकने वाले पिल्लों को गोद में चपेटकर ले भागें।

जल्द ही वह एक पिल्ले को सीने से चिपटाए लौटे। हमारी आँखों में चमक आई। लूसियाना का यह आख़िरी चिराग़ शेष था और जल्द हमारा होने जा रहा था। मगर हमने ध्यान से परखा तो हमारी आँखों की चमक ढीली पड़ी।

पिल्ले के पिलपिले बदन, ढीली तबीयत और ढलके नैन नक्श पर हमने ऐतराज़ कर कहा कि ये तो कहीं से जर्मन शेफर्ड नहीं लगता तो बब्बू भाई एकबारगी कुछ नाराज़ से हुए फिर यह बतलाकर हमें तसल्ली बख़्शी कि "पिल्ला भले ढिल्ला हो या पिलपिला, बड़ा होकर कुत्ता ही बनता है और रही बात गठीलेपन की तो मियाँ, हमारे और आपके पैदा होते वक़्त भी देखकर कौन बता सकता था कि आगे

चलकर हम और आप ऐसे चकझन्नाट निकलेंगे। आज माशाअल्लाह इतने ठीकठाक दिख रहे हैं तो हमारे आपके माँ-बाप ने जम के खिलाया-पिलाया होगा जभी तो।"

उनके इतना ग़ज़ब फ़रमाने के बाद जो हमारे पल्ले पड़ा, वह यह था कि आप भले ख़ुद फ़ाके करो, मगर पिल्ले को जब बढ़िया खिलाओगे-पिलाओगे और सुबह-शाम टहलाकर मस्त वर्ज़िश कराओगे, कुत्ता भी तभी चकझन्नाट बनेगा।

तो साहब, तय हुआ कि अब यही पिल्ला हमारे घर की शान बनेगा। अब बात आई रोकड़े की। बहुत आरज़ू मिन्नत का नतीज़ा यह निकला कि आठ हज़ार से एक धेला कम में न बिकने वाला पिल्ला हमें पाँच हज़ार में बेचा जाना तय हो गया। जी कड़ाकर हमने कड़क-कड़क नोटों की शक़्ल में नक़द पाँच हजार रुपये बब्बू भाई के हवाले किए और उनकी कमाऊ कुतिया के हालिया संस्करण का आख़िरी चिराग़ ले घर को रवाना हुए।

यह चिराग़ जिसे विदा करते उन्होंने पपी कहा था, अब हमारी अपनी गोद में था। हम पपी को प्यार की पपियाँ-झपियाँ दे रहे थे और सोच रहे थे, ऐसा क्या नाम रखें इसका जिसकी गूँज दूर तलक जाए। माइकल, लाइकल, लिज़्मो, गिज़्मो ओमियो, रोमियो, हूपर, कूपर जैसे तमाम नामों पर विचारते एक नाम दिमाग़ में कौंधा और वह था, बॉक्सर। यों बॉक्सर एक अलग ही नस्ल थी, मगर ये तो शेक्सपियर भी कह गए हैं कि नाम में क्या रक्खा है। कौन से क़ानून में लिखा है कि जर्मन शेफ़र्ड को बॉक्सर नहीं बुलाया जा सकता। हमने ख़ुद को तसल्ली दी और नाम तय कर लिया, बॉक्सर। इसके साथ ही बॉक्स ऑफिस पर हिट होती फ़िल्म की तरह हमारे कल्पना लोक में फ़िल्म अँगड़ाइयाँ लेने लगी। कैब में बैठे-बैठे सपना सा देख डाला। वो यूँ कि बॉक्सर एकाएक बड़ा हो गया है। जैसा फ़िल्मों में होता है न, हू-ब-हू वैसा। जैसे नादान बालक दौड़ते-दौड़ते एकाएक दस बीस बरस की छलाँग मारता गबरू हीरो में बदल जाता है न, वैसे ही हमारा बॉक्सर गबरू झबरू कुत्ते में बदल गया है।

उफ़, क्या ख़्वाब था! हमने देखा, पूरे मोहल्ले में हमारी धाक जम चुकी है। कर्नल ढींगरा का बुलडॉग, डॉक्टर ढिल्लन का दुमकटा डॉबरमेन और दरोगा ढोलकीराम का लैबराडोर, जो कल तक पार्क में हम पर दहाड़ मारे लपकते थे,

आज हमारे बॉक्सर को देख दूर से ही दुम दबाकर भाग खड़े हुए हैं। ढिल्लन, ढींगरा और ढोलकीराम की आसमान की ओर उठती मूँछें अचानक नीची हो गई हैं। और पड़ोसी का कुत्ता? उसकी पूँछ ढीली होकर जितनी लटक गई है, मुँह उससे कहीं ज्यादा लटका हुआ है और हाल यह है कि हमारी ओर देख भौंकना तो दूर, गले से कीं...काँ...काँ...भी नहीं निकल रही।

बहरहाल घर के बाहर कैब का ब्रेक लगते ही हम अपने में लौटे। कुल तीन सौ रुपये का भाड़ा बना था। एकबारगी अफ़सोस हुआ, ख़ामख्वाह इतना पैसा खर्च किया। चाहते तो रोज़ की तरह सिटी बस या टेम्पो में बीसेक रुपये ख़र्च कर आसानी से घर पहुँच जाते। फिर भीतर से आवाज़ आई, ठीक ही तो किया। चार लोग देखते तो मज़ाक न बनाते? जनाब शौक़ तो फ़रमाते हैं विदेशी कुत्ते का और सफ़र करते हैं, देसी टम्पू में!

बॉक्सर को छाती से और अपनी झेंप को चौखटे से चिपटाए हम नीचे उतरे। इत्तिफ़ाक़ कुछ यूँ था कि श्रीमती जी बाहर ही थीं और मोबाइल पर किसी से बतियातीं ऐन फाटक के क़रीब टहल रहीं थीं। गाड़ी रुकने की आवाज़ सुन जिज्ञासावश फाटक पर आईं और हमें उतरता देख हैरानी में पड़ गईं। इससे पहले कि सिटीबस के बजाय कैब में आ कर फ़िज़ूलखर्ची पर वह सवालात के गोले दागतीं, उन्हें हमारी काँख में दबा चिराग़ ए लूसियाना नज़र आ गया। फिर जो होना था, वही हुआ। त्योरियाँ चढ़ाकर बोलीं, "यह क्या उठा लाए?"

इससे अच्छे स्वागत की हमें उम्मीद भी न थी और हम जानते थे, उनकी शिक़ायत यह होगी कि जब घर में एक पहले से मौज़ूद है तो दूसरे की ज़रूरत क्या है!

मन में व्यापे भय और चेहरे पर छपी झेंप को यथासम्भव फेंटकर चौखटे पर हें...हें वाले भाव लाकर हमने कहा, "जानू, तुम्हें सरप्राइज़ देना चाहता था, इसीलिए पहले से नहीं बताया। ये बॉक्सर है। इसे हम अपने घर में पालेंगे।"

"छि: तुम भांग खाकर आए हो क्या आज?" श्रीमतीजी हिकारत से बोलीं, "तुम्हें इसे छूते घिन नहीं आ रही? फेंको इस बकासुर को घर से बाहर।"

बकासुर ऽऽऽऽ बकासुर ऽऽऽ ऽ बकासुर ऽऽऽऽ बकासुर ऽऽऽऽ...बॉक्सर के लिए 'बकासुर' जैसा अपमानजनक संबोधन दसों दिशाओं से हमारे कानों में ऐसा गूँजा कि हम दोनों कानों पर हाथ रख "नहीं ऽऽऽऽऽऽऽ" चीख़ उठे। फिर हृदय को फटने से बचाते मिमियाए, "प्लीज़, सुन तो लो, यह ऐसा-वैसा कुत्ता नहीं है, जर्मन

शेफ़र्ड है। ख़ालिस विदेशी नस्ल का कुत्ता। देखना बड़ा होकर शेर बनेगा, शेर।"

"तुम्हारी तो मति मारी गई है," कहकर श्रीमती जी ने अपनी उन आँखों को तरेरा जिनमें डूब जाने को एक ज़माने में हमारा जी चाहता था और आज आँखें वही हैं मगर उनसे निकलती चिंगारियाँ देख जी ख़ुद ही डूब जाता है।

"कहीं इसे ख़रीदकर तो नहीं ले आए?" एक चिनगारी फिर धधकी। जी डूब पड़ा। भीतर से गोते लगाता बोला, 'छुपा ले राज़ छाती के भीतर। ज़मा ले दही मुँह में। ख़बरदार जो पाँच हज़ार वाली असलियत बताई, वरना ख़ैर नहीं।'

हम तुरन्त सँभलकर बोले, "अरे नहीं जानूं, यह तो मेरे एक ठेकेदार ने गिफ़्ट दिया है। देखो न इत्तिफ़ाक़, इधर बॉक्सर पैदा हुआ, उधर उसका टेंडर पास हुआ। वह तो कह रहा था बॉक्सर ने ही उसका सोया भाग्य जगाया है।"

"अरे तो तुम क्यों सोते रह गए? गिफ़्ट लेनी थी तो कोई ढंग की चीज लेते उससे। यह सड़ियल पिल्ला ही मिला तुम्हें? इसे तुरन्त उसी को लौटाकर आओ जिसका भाग्य सोया था। मुझे अपना जागा हुआ भाग्य नहीं सुलाना है।" श्रीमतीजी पैर पटकतीं भीतर दाख़िल हो गईं।

हम समझ गए, आज उनके दिल को पकड़ पाना मुश्किल ही नहीं, नामुमकिन भी है। कोई चारा न था। ख़रीद तो लाए थे बॉक्सर को, सो काँख में दबाए चुपचाप घर के भीतर हो लिए। पिछवाड़े पड़े कबाड़ में से लकड़ी की पेटी, टाट की बोरियों और कुछ अन्नियों पन्नियों की मदद से हमने बॉक्सर का कुनबा जोड़ लिया। अब सवाल था, मेहमान की हैल्दी डाइट का। हमने पुचकारा, "अले गोलू टोलू, क्या पिएगा?" उत्तर हमारे ही भीतर से आया..."दूदू।"

अब हम झट मोहल्ले के बाहर भागे और तबेले से अपने सामने भैंस का ताजा दूध निकलवा लाए। बॉक्सर ने कृतज्ञता से हमारी ओर देख दुम हिलाई और जब तलक हम अपनी पलकें हिला पाते, अगला आधा लीटर दूध चट कर गया।

रात होते ही हम बेडरूम में पहुँचे और बात न करने की कसम खाई पड़ीं श्रीमती जी की क़सम तुड़वाने की कोशिश में लग गए। अभी हम चिरौरीगान का आलाप भी नहीं ले पाए थे कि बरामदा बॉक्सर की कायँ-कायँ भरी करुण पुकार से गूँज उठा। हम बिस्तर छोड़कर बरामदे की ओर लपके, बॉक्सर हमें देखते ही चुप हो गया और कूँ-कूँ करता दुम हिलाने लगा।

हम थोड़ी देर उसे सहलाते रहे फिर बिछौने पर बिठाकर दो-चार थपकियाँ

देकर वापस बेडरूम में आ गए। इधर हम लेटने की गरज से टाँगें सीधी भी न कर पाए थे कि फिर कायँ-कायँ की आवाज़ों से घर गूँजने लगा। शार्ट सर्किट-सा हुआ। श्रीमतीजी की आँखों से चिंगारियाँ और मुँह से शोले निकलने लगे, "अब रात भर ऐसे ही जगाओगे क्या? फेंककर आओ इस फफूँद को घर से बाहर।"

"अरे, ऐसे कैसे फेंक आएँ?" हम लाचारी से बोले। फिर बरामदे में आकर फफूँद...मुआफ़ कीजिए, बॉक्सर को गोद में बैठाकर पुचकारने लगे। हमें पता था, हम पास से हटे नहीं और क़यामत आई नहीं। उसे उठाकर गोद में टाँगा और 'लल्ला लल्ला लोरी दूध की कटोरी...चन्दा मामा दूर के, पुए पकाएँ पूर के से लेकर निंदिया निंदिया...आ भी जा 'वाली लोरी तक गा चुके मगर अगले की आँख न लगी। तब मौलिक चिन्तन के साथ आशु कविता की भाँति 'लूसियाना का दुलारा है...आँखों का तारा है, प्याला सा लाला है, जिसे हमने पाला है...जू जू जु जू ऊ ऊ...बू बू बू बू ऊ ऊ 'नामक एक आशु लोरी की हमने रचना की और सस्वर गान आरम्भ किया। हमें ज्ञात नहीं कितनी देर हम मुँह को कनपटियों तक फाड़ जम्हाइयाँ लेते जू जू जु जू ऊ...बू बू बू बू ऊ ऊ करते रहे और लोरियाँ सुनाते गोद में थपकाते उसे बहलाते रहे। जब लोरियों के कई-कई एपिसोड निपट गए और रात के दो कीमती पहर भी निपट गए, तब जाकर अगले की नींद लगी और हम बेफ़िक्री से सो पाए।

क़यामत तो समझो तब आई जब सुबह-सुबह हमने श्रीमती जी के ग़ुस्से से चीख़ने की आवाज़ें सुनीं। यों कुछ देर हम इसे रोज़ाना की तरह सुबह-सुबह आने वाला ख़्वाब ही मानकर पड़े रहे मगर जब चीख़ों के साथ किकियाने की करुण आवाज़ें सुनीं तो कान खड़े हुए, ये ख़्वाब नहीं हक़ीक़त है। मगर जब तक कान खड़े हुए, तब तक हक़ीक़त में अंगार के स्फुलिंगे बरसातीं श्रीमतीजी सर पर आ खड़ी हुईं, "उठो और देखो क्या किया है तुम्हारे सड़ियल बकासुर ने!"

हम डरते-डरते पलंग से उतरे तो श्रीमतीजी हाथ पकड़कर हमें ड्राइंगरूम तक घसीट लाईं। वहाँ का सीन देख हमारे होश फ़ाख्ता हो गए। सीन था भी ऐसा कि जो देखता, उसके साथ दो ही बातें होतीं। या तो हमारी तरह होश फ़ाख्ता होते या हाथों के तोते उड़ते। दरअसल, मिर्ज़ापुर से बुलवाए गए बड़े ही कीमती कारपेट पर जो डिजाइनें नज़र आती थीं, उन हस्तनिर्मित डिजाइनों के इर्द-गिर्द भी दस्तनिर्मित

नई-नई डिजाइनें मुँह चिढ़ा रही थीं। सो साहब, कारपेट पर दसियों जगह हाज़त फ़रागत के बाद बॉक्सर उर्फ़ बकासुर झाड़ू के बीसियों वार खाकर अब सोफे के नीचे दुबके थे। उनकी साँस धौंकनी-सी चल रही थी और आँखों में मौत नाच रही थी। हमने महसूस किया, हमारी और बॉक्सर की हालत में ज़्यादा अन्तर नहीं था क्योंकि छाती हमारी भी धौंकनी-सी ही चल पड़ी थी और आँखें बेचारगी और शरम के बोझ से फ़र्श पर गिरी जा रही थीं।

इत्तिफ़ाक़ था कि इधर हमारे पैरों तले ज़मीन खिसक रही थी कि उधर ज़मीन को मज़बूती से पकड़े लालाराम प्रकट हुए। लालाराम यूँ तो दफ़्तर में स्टूल पर बैठकर ज़र्दा फाँकने के लिए भरती हुए थे मगर बड़ी मिन्नतों के बाद कल हमने उन्हें स्टूल पर खड़े हो गर्दा फाँकने के लिए राज़ी कर लिया था। ये गर्दा हमारे ग़रीबखाने के उन पंखों पर जमी थी जो साफ़ सुथरे ड्राइंग रूम के बीच हर पल हमें मुँह चिढ़ाते थे। मुसीबत की घड़ी में लालाराम को आया देख फुंई...ऽऽऽऽ से दिल में उम्मीद के फूल खिले और धड़कनें सामान्य हुईं।

हमने शरम के बोझ से गिरती अपनी आँखों को समेटा और आँखों ही आँखों में लालाराम को कारपेट समेटकर धो डालने के लिए इशारा किया, मगर इशारों ही इशारों में लालाराम मुँह पर साफ ताला मार गए। हमने आँखों में अंगार भर उन्हें बाहर रुकने का इशारा किया फिर नाक बन्द कर, इंच-इंच कूद कर पैरों को छपने से बचाने का यत्न करते कारपेट को समेटा और आंगन में ले आए।

“कमीना...” कारपेट धोते हमने बॉक्सर और लालाराम दोनों को एक ही शब्द से कोसा कि पीछे से कलेजे को छील देने वाली आवाज़ आई, “साब, हम तो सुने थे कि बिदेसी कुत्ते बड़े समझदार होते हैं। घर के भीतर कभी पोटी नहीं करते!”

ये आवाज़ उस कमीने की थी जिसकी कमीनगी को हम अभी-अभी कोस ही रहे थे और जो न जाने कब मजे लेने की गरज से दबे पाँव यहाँ आ खड़ा हुआ था।

हमने खा जाने वाली नजरों से लालाराम को देखा और मरे हाथों से कारपेट रगड़ने लगे। उस सुबह बस कारपेट ही साफ हुआ और गर्दा वाले पंखे हमारे मुँह की तरह यूँ ही लटके रह गए।

इन्तिहा ये हुई कि बॉक्सर का हाजमा बिगड़ता चला गया। जिस प्राणी से हम

दिन भर भौंकने के अरमान पाले थे, वह घड़ी-घड़ी पोंकता रहा और जब ख़ुद अपने प्राण देने लस्तम-पस्तम हो गया तो हम उसे बड़ी ही घिन के साथ उठाते वेटनरी डॉक्टर की ओर भागे।

डॉक्टर भले जानवरों का था मगर पढ़ा-लिखा था और बड़े-बड़े बेपढ़ों के अंग्रेज़ी समझने वाले कुत्तों का आधुनिक पद्धति से इलाज़ करता था। तिस पर वार्ड ऐसा चकाचक कि जनरल वार्ड को भोग चुका इनसान एक बार तो इधर भरती होने को आतुर हो उठे।

नकद पाँच सौ गिनवाने के बाद बॉक्सर के पुट्ठे पर दो इंजेक्शन और हमारे कलेजे पर कुछ कीलें ठोंकने के बाद डॉक्टर बुलडॉग सी मुस्कराहट के साथ बोला, "डोंट वरी। अब जल्द ठीक हो जाएगा।"

हमने कलेजे को सहलाकर राहत की साँस ली और बॉक्सर को घर पर सोता छोड़ दफ़्तर की राह ली।

लालाराम दफ़्तर के बाहर ही मिल गया। बोला, "साबजी आप तो खामख्वाह परेशान हो गए। बताइए, इत्ती-सी बात के लिए ढोर डॉक्टर के पास चले गए!"

हम जलभुन कर बोले, "और नहीं तो क्या करते?"

"साबजी, यू ट्यूब देख लिया करो। इस पे सबका इलाज़ है," कहते हुए लालाराम ने मोबाइल निकाला, थुथनी उसके करीब अड़ाई और ज़ोर से बोला, "दस्त की दवा बतइयो।"

उसके इतना कहते ही वैद्यों-हकीमों की फौज इकट्ठा हो गई और दस्त से लेकर खूनी पेचिश तक का शर्तिया इलाज़ करने पर उतारू हो गई।

लालाराम ने अब ख़ुद हक़ीमी अन्दाज़ में कहा, "साबजी, आपने पिल्ले को जो दूध पिलाया था, उसमें पानी मिलाया था या नहीं?"

हमने बड़े भोलेपन से न में मुंडी हिलाई तो ठहाका मारकर बोला, "साबजी, आप भी न! अरे पिल्ले को खालिस दूध थोड़े ही पचता है। उसमें पानी तो मिला लेना था!"

हमने अपनी बेवकूफ़ी को कोसा और फ़ाइलें उठा काम पर लग गए। ये और बात है कि शाम तक हर फ़ाइल में हमें पोंकता हुआ पिल्ला, गन्दला हुआ कारपेट

और डॉक्टर की अंटी में जाता पाँच सौ का नोट ही नज़र आता रहा।

घर लौटकर हमने देखा फ़िज़ां बदल गई है। बॉक्सर मस्ती में भरकर एकदम यूँ फुदक रहा है मानो कुछ हुआ ही न हो। इस बीच पड़ोसी का कुत्ता बागड़ पर पाँव टिकाकर झाँका, बॉक्सर को घूरा फिर बिना भौंके लौट गया।

अंग्रेज़ी में कहावत है, 'देयर इज ऑलवेज़ अ बून इन डिसगाइज़' सो यू ट्यूब के रूप में लालाराम ने हमें मानो अलादीन का चिराग़ दे दिया। जिस उमर में लोग यू ट्यूब पर हसीनाओं की नई-नई अदाएँ देख आहें भरते हैं, हम दुनिया भर के कुत्तों की अदाएँ देखने लगे। कुछ ही रोज़ में हाल यह हो गया कि हम यू ट्यूब खोलने मोबाइल उठा भी नहीं पाते कि उसमें से भौंकने की आवाज़ें आने लग जातीं।

हमारे कुत्ता पाल लेने की ख़बर उसी रोज़ सारे मोहल्ले में फैल गई थी। एक सुबह ढिल्लन साहब आ धमके।

"बधाई हो जी, आपने भी आख़िर मान ही लिया, कुत्ते के बिना आदमी कितना अधूरा है। लाइए, देखें भला कैसा है आपका शेर!" उनकी नज़रें बॉक्सर को ही खोज रही थीं।

हम बॉक्सर को गोद में उठा सामने लाए तो देखते ही तपाक से बोले, "अरे डियर, ये देसी पिल्ला कहाँ से कबाड़ लाए?"

हमारे कलेजे में आग धधक गई। तिलमिलाकर बोले, "ढिल्लन साहब, आप कुछ जानते भी हैं या ऐसे ही बोले जा रहे हैं। यह कोई देसी पिल्ला नहीं है, जर्मन शेफ़र्ड है, जर्मन शेफ़र्ड।"

"अच्छा! ढिल्लन को पिल्लन का बाप यूँ ही नहीं कहा जाता। ज़रा देखूँ तो, इसमें कितना दम है," कहकर उन्होंने लपककर बॉक्सर के दोनों कान पकड़ ऊपर उठाया और लगे हवा में झूला झुलाने। बॉक्सर मारे दर्द के किकियाने लगा तो ढिल्लन साहब बोले, "देखा, मैंने कहा था न यह कुत्ता एकदम देसी है। देसी भी है और लेंडूँ भी। असल नस्ल का होता तो ऐसे न किकियाता।"

हमें लगा ढिल्लन साहब का मुँह नोंच लें। तमककर कहा, "हद है! किसी को कान पकड़कर हवा में यूँ झूला झुलाओगे तो वह किकियाएगा नहीं तो क्या कव्वाली गाएगा।"

जी में आया, इसी वक़्त ढिल्लन को दोनों कानों से पकड़ हवा में टाँग दूँ, फिर देखूँ, कैसी आवाज़ निकलती है इसकी।

कुछ दिन मुश्किल भरे ही बीते। श्रीमती जी ने हमसे बात करने से तौबा कर ली, हालाँकि इसका फ़ायदा उनके बजाय हमें ही ज़्यादा मिला। सबसे बड़ा फ़ायदा जो मिला, वह यह था कि बरसों से उनकी चिल्लाचोंट वाले जो ख़्वाब अलसुबह आते थे, वे आने बन्द हो गए और कुछ रोज़ तो हमें विश्वास ही नहीं हुआ कि यह सब हक़ीक़त में हो रहा है।

कुछ माह और बीते। सब कुछ सामान्य होने लगा। दो हंसों के बीच का अबोला टूटा। बोलचाल शुरू होते ही श्रीमती जी की ऊँची आवाज़ें पड़ोसियों को आनन्द देने लगीं, वहीं पहले की तरह अलसुबह श्रीमती जी हमारे ख्वाबों में प्रकट भी होने लगीं। बॉक्सर की हरकतें अब ख़ूब बढ़ गई थीं और घर में उसकी धमचक बेखौफ़ हो परवान चढ़ रही थी। दाँत नए और ताज़े थे सो ग़नीमत इतनी थी कि इनसानों को बख़्श दिया गया था, वरना टेबल-कुर्सी और पलंग की टाँगों पर यूँ आजमाए जा रहे थे कि कुतरन का एक नायाब नमूना पैदा हो गया था। एक रोज़ ग़ज़ब हुआ। श्रीमती जी बाजार जाने के लिए जूतों की रैक में अपनी नई सेंडिलें खोज रही थीं, मगर एक सेंडिल ही हाथ लगी। बहुत खोजने के बाद दूसरी सेंडिल मिली, मगर शक़्ल ऐसी नुची-ख़ुची कि बनाने वाला भी न पहचान पाए। उस दिन बॉक्सर की ख़ातिर उसी नुची हुई सेंडिल से सम्पन्न हुई।

एक दिन फिर बिजली-सी गिरी। हुआ यों कि बॉक्सर पट्टे और चैन से ख़ुद को मुक्त कर चुपचाप घर से बाहर निकल गए। वापसी में अपनी रीढ़ से बड़ी एक हड्डी मुँह में दबाकर सीधा हमारे शुद्ध और सात्विक किचन में जा पहुँचे। तुर्रा यह कि श्रीमती जी को खाना पकाते देख सीना और हड्डी एकसाथ तानकर खड़े हो गए। श्रीमती जी की निगाह जब इस सीन पर पड़ी तो यह दावे के साथ कहा जा सकता है कि क़यामत ऐसे ही आती होगी जैसे उस वक़्त आई।

"बकासुर्ररर ऽऽऽऽ..." यह चीख़ श्रीमती जी की थी और हमें सौ फ़ीसदी यक़ीन है कि उस रोज़ यह आवाज़ सात समंदर पार तक सुनाई दी होगी।

अब वह शुभ घड़ी आई, बॉक्सर और हमारी ख़ातिरदारी की, सो पहले झाड़ू से बॉक्सर की ख़ातिर हुई। अच्छा, बॉक्सर के साथ तो सुभीता ये था कि दो झाड़ू पड़ते ही दन्न से सोफे के भीतर घुस जाओ और बंकर की तरह सेफ हो जाओ। हम इतने खुशकिस्मत नहीं थे। हालाँकि हमारी ख़ातिर के लिए झाड़ू नहीं, ज़ुबान थी जो जब-जब चलना शुरू होती थी, झाड़ू की मार से इक्कीस बैठती थी। सो साहब, ज़ुबान की मार ऐसी भीषण पड़ी कि हमें समझ आया, अच्छा है जो ऊपर वाले ने कलेजे में हड्डियाँ नहीं बनाईं। ग़र कलेजे में कहीं हड्डियाँ होतीं तो इतनी देर में चटक-चटक कर चूरन बन गई होतीं।

यूँ, बॉक्सर की इस बेजा हरकत पर ख़ून हमारा भी कम नहीं खौला और हमने महसूस किया कि इस मरदूद के लिए हमारे मुँह से चाहकर भी बॉक्सर नाम नहीं निकल रहा है। कुढ़न इतनी है कि जब भी बॉक्सर बोलना चाहते हैं, तुड़-मुड़ कर बकासुर ही निकल रहा है।

धीरे-धीरे कर कुछ माह और गुजर गए। बॉक्सर अब माशाअल्लाह जवान होने लगे थे, मगर हम बड़े निराश थे कि सैकड़ों लीटर दूध, कई मन बिस्कुट और ग़िज़ा पकवान खिलाने के बाद भी उनकी जवानी उस फ़िगर में नहीं ढल रही थी, जिसका तसव्वर हम करते आए थे। यू-ट्यूब की तमाम समझाइशों को आँख मूँदकर मानते हुए और सप्लीमेंट्स के इफ़रात सीरप पिलाने के बाद भी कान कमबख्त खड़े ही नहीं हो रहे थे। यूँ कहिए, मरी खाल की तरह नीचे लटक रहे थे। और दुम? जर्मन शेफ़र्ड की दुम तो हमने लोमड़ी जैसी देखी थी, एकदम झबरीली, लटकती, ऐंठती मगर यह तो मोहल्ले के खजिए कुत्ते की तरह ऊपर की ओर घुमती जा रही थी। इतना भी होता तो ठीक था, मुई हर ऐरे-गैरे को देखकर हिलने लगती। इतना हिलती कि बॉक्सर हर पुचकारने वाले के चरणों में कूँ-कूँ करते लोटमपाट हो जाते और तब हमारे जी से भी गुस्से से भरी आवाज़ आती और वापस सीने में दफ़न हो जाती, 'बस कर बकासुर्रर्रर ऽऽऽऽ...'

एक रोज़ ढींगरा साहब ने सलाह दी, "यार, फ़ीस का मुँह मत देखो और इसे ट्रेनर के हवाले करो। हफ़्ते भर में देखना चाल में फ़र्क पड़ जाएगा।"

"वाह! ये तो ग़ज़ब आइडिया है," फुंई ऽऽऽऽ...से एक बार फिर दिल में उम्मीद के फूल खिले।

ट्रेनर का ठिकाना भी ढींगरा साहब ने ही दिया। अब रोज़ाना सुबह पैरामिल्ट्री

फोर्स के डॉग स्क्वाड से रिटायर हुए ट्रेनर महोदय आते और बॉक्सर को संग ले निकल जाते। हम बड़ी हसरत भरी निगाहों से उन्हें जाता देखते। फुंई ऽऽऽऽ... से दिल में उम्मीद के नए-नए फूल खिलते और हम बैठे-बैठे ख़्वाब देख लेते, कैसे बॉक्सर जी खूँखार हो अकड़ कर चल रहे हैं और ढिल्लन साहब की निगाहें ज़मीन पकड़ रही हैं।

दो क्या तीन हफ़्ते बीत गए मगर जनाब की न चाल में कोई बदलाव आया न ढाल में। हमने सोचा, चलकर देखें तो भला, कैसे ट्रेनिंग दी जा रही है। सो चुपचाप जा पहुँचे पार्क में और छिपकर जो देखा तो खोपड़ी घूम गई। देखते क्या हैं कि बॉक्सर एक जगह ठाठ से बैठे हैं। ट्रेनर ख़ुद एक दो एक करता आठ कदम दूर से बॉक्सर के सामने आता है, थम करता है, दाहिनी एड़ी को ज़मीन में गड़ा बाईं टाँग को एक सौ अस्सी डिग्री पर घुमा चटकी से पीछे मुड़ता है और फिर एक दो एक बोलता आठ कदम चलता है। हमने पाया कि ट्रेनर परेड कर रहा है और बॉक्सर हैं कि अफ़सर की तरह बैठे उनकी परेड का मुआयना कर रहे हैं। क्या अजीब दृश्य था। न हम हँस पा रहे थे, न रोने को जी चाहता था।

अपने अरमानों पर यूँ पानी फिरता देख हमारे दुख का ठिकाना न था। ढिल्लन साहब जहाँ-तहाँ जले पर नमक छिड़कने सामने पड़ जाते, "डियर, हमारी मानो तो इसे वहीं छोड़ आओ, जहाँ से लाए थे।"

हम जलभुन कर ख़ाक हो जाते। यों बॉक्सर के लच्छन देख हमें भी उसकी नस्ल पर शुबहा हो चुका था। मन पछताने लगा कि कहाँ से यह मुसीबत मोल ले ली। बार-बार जी में आता, बहुत हुआ। ढिल्लन की सलाह मानूँ और इस बकासुर के बच्चे को वापस उसी बब्बू भाई के ठिए पर पटक आऊँ।

एक दिन ऐसा वाकया हुआ कि हमने ठान ही लिया कि अब इस पनौती को एक पल भी बरदाश्त नहीं करूँगा। न जाने क्या बात हुई कि बॉक्सर उस दिन मोहल्ले में बरतन माँजने वाली छबीली बाई से खार खा बैठा और जब छबीली 'गोरिया चली पनघट पे' वाली अदा से बल खाती चली जा रही थी कि कमबख़्त उसके पीछे लपक गया और पिंडली दाँतों में भर ली।

छबीली बाई 'अई री...बई री...मरी गई...मार डारियो थारे कुतरा ने' चीख़ती

हमारे घर आ पहुँची। उसका आदमी थानसिंह भी भागता आया और साथ में न जाने कहाँ-कहाँ के लड़के इकट्ठा हो गए।

सही कहें तो एक दफा हमें तो बड़ी हैरानी हुई कि आज बकासुर में ऐसा जोश कहाँ से भर गया। हल्ला-पों सुन श्रीमती जी भी बाहर आ गईं। छबीली बाई को इस हाल में देख उनके चेहरे पर सहानुभूति मगर दिल में सुखानुभूति बिखर गई। छबीली बाई हमारे घर में महरी रह चुकी थी और उस दौरान अगली ने श्रीमती जी का इतना ख़ून पिया था कि साहित्य की भाषा में कहें तो श्रीमती जी उसके ख़ून की प्यासी थीं। छबीली की गर्राहट का ऐसा बढ़िया इलाज़ भी हो सकता है, कभी सोचा ही नहीं था सो उन्होंने बड़ी प्यार भरी निगाहों से बॉक्सर को देखा गोया शाबाशी देने को जी चाह रहा हो और अभी गोद में लेकर पुचकार लेंगी।

छबीली ने जब देख लिया कि भीड़ अब उम्मीद से अधिक इकट्ठा हो गई है और घाव विमोचन समारोह के लिए सब पलकें बिछाए खड़े हैं तो 'मर गई री 'करते उन्होंने साड़ी जो घुटनों तक खिसकाई कि गोरी पिंडली पर लाल-लाल बूंदें देख लफंगों के मुँह से 'इस्स्सऽऽऽऽ' निकल गई। कई तो आह भर उठे, ऐसे भी कहीं काटा जाता है!

श्रीमती जी ने छबीली की पिंडलियों का यह हाल देखा तो उनके अपने ख़ून में बड़ी ठंडक पहुँची, मगर थानसिंह के ख़ून में एकाएक उबाल आ गया और वह गाज बनकर हमारे ऊपर गिरने को हुआ कि हमारी क़िस्मत से राना वकील साहब आ पहुँचे।

राना वकील साहब का नाम जो भी था, काम केवल मुद्दई और मुवक्किल में राजीनामा कराने का था, इसलिए लोग उन्हें प्यार से राना यानी राजीनामा वक़ील साहब ही बुलाते थे। इत्तिफ़ाक़ की बात थी कि छबीली वकील साहब के घर भी काम करती थी। वकील साहब ने जैसे ही वाकया सुना तो दौड़े चले आए थे।

छबीली ने उनके आते ही साड़ी को घुटनों पर खिसकाया। वक़ील साहब के जी से भी 'इस्स्सऽऽऽऽ' निकली मगर प्रकट में च...च...च करते बोले, "यह कैसे हुआ?"

थानसिंह ने कहा, "वकील साहब, इनके आवारा कुत्ते ने मेरी औरत को खा लिया।"

"खा लिया?" हमें एकाएक गुस्सा आ गया। ताव खाकर बोले, "अरे हद है, खाया कहाँ है, ज़रा सा टाँगों में चखा ही तो है।"

थानसिंह एकाएक भड़क उठा। अपनी लाल-लाल आँखें निकालता बोला, "साहब जी, ज़ुबान सँभालकर बोलो। मेरी औरत को चखने की बात करते हो!"

"अरे, वो तो कुत्ते के चखने..." अपने शब्दों पर हम ख़ुद ही हकला गए। न जाने कहाँ से ऐसी बात मुँह से निकल गई कि भीड़ को मज़ा आने लगा मगर थानसिंह की आँखों में ख़ून तैरने लगा। कहने लगा, "आप पैसे वाले होंगे तो अपने घर के होंगे। अब तो सीधे थाने में रिपोर्ट होगी।"

थाने का नाम सुन हमारे होश टेक ऑफ करने को थे कि वक़ील साहब आँखें तरेरकर चुप रहने का इशारा करते हमें कमीज़ से पकड़कर एकदम कोने में ले गए। बोले, "इसका नाम थान सिंह नहीं, थाना सिंह होना था। हर झगड़े में थाना कचहरी की बात करता है। बिना कुछ लिए दिए मानेगा नहीं। आप कहो तो राज़ीनामे की बात करूँ।"

हम हाँ में मुंडी हिला भी न पाए थे कि वक़ील साहब थान सिंह के पास पहुँचे और उसका कुरता पकड़कर दूसरे कोने में ले गए। कुछ खुसर पुसर की फिर हमारे पास आए। बोले, "आठ हज़ार माँग रहा है।"

"दो दाँतों के आठ हज़ार? यानी एक दाँत के चार हज़ार? इतने का तो कुत्ता भी नहीं है!" हमारी चीख़ निकलने को हुई। इसके पहले कि चीख़ निकल पाती, वे शान्ति का सफ़ेद झंडा चौखटे पर फहराए दूसरे खेमे में जा पहुँचे। अपनी नाक थानसिंह के कान में डाल कर फुसफुस की। थानसिंह ने उनकी नाक को अपने कान से बाहर निकालकर पुचकारा तो वक़ील साहब हमारी ओर लौटकर बोले,

"बड़ा घाघ है। पाँच से कम में नहीं मान रहा।"

हमारी एक बार फिर चीख़ निकलने को हुई कि वक़ील साहब इतनी महीन आवाज़ में, जितनी केवल हमारे कलेजे तक पहुँच सके, चीख़कर बोले, "कितने दाँत गड़े, इसके हिसाब से मत चलो। राज़ीनामा नहीं किया तो कितनों के दाँत गड़ेंगे, ये सोचो। दफ़ा दो सौ नवासी का मुक़दमा चलेगा। पेशियाँ रगड़ते-रगड़ते तुम्हारे अपने दाँत झड़ जाएँगे तब फ़ैसला होगा। मजिस्ट्रेट सख़्त हुआ तो दो-तीन माह को अन्दर भेजेगा और कहीं तुम्हारी शक़्ल पर तरस खाकर ज़ुर्माना भी किया तो वो इससे कहीं ज़्यादा होगा। बोलो, हाँ कह दूँ?"

हमने क़ुबूल है वाली अदा से मुंडी हिलाई और बटुआ निकाल नक़द पाँच हज़ार गिने तो मामला शान्त हो गया। भीड़ वक़ील साहब की वाहवाही करती रवाना हो गई। थानसिंह भी बाजू में नक़दी खोंस छबीली के साथ रवाना हो गए।

हम ठगे से खड़े थे और दिमाग़ में एक ही बात आई, बहुत हो गया। इस बकासुर के बच्चे को अब एक पल और बरदाश्त नहीं करेंगे। सीधा ले जाकर बब्बू भाई के मुँह पर मारेंगे जिन्होंने जर्मन शेफर्ड बताकर पाँच हज़ार में यह बला टिकाई थी।

हमने वकील साहब से मिन्नत करी, मुक़दमे बाज़ी से तो बचा दिया, अब एक अहसान और करें कि साथ चलकर बब्बू भाई के भीतर भी क़ानून की ऐसी हवा भर दें कि अगला इस मरदूद को वापस लेने को राज़ी हो जाए। राज़ीनामे की बात थी, कैसे मना करते सो वकील साहब झट तैयार हो गए। हमने बकासुर को गरदन पकड़ उठाया और वक़ील साहब की स्कूटर पर सवार हो गए।

बब्बू भाई पिल्ला वाला तख़्त पर आराम करने वाली अदा में उनींदे से थे कि वकील साहब तैश में बोले, "तुमने हमारे क्लाइंट के साथ चार सौ बीसी की है। जर्मन शेफ़र्ड बताकर यह दोगला कुत्ता पकड़ा दिया।"

बब्बू भाई एकदम से उठ बैठे। बॉक्सर को एक नज़र देखा फिर अड़कर बोले, "यह कुत्ता हमारे यहाँ का हो ही नहीं सकता।"

हम उसके सरासर झूठ बोलने पर हैरान रह गए। गुस्से से मुँह बिगाड़-बिगाड़ कर और हाथ नचा नचाकर बोले, "हद हो गई। भूल गए जब अपनी कुतिया की शान में आपने क्या क़सीदे काढ़े थे, लूसियाना ये करती है...लूसियाना वो करती है। अंग्रेज़ी में भौंकती है, अंग्रेज़ी में ये करती है अंग्रेज़ी में वो करती है। इसके पिल्लों के लिए लोगों की लाइनें लगती हैं...हुँह!"

वकील साहब ऊँचे स्वर में सुनाते हुए हमसे बोले, "आप चिन्ता मत कीजिए। हम चार सौ बीसी की एफआईआर कराएँगे और उपभोक्ता फोरम में दावा कर हर्ज़ाना वसूलेंगे, वो अलग।"

वकील साहब को उम्मीद थी इस डबल जियोपार्डी युक्त धमकी के बाद बब्बू भाई पिल्ले वाला एकदम राज़ीनामे के लिए क़दमों में बिछ जाएँगे मगर ऐसा कुछ न हुआ। उलटे बब्बू भाई हाथ नचाकर बोले, "मुझे कानून मत सिखाओ। तमाम देखे हैं ऐसे तोपची। तुम लोग ये साबित कैसे करोगे कि ये सड़ियल कुत्ता हमारी ही कुतिया से पैदा हुआ है?"

वकील साहब के जीवन में ऐसा मौक़ा पहली बार आया था कि राज़ीनामा का दाँव खाली जाता दिख रहा था सो बब्बू भाई को कोने में ले जाकर उनके कान में अपनी नाक घुसाकर बोले, “देखो बब्बू भाई, कहाँ कोर्ट कचहरी के चक्कर काटोगे। जुर्माना भी होगा, हर्ज़ाना अलग लगेगा। ऐसा करो, बीच का रास्ता निकाल लेते हैं, ये कुत्ता पाँच हज़ार में लिया था, आप तीन हज़ार ही लौटा दो और कुत्ता वापस रख लो।”

बब्बू भाई ने हिक़ारत से बकासुर को देखा जो उनकी टाँगों में लोटने के लिए मरा जा रहा था फिर वक़ील साहब की नाक को अपने कान में से निकालकर मरोड़ते हुए उनके हाथों में देते हुए बोले, “तीन हज़ार? मियाँ, आप लोग नशा कर आए हैं क्या? मैं तो एक धेला भी न दूँगा। बड़े आए सड़क के आवारा कुत्ते को हमारी कुतिया का बताने। है कोई सबूत तुम्हारे पास?”

हमें और वक़ील साहब को काटो तो ख़ून नहीं। क़ानून का कोई डर ही नहीं इस चार सौ बीस को! दाँव ख़ाली चला गया सो वक़ील साहब का ब्लड प्रेशर एकाएक बढ़ गया। ताव में आकर गरदन और कलाइयाँ समान फ्रीक्वेंसी पर हिलने लगीं। बड़ी ही खफ़गी के साथ मुँह से झाग फेंकते उँगली से चुटकियाँ बजाते बोले, “अरे मक्कार, तू समझता क्या है, अपन ऐसे ही काला कोट पहनकर खड़े हो गए? सबूत तो अपन चुटकियों में यूँ पैदा करते हैं, कुत्ता क्या चीज़ है। देखना, हम कुत्ते का डी.एन.ए. टेस्ट कराएँगे।” कहकर वकील साहब ने हमें बग़ल में चपेटा और पाँव पटकते बाहर आ गए।

हम लाचारी से बोले, “वक़ील साहब, ये आपने क्या कह दिया? कुत्ते का डी.एन.ए. टेस्ट?”

“और क्या? दस-बीस हज़ार ख़र्च होंगे न, हो जाएँ। सब दूध का दूध पानी का पानी हो जाएगा।”

“दस-बीस हज़ार?”

“आप पैसे टके का मुँह मत देखो, बात इज़्ज़त की है अब। आप तो उठाओ इस कुत्ते को वापस।”

“वापस? हरगिज़ नहीं। इस पनौती को अब नहीं ले जाऊँगा।”

"तो आपको हमारी इज़्ज़त की कोई फ़िकर नहीं?"

हम चुप रहे तो वक़ील साहब का ब्लड प्रेशर फिर बढ़ने लगा। मुँह से झाग फेंकते बोले, "तो फिर आप जानिए आपका कुत्ता जाने," कहते हुए उन्होंने स्कूटर स्टार्ट किया और हमें सड़क पर छोड़ ये गए कि वो गए।

हमें उनके इस रवैये पर बड़ी खुन्दक आई। बकासुर अब भी पास खड़ा बड़ी हैरान निगाहों से हमें देख रहा था। हमने उसे ग़ुस्से से घूरा और मन में बड़बड़ाए, 'अब तू जान और तेरा बब्बू भाई जाने,' बड़बड़ाते हुए हमने एक ऑटो रिक्शा को हाथ दिया और बकासुर को वहीं छोड़ घर को रवाना हो गए। यों अपनी इस हरक़त पर कलेजे में एक हूक भी उठी। इतने रोज़ में न जाने कैसे इस कमबख़्त से मोह हो गया था। पलटकर देखा, बकासुर अपनी जगह ही खड़ा था। एक बार मन हुआ, ऑटो रुकवा लें, जैसा भी है अपनी औलाद-सा अजीज ही तो है। फिर जी को कड़ा किया और मन ही मन बाय बाय बकासुर कहते घर पहुँच गए।

इधर ऑटो वाले को भाड़ा चुकाकर हम फाटक की ओर बढ़े कि पड़ोसी का कुत्ता हमारी ओर देखकर यों भौंका मानो ठठा कर हँस पड़ेगा। लगा, कह रहा हो, हुज़ूर एक नज़र पीछे तो मार लो।

हम पलटे तो हैरान रह गए। समझ ही नहीं आया, हँसें या रोएँ! कमबख़्त बकासुर चारों टाँगें ऊपर किए हमारे ही कदमों में लोट रहा था और आँखों से ऐसे लड़िया रहा था मानो उँगली पकड़ कर अभी कह उठेगा, घर चलें न पप्पा?

हम किंकर्तव्यविमूढ़ खड़े थे मगर इसके बाद जो सुना और देखा, वो ऐन फ़िल्मों की तरह था। न हमें अपने कानों पर विश्वास हुआ न आँखों पर। हम पसोपेश में थे कि इस मरदूद का अब क्या करें कि एकाएक हमारे कानों में लाड़ भरी आवाज़ आई, "बॉक्सर...कम ऑन।" यह आवाज़ हमारी श्रीमती जी की थी जो घर के दरवाज़े पर बकासुर के लिए बाँहें फैलाए बड़े लाड़ से उसे पुकार रही थीं और बकासुर "आ रहा हूँ मम्मीऽऽऽऽ" कहता स्लो मोशन में उनकी ओर दौड़ रहा था। जैसा फ़िल्मों में होता है न, हू-ब-हू वैसे ही।